REINHARD ROHN

Die falsche Diva

Buch

Kommissar Brasch kehrt soeben vom Begräbnis seines Vaters aus dem kleinen Dorf seiner Kindheit zurück, als ihn schon ein neuer Fall erwartet. In einem Vorort von Köln sind die zwölfjährigen Zwillinge Thea und Tobias spurlos verschwunden. Eine erste Spur führt Kommissar Brasch zu dem Anwesen der exzentrischen Marlene Brühl, einer einstmals gefeierten Filmschauspielerin, bei der die Kinder häufig zu Besuch waren. Heute ist sie von allen vergessen und führt ein zurückgezogenes Leben in ihrer Villa, versunken in ihre Träume von einer glanzvollen Vergangenheit. Doch nur wenige Stunden, nachdem Brasch ihr seinen ersten Besuch abgestattet hat, findet er sie tot in ihrem Wohnzimmer auf.
Wie sich schnell herausstellt, war die steinreiche alte Dame eine geheime Herrscherin über den Ort, indem sie Geld verliehen hat. Einige ihrer Nachbarn hatten beträchtliche Schulden bei ihr, und auch ihre Enkelin Alina scheint das allergrößte Interesse am Testament ihrer Großmutter zu haben. Doch als sich wenig später auf dem weitläufigen Grundstück des Brühl'schen Anwesens ein mysteriöser Mord ereignet, weitet sich der Kreis der Verdächtigen – und Brasch ahnt, dass es weitere Opfer geben wird …

Autor

Reinhard Rohn, in Osnabrück geboren und als Verlagsleiter in Berlin tätig, legt mit »Die falsche Diva« seinen vierten Kriminalroman mit Hauptkommissar Matthias Brasch vor. Wie auch in seinen vorherigen Büchern, die ebenfalls bei Goldmann erschienen sind, dient ihm seine Heimatstadt Köln als Kulisse.

Außerdem von Reinhard Rohn bei Goldmann lieferbar:

Leere Spiegel. Roman (44816)
Der glückliche Tote. Roman (45238)
Die weiße Sängerin (45239)
Das Winterkind. Roman (45485)

Reinhard Rohn

Die
falsche Diva

Roman

GOLDMANN

Originalausgabe

FSC
Mix
Produktgruppe aus vorbildlich
bewirtschafteten Wäldern und
anderen kontrollierten Herkünften
Zert.-Nr SGS-COC-1940
www.fsc.org
© 1996 Forest Stewardship Council

Verlagsgruppe Random House FSC-DEU-0100
Das FSC-zertifizierte Papier *München Super* für Taschenbücher
aus dem Goldmann Verlag liefert Mochenwangen Papier.

1. Auflage
Originalausgabe Januar 2007
Copyright © 2007
by Wilhelm Goldmann Verlag, München,
in der Verlagsgruppe Random House GmbH
Dieses Werk wurde vermittelt durch die Literarische Agentur
Thomas Schlück GmbH, 30827 Garbsen
Umschlaggestaltung: Design Team München
Umschlagmotiv: getty-images/Stephen Studd
CN · Herstellung: Str.
Satz: deutsch-türkischer fotosatz, Berlin
Druck und Bindung: GGP Media GmbH, Pößneck
Printed in Germany
ISBN-10: 3-442-46039-5
ISBN-13: 978-3-442-46039-7

www.goldmann-verlag.de

Für Michaela
– as always

Handlung und Personen in diesem Roman sind frei erfunden. Auch bei der Ausgestaltung einiger Schauplätze, die real existieren, habe ich mir einige kleinere Freiheiten erlaubt.

PROLOG

Ungeschehen machen – dieser Gedanke war es, der ihm den Kopf zermarterte und ihm nächtelang den Schlaf raubte. Wie konnte er Dinge ungeschehen machen? Man müsste, sagte er sich, wie ein Riese durch die Welt laufen und die Bäume und Pflanzen nicht ausreißen, sondern sie wieder in die Erde stopfen, als wären sie nie da gewesen. Man müsste auch Tiere und Menschen ausradieren können – und sich selbst, ja, sich selbst, die eigene Armseligkeit verschwinden lassen, wie ein guter Zauberer.

Wie oft sah er sich als Kind, das allein in der Wohnung war, sieben Etagen hoch über der Erde, voller Hunger und Durst, aber außer ein paar Zwiebäcken und Wasser aus einem rostigen Hahn hatte er nichts, um sich den knurrenden Bauch zu stopfen. Und auch seine leeren Stunden konnte er mit nichts füllen, nur mit leisen Gesängen, irgendwo in einer Ecke kauernd, bis endlich, wenn es schon lange dunkel war, seine Mutter zurückkehrte, unwirsch und wortkarg. Einmal aber spazierte er am offenen Fenster entlang, balancierte auf dem Sims und sah sich schon fallen, davonsegeln, als eine Hand, die genauso klein war wie seine, ihn zurückriss und er doch nicht in den Himmel flog.

Ungeschehen machen – das war die laute, dröhnende Musik in seinem Kopf, die ihn schier zum Wahnsinn brachte, und dann musste er wieder loslaufen, heimlich, durch die Nacht, auch wenn er dagegen ankämpfte, wenn er sich in die Unterarme biss, seinen Kopf in eiskaltes Wasser hielt und sich eine Flasche Wein einflößte.

Er liebte Tiere; er wollte niemanden quälen. Er hatte die feste Absicht, gut zu sein, aber die Nacht drückte auf seine Schultern, und die Worte »ungeschehen machen« stampften durch seinen Kopf.

Sie wehrten sich nicht, wenn er sie packte, schauten ihn mit ihren großen, fragenden Augen an – Kaninchen, Hasen, Katzen, egal; er war ein guter Fänger. Hinterher war ihm meistens wohler. Er konnte eine Nacht durchschlafen, ohne zu träumen, und richtig atmen, frei, bis tief in den Bauchraum.

Aber die Erlösung währte nie lange. Nach ein paar Tagen kehrte der Druck zurück, und die furchtbare Musik im Kopf begann erneut, wurde immer lauter.

Er hatte nie wirklich daran gedacht, auch einmal einen Menschen zu töten.

Sein großer Traum war es, ein schneeweißes Pferd zu finden, ihm über den Kopf zu streichen, sie würden Freunde werden, und dann würde er ihm mit einem leichten, beinahe schmerzfreien Streich den Bauch öffnen, wie ein exzellenter Chirurg, und hineinklettern, zwischen die Gedärme, in den dunklen, warmen Bauch; da war er zu Hause, da würde er bleiben. Er wäre wieder unschuldig, und niemand würde ihn jemals finden.

ERSTER TEIL

1

Brasch konnte nicht weinen. Während neben ihm sein Bruder Robert hemmungslos schluchzte, spürte er, dass er vollkommen leer war. Keine einzige Träne lief ihm über die Wange. Er fragte sich, ob er seinen Vater je geliebt hatte. Eine Antwort darauf fiel ihm nicht ein. Wenn er ehrlich war, konnte er sich nicht erinnern, wirklich einmal mit seinem Vater gesprochen zu haben. Ihre wenigen Telefonate hatten zumeist nur ein Thema gehabt: Wie war das Wetter in der Eifel? Im Winter hatte es seinem Vater gefallen, vom Schnee zu erzählen. Er war sogar eine Art Experte für Schnee, konnte beinahe wie ein Inuit unterscheiden, ob große, feste oder eher wässrige Flocken vom Himmel fielen. Selbst wie lange der Schnee liegen bleiben würde, wagte er vorherzusagen. Ihr in Köln kennt ja gar keinen Schnee, hatte er jedes Mal erklärt. Bei euch fällt doch nur weißes Wasser vom Himmel.

Nein, er hatte seinen Vater nicht geliebt. Er hatte ihn nicht einmal geachtet, und schon als Kind war er sicher gewesen, dass er davonlaufen, das Eifeldorf hinter sich lassen würde, das stickige, schmucklose Lokal an der Hauptstraße, in Wahrheit eine bessere Imbissbude, in der seine Eltern ihr Leben verbracht hatten.

Sehr weit war er nicht gekommen – bis nach Köln zur Kriminalpolizei.

»Wofür hat man eigentlich gelebt?«, hatte sein Vater gefragt, ein paar Stunden, bevor er gestorben war. Brasch war zusammengezuckt und hatte, statt zu antworten, dem Sterbenden einen Plastikbecher mit stillem Mineralwasser an die Lippen geführt, das Einzige, was er noch zu sich nehmen konnte. Niemals hätte Brasch gedacht, so eine Frage aus dem Mund seines Vaters zu hören, und eine befriedigende Antwort kam ihm auch nicht in den Sinn. Man lebte, um sich ein paar Träume zu erfüllen … Man lebte für ein paar Momente des Glücks – oder weil es irgendwo in einem fernen Winkel des Universums doch einen Sinn gab.

Ach, er war Polizist und kein Philosoph. Wahrscheinlich hätte Leonie eine Antwort gewusst, die Frau, die ihn vor neun Monaten verlassen hatte.

Die Totengräber ließen den Sarg in das düstere Erdloch hinab. Sie machten ernste Gesichter, aber nicht wie Trauernde, eher wie ehrliche Arbeiter, die sich der Bedeutung ihrer Aufgabe bewusst waren. Brasch hätte es geschätzt, wenn man von irgendwoher Musik eingespielt hätte, um die dumpfe Stille zu übertönen, aber daran hatten weder sein Bruder noch seine Mutter gedacht. Der Priester postierte sich am Grab, ein alter, kahlköpfiger Mann, in dem Brasch mit Mühe seinen Religionslehrer aus der Grundschule erkannt hatte. Er segnete das offene Grab und sprach flüsternd ein paar Worte, die Brasch allerdings nicht verstehen konnte, weil irgendwo hinter ihm in der Trauergemeinde ein Mobiltelefon klingelte und sein Bruder plötzlich mit den Füßen zu scharren begann, als würde er es nicht mehr aushalten, still zu stehen. Ein tiefes Schluchzen ließ Roberts Körper erbeben, und für einen Moment schien es, als würde er gleich auf die Knie sinken. Er hatte sich seine langen, bereits ergrauten Haare zu einem Zopf zusammengebunden und sah beinahe wie ein Künstler aus – oder zumindest so, wie die Leute im Dorf sich einen Künstler vorstellten.

Nach dem Pfarrer trat seine Mutter an das Grab. Manchmal hatte Brasch in den letzten Wochen gemeint, sie würde beinahe durchsichtig werden, so sehr hatten sie die Sorge und der Kummer um ihren sterbenden Mann ausgezehrt, doch nun stand sie ganz aufrecht da, mit reglosem Gesicht, als würde sie niemanden um sich wahrnehmen – und ebenfalls ohne eine Träne zu vergießen. Sie war immer ein Ausbund an Pflichtbewusstsein gewesen; die Dinge mussten erledigt werden, und also wurden sie erledigt. Das musste auch für die Bestattung ihres Mannes gelten, mit dem sie über vierzig Jahre lang verheiratet gewesen war. Manchmal begriff Brasch, dass auch er einiges von diesem Pflichtbewusstsein mit sich herumschleppte. Auch wenn er sich schon seit zehn Tagen in der Eifel befand, hatte er jeden Tag im Präsidium angerufen. Frank Mehler und Pia Krull, seine engsten Kollegen, waren mit dem Mord an einer Chinesin beschäftigt, vermutlich eine illegale Prostituierte, die man in einem Apartment am Ebertplatz in Köln erdrosselt aufgefunden hatte. Bisher wussten sie nicht einmal, wie die Frau hieß und woher sie kam. Eine mühsame, nervenaufreibende Arbeit, insbesondere, wenn sich keine Fortschritte einstellten.

Mit einer kleinen Schaufel warf seine Mutter ein wenig Erde auf den Sarg. Brasch sah, dass ihre Lippen stumm ein paar Worte formten. Wie war das, fragte er sich, wenn man am Morgen aufwachte und derjenige, der vierzig Jahre lang neben einem gelegen hatte, nicht mehr da war? Sein Bruder bewegte sich schleppend nach vorn. Im ersten Moment sah es so aus, als würde er ihre Mutter stützen wollen, doch dann geriet er selbst ins Stolpern und legte den Arm um sie, damit er nicht stürzte. Wie ein großes, altes, unordentliches Kind stand Robert da, nahm die Schaufel entgegen und warf mit zitternder Hand einen Brocken schwarze Erde in die Grube.

Seltsam, dachte Brasch. Robert war immer da gewesen, er hatte sich mit den Eltern gestritten und wieder versöhnt, er hatte ihr Lokal eine Zeit lang übernommen und war gelegentlich bei ihnen eingezogen, wenn er seine Miete nicht bezahlen konnte, doch als sein Vater starb, hatte er in irgendeiner Kneipe gesessen und sich betrunken.

Gegen drei Uhr in der Nacht hatte Brasch die Rufe seines Vaters gehört. »Matthias«, hatte er gerufen, »kleiner Matthias, ich will aufstehen.« Sein Vater lag im Wohnzimmer in einem Pflegebett, das man eigens herangeschafft hatte.

Er zerrte an seinem Bettlaken. »Ich will aufstehen«, keuchte der alte Mann so energisch wie schon lange nicht mehr.

Seit drei Wochen lag er schon da und hatte es kaum noch vermocht, sich für ein paar Momente auf die Bettkante zu setzen. Sein von Krebs zerstörter Körper war aufgedunsen, die Beine angeschwollen. Seine Nieren funktionierten nicht mehr, und neben der Lunge war nun auch sein Magen voller Metastasen. Er konnte nicht einmal mehr Suppe essen und wurde über eine Kanüle am Arm künstlich ernährt.

Brasch half ihm, sich aufzurichten. Er war müde und zerschlagen, weil er die letzten Nächte kaum geschlafen hatte, und er brauchte einen Moment, um zu erkennen, dass sein Vater sich anfühlte, als hätte er gar keine Knochen mehr im Leib. Selbst sein Kopf rollte wie bei einem Säugling hin und her.

»Es war alles nichts«, sagte sein Vater. »Nichts.« Dann sank er so kraftlos zurück, dass Brasch Mühe hatte, ihn zu halten. Er bettete seinen Vater, der nach Atem rang wie nach einer viel zu großen Anstrengung, wieder auf die Kissen. Die

Augen hatte der alte Mann geöffnet, ohne dass es schien, als würde er noch etwas sehen.

Sein Vater starb. Brasch begriff, dass er Zeuge wurde, wie das Leben aus dem bleichen Körper seines Vaters schwand und er um seine letzten Atemzüge kämpfte. Brasch spürte, wie sich in Sekundenschnelle das Entsetzen in seinem ganzen Körper ausbreitete. Das, was sie seit Wochen erwartet und gefürchtet hatten, trat nun ein, und ausgerechnet ihn, mit dem er seit Jahren nur übers Wetter gesprochen hatte, rief sein Vater zu sich.

Es war alles nichts! War das ein Vermächtnis? Das Begreifen des Todkranken, dass er in einem Leben wie in einer winzigen Zelle gefangen gewesen war?

Ein Fluchtinstinkt erfasste Brasch. Er überlegte, seine Mutter zu wecken. War es nicht ihre Aufgabe, hier zu sitzen? Doch dann sah er, wie schwach sein Vater atmete und dass er seine Hand umklammert hielt, als wäre sie sein letzter Halt in dieser Welt.

Brasch blieb auf der Bettkante sitzen. Eine seltsame Stille hüllte ihn ein, schien sich über ihn und seinen Vater zu legen, als wären sie untrennbar verbunden, als existierte niemand mehr außer ihnen. Auch wenn er gewollt hätte, wäre es Brasch gar nicht mehr möglich gewesen, aufzustehen und zu gehen. Die Stille hielt ihn fest. Er beobachtete, wie sein Vater starr an die Decke blickte und immer flacher atmete. Manchmal setzte seine Atmung sogar für ein paar Sekunden aus, doch wenn Brasch schon glaubte, sein Vater habe aufgehört zu atmen, öffnete sich sein Mund wieder, um kraftlos, mit flatternden Wangen, ein wenig Luft anzusaugen. Ruhig lag die knochige Hand des alten Mannes in seiner, und dann, als ein erster Vogel zu singen begann, obwohl noch kein Lichtstrahl über den Horizont gekrochen war, tat sein Vater keinen Atemzug mehr. Er war tot, gestorben ohne ein Wimmern oder einen letzten Seufzer.

Das Haus schien sich verändert zu haben, als Brasch die Hand seines Vaters losließ und sich erhob. Die Stille war noch dichter geworden, undurchdringlich für jede Art von Geräusch. Es war, als würden die alten Mauern hinaus in den Morgen lauschen, wo irgendwo im zarten Licht ein Leben verhallte. Totenstille, ja, dieses Wort hatte plötzlich eine tiefere Bedeutung.

Vorsichtig weckte Brasch seine Mutter, die sofort den Grund begriff, und führte sie an das Bett ihres toten Mannes. Nur von seinen letzten Worten hatte er ihr nichts erzählt, auch später nicht, als sie gemeinsam über die Beerdigung sprachen.

Er sah sie am Ausgang des Friedhofs stehen.

Die Trauergäste hatten sich zerstreut. Einige sprachen schon wieder mit lauter Stimme, lachten sogar und trafen Verabredungen für das Wochenende. Die Bestattung lag schließlich hinter ihnen. Brasch hatte den Totengräbern jeweils einen Geldschein in die Hand gedrückt. Seine Mutter war bereits mit Robert in ihr Haus zurückgefahren. Fast schien es, als hätte Agnes seinem Bruder zuliebe auf einen frühen Aufbruch gedrängt, weil er immer wieder von Weinkrämpfen geschüttelt wurde. Robert wurde alt und sentimental, ein Gescheiterter, der anscheinend mit keinen Schicksalsschlägen mehr fertig wurde, selbst wenn sie seinen Vater betrafen, mit dem er sich ein Leben lang gestritten hatte. Brasch hätte es nicht wissen sollen, aber natürlich hatte Agnes ihm verraten, dass sein Bruder wegen eines dilettantisch ausgeführten Versicherungsbetrugs seit kurzem vorbestraft war.

Leonie blickte erwartungsvoll die Straße hinunter. Ihre rechte Hand hatte sie ein wenig erhoben, als meinte sie, gleich einem vorbeifahrenden Taxi winken zu müssen. Wieso hatte er sie vorher nicht gesehen? Früher war er sicher gewesen, dass er es immer spürte, wenn sie sich in seiner Nähe aufhielt, als würde sie gewisse Wellen aussenden, für die er empfänglich war, aber vermutlich war dieser Gedanke romantischer Unsinn gewesen.

Sie drehte sich nicht nach ihm um, als er sich ihr näherte. Noch immer behielt sie die Straße im Auge. Ihr schwarzes Haar trug sie kürzer, an einem Ohr leuchtete ein bernsteinfarbener Ohrring, den er nicht kannte. Brasch hatte keine Ahnung, wann sie sich zuletzt gesehen hatten. Leonie hatte ihn verlassen, hatte das Haus von einem Tag auf den anderen ausgeräumt, weil er nicht da gewesen war, als sie eine Fehlgeburt gehabt hatte. Stattdessen hatte er einen Parkhausmörder gejagt und nicht einmal registriert, wie schlecht es ihr ging. Seitdem lebte er allein in seinem Haus im Norden Kölns.

Erst als er sie an der Schulter berührte, wandte sie sich um, doch an ihren dunklen Augen, in denen keine Überraschung zu lesen war, erkannte er, dass sie ihn längst wahrgenommen hatte.

Sie sah sehr gut aus, ihre Lippen waren dunkelrot, und um ihre Augen lag ein matter bronzefarbener Ton, ein besonders elegantes Make-up, das eigentlich gar nicht zu einer Beerdigung passte.

»Warum hast du mir nicht gesagt, dass du kommst?«, fragte er und spürte sofort, wie unpassend vorwurfsvoll seine Worte klangen.

Sie gab ihm die Hand, ganz förmlich, als wären sie entfernte Verwandte.

»Herzliches Beileid«, sagte sie und neigte leicht den Kopf. »Ich habe mich erst heute Morgen entschlossen zu kommen. Auch wenn er ein wortkarger Kauz war, habe ich deinen Vater immer gemocht, und als deine Mutter mich angerufen hat und ...« Sie unterbrach sich, als hätte sie nun ein Geheimnis verraten. Agnes hatte ihr Bescheid gesagt. Vielleicht hatte seine Mutter eine bestimmte Absicht verfolgt; vielleicht dachte sie, ihre Beziehung wäre in Wahrheit noch nicht zu Ende.

Leonie taxierte ihn mit einem Funkeln in den Augen, dann blickte sie wieder die Straße hinunter. Die meisten Trauergäste saßen bereits in ihren Autos und fuhren ins Dorf hinunter.

»Hedwig wollte mich abholen. Sie hat hier in der Gegend zu tun. Irgendein Künstler hat hier sein Atelier. Mein Wagen ist in der Werkstatt«, sagte sie, als müsse sie ihm ihre Unruhe erklären.

Brasch wunderte sich, dass Leonie sich auf ihre Schwester verlassen hatte. Hedwig hatte die Angewohnheit, immer zu spät zu kommen oder dann unangemeldet aufzutauchen, wenn man sie absolut nicht gebrauchen konnte.

Hinter ihm begann ein kleiner Bagger den Weg hinunterzurumpeln. Einer der Totengräber, der nun einen blauen Overall trug, saß hinter dem Steuer und winkte ihm lässig zu. Sie begannen das Grab zuzuschütten. Das Motorengeräusch störte ihn, und er musste sich unweigerlich ausmalen, wie nun die feuchte, schwere Erde auf den Sarg seines Vaters fiel.

»Ich kann dich mitnehmen, wenn du willst«, sagte er. »Ich fahre auch nach Köln.«

Sie hielt den Kopf schief, als wüsste sie genau, dass er sie anlog und keineswegs vorgehabt hatte, schon nach Hause zu fahren. Dann sagte sie lächelnd: »Gern. Wahrscheinlich hat Hedwig mich wieder vergessen.«

Ganz flüchtig kam ihm der Gedanke, dass Leonie alles arrangiert hatte. Sie hatte sich mit ihm treffen und mit ihm reden wollen, aber wie sie da saß, fremd und stumm, wirkte sie eher ein wenig gelangweilt und müde.

Brasch begann von seinem Vater zu sprechen, von der Krankheit, die ihn so weit veränderte, dass er zuletzt sogar in der Bibel gelesen hatte, obschon er nie zur Kirche gegangen war. Sogar den Satz seiner Mutter, der ihn erschreckt hatte und ihm die Augen öffnete, weil er ihm zeigte, wie die Dinge standen, erwähnte Brasch. »Dein Vater hat nie das Meer gesehen«, hatte sie eines Morgens ohne jeden Zusammenhang gesagt, und für ihn war dieser Satz wie ein Todesurteil für den alten Mann gewesen.

»Du hast dir Urlaub genommen, um deinem Vater beizustehen?« Er erkannte das Erstaunen in Leonies Stimme. Wenn er ihr vor ein paar Monaten beigestanden hätte, wäre vielleicht alles anders geworden; ihr Kind wäre längst auf der Welt, würde sie Tag und Nacht wach halten; stolze, ängstliche Eltern wären sie.

Eine Sehnsucht überfiel ihn, die ihm schier die Sprache nahm. Eigentlich hatte er gedacht, das alles hinter sich gelassen zu haben. Er hatte härter denn je gearbeitet, hatte sein Haus renoviert, hatte manchmal sogar mit Erfolg versucht, nicht an Leonie zu denken, doch nun stürzte alles wieder auf ihn ein.

»Er ist gestorben, während ich seine Hand gehalten habe«, sagte Brasch. Beinahe hätte er sogar den letzten, furchtbaren Satz seines Vaters erwähnt, der irgendwo in seinem Kopf tiefe dunkle Kreise zog.

Leonie schaute ihn an, forschend, mit ihrem Sozialarbeiterblick, den er noch nie an ihr gemocht hatte. Dann klingelte ihr Handy. Hedwig war am Apparat, entschuldigte sich für ihre Verspätung, und Leonies Stimmung veränderte sich mit einem Schlag, wurde gelöster, unverfänglicher.

»Ich sitze bei Matthias im Auto«, antwortete Leonie auf eine Frage ihrer Schwester, deren genauen Wortlaut Brasch nicht verstehen konnte. Das Zögern, das diesen Worten folgte, verriet, wie überrascht Hedwig augenscheinlich reagierte.

Als Brasch auf den Kölner Autobahnring einbog, schwiegen sie. Er stellte sich vor, wie Leonie sich von ihm verabschieden würde, wenn er vor ihrem Haus hielt: ein leiser Gruß und ein flüchtiger Kuss auf die Wange.

Er hatte eine Gelegenheit verpasst. Statt von seinem Vater zu sprechen, hätte er sich nach ihr erkundigen sollen: Wie ging es ihr in ihrem Haus hinter dem Deich? Hatte sie sich nicht neuerdings einen Hund zugelegt? Arbeitete sie noch immer in derselben Schule in Ehrenfeld? Aber in Wahrheit hätte hinter all seinen scheinbar belanglosen, freundlichen Erkundigungen nur eine einzige riesengroße, wie in Fels gehauene Frage gelauert: Gibt es jemanden in deinem Leben?

»Ich schlafe schlecht in letzter Zeit«, sagte Leonie plötzlich. »Ich wache gegen zwei Uhr nachts auf, sitze in meinem Wohnzimmer und starre aus dem Fenster. Zu viele Gedanken!«

Sie betonte ihre Worte, als würde sie ihm ein Geständnis machen. Mit reglosem Gesicht blickte sie vor sich hin. Die ersten Spuren ihres Alters waren zu sehen: ein paar härtere Linien um den Mund, Fältchen um die Augen. Als Brasch sie zum ersten Mal gesehen hatte, war sie ihm wie eine schöne

Schauspielerin vorgekommen. Sie hatte an einem Klavier gesessen und Lieder gespielt, eine Art Wunschkonzert für die Gäste einer kleinen Party gegeben.

»Ich träume von dem Kind«, sagte sie weiter. »Es schreit in seiner Wiege, doch wenn ich aufstehe und in sein Zimmer laufe, ist die Wiege leer. Nur ein Kissen liegt da, das nicht einmal bezogen ist. Es sieht alles sehr provisorisch aus. Ich glaube, in dem Zimmer in meinem Traum gibt es nicht einmal Tapeten an den Wänden.«

Er hatte keine Ahnung, was er sagen sollte. »Es tut mir leid« war alles, was er über die Lippen brachte. In seiner Jackentasche vibrierte sein Mobiltelefon. Zum Glück hatte er während der Beerdigung den Klingelton abgeschaltet. Seine Mutter würde sich fragen, wo er abgeblieben war.

»Ich weiß, dass niemand schuld ist«, fuhr Leonie fort. »Niemand kann aus seiner Haut heraus.« Sie sagte das wie eine endgültige, bittere Wahrheit.

Brasch verließ die Autobahn. Er verstand nicht genau, was sie meinte. Sprach sie von ihm? Wollte sie ihm sagen, dass er im Grunde keine Schuld daran trug, dass sie sich getrennt hatten? »Wenn du magst, können wir noch irgendwo einen Kaffee trinken. Ich kenne eine neue Pizzeria …«

Sie beugte sich vor und legte ihm eine Hand auf den Arm. Schon diese müde Geste verriet, dass sie ablehnen würde. »Ich bin nicht in der Stimmung«, sagte sie. »Vielleicht hat mich auch die Beerdigung ein wenig mitgenommen. Ich hätte gar nicht kommen dürfen.«

Es war bereits dunkel, als er in ihre Straße hineinfuhr. Die Laternen warfen ein mattes gelbliches Licht auf den Asphalt. Am Himmel ballten sich ein paar graue Regenwolken zusammen. Es war Herbst geworden. Leonie wohnte in der Nähe des Rheins in einer alten Hofanlage, die man zu schmalen, modischen Einfamilienhäusern umgebaut hatte. Keine Luxusgegend, aber auch nichts für Kleinverdiener.

»Wenn ich noch etwas für dich tun kann …«, sagte er und schaltete den Motor aus, bereute es aber sogleich, weil die Stille, die abrupt eintrat, jedem Wort eine besondere Bedeutung verlieh. Verlegen blickte er hinaus. Irgendeine Art Kunstwerk stand da: eine Frau aus weißem Stein, die sich so verrenkte, dass sie beinahe wie ein Schlangenmensch wirkte, ohne Anfang und ohne Ende. Dahinter waren ein paar Fenster der Häuser erleuchtet; Schatten bewegten sich hin und her.

»Danke, dass du mich gebracht hast«, sagte Leonie und öffnete die Tür. »Aber nun solltest du zurückfahren und Agnes nicht länger warten lassen. Sie macht sich bestimmt schon Sorgen.«

Brasch lächelte sie an. Manche Dinge änderten sich also nicht: Leonie hatte seine Lüge von Anfang an durchschaut.

Sie warf ihm einen letzten Blick zu, flüsterte einen kurzen Gruß, bevor sie sich hastig abwandte und die Wagentür zuschlug. Er sah ihr nach. Wenn er nun einen Wunsch frei gehabt hätte, dann hätte er sich gewünscht, sie am Klavier zu sehen, wie sie gedankenverloren vor sich hin klimperte und eine Melodie suchte.

Eine Frau, die einen schwarzen Labrador an der Leine hielt, tauchte plötzlich zwischen den Häusern auf, als hätte sie auf Leonie gewartet, und eilte ihr entgegen. Die Art, wie sie sich bewegte, alarmierte Brasch. Erregung und Anspannung lagen in ihren Schritten, als könnte von ihr eine Gefahr ausgehen. Der Hund sprang freudig an ihr hoch, doch Leonie beachtete ihn kaum, tätschelte ihm lediglich den Kopf, während sie der Frau zuhörte, die mit besorgter Miene auf sie einredete. Brasch beobachtete, wie Leonie heftig den

Kopf schüttelte, dann nahm sie der Frau die Leine ab und drehte sich fragend zu ihm um.

Er überlegte, ob er aussteigen oder den Wagen starten sollte. Was hatte ihr Blick zu bedeuten? Auch die Frau sah neugierig zu ihm herüber. Anscheinend hatte Leonie ihr etwas gesagt, das ihr besonderes Interesse erweckt hatte.

Ohne die beiden Frauen aus den Augen zu lassen, drehte Brasch den Zündschlüssel herum. Der Motor sprang sofort an, aber als wäre das ein Signal gewesen, winkte die Frau ihm zu, und Leonie lief um den Wagen herum zur Fahrertür. Brasch öffnete das Fenster.

»Das ist Barbara Lind. Sie hat eine Gärtnerei und kümmert sich manchmal um meinen Hund«, sagte sie mit ernster Stimme. »Ihre beiden Kinder sind verschwunden.«

2

Kinder verdrückten sich manchmal, suchten sich einen geheimen Ort, wo sie niemand finden konnte, besonders Zwölfjährige, bei denen die Pubertät vielleicht ein wenig zu heftig einsetzte. Brasch versuchte zu beruhigen. Es war kaum halb acht, die Kinder hatten zwar versprochen, pünktlich um sechs zu Hause zu sein, und nun waren sie nicht einmal zwei Stunden überfällig.

»Meine Zwillinge sind nicht so«, sagte Barbara Lind. »Außerdem hat Tobias eigentlich Stubenarrest. Er hat eine Fünf in Französisch geschrieben und darf nicht einmal zum Reiterhof.«

»Sehen Sie«, erwiderte Brasch. »Vermutlich hat er Sorgen und ist deshalb mit seiner Schwester zum Rhein gelaufen. Sie hocken da am Wasser, rauchen vielleicht heimlich eine

Zigarette und versuchen, auf andere Gedanken zu kommen.« Er musste daran denken, wie oft er sich als Kind in den Wald davongestohlen hatte.

»Thea ist Vegetarierin und achtet auf ihre Gesundheit«, sagte Barbara Lind vorwurfsvoll. »Sie würde niemals auch nur eine Zigarette anfassen. Außerdem bin ich schon unten am Rhein gewesen. Da ist niemand.«

»Vielleicht haben sie zufällig Freunde getroffen.« Brasch spürte, wie Leonie ihn anschaute, mit dunklem, tadelndem Blick. Sie hatte mehr Verständnis von ihm erwartet, aber er konnte schlecht eine große Suchaktion in Gang setzen, nur weil zwei Kinder ihre besorgte Mutter ein wenig warten ließen.

Die Frau schüttelte entschieden den Kopf. »Wir haben schon alle ihre Klassenkameraden angerufen, mit denen sie sich gelegentlich verabreden.«

»Ich glaube, du bist nicht im Bilde, was hier im Ort passiert ist«, sagte Leonie. »Nachts traut sich keiner mehr allein auf die Straße. Vor drei Tagen ist auf der Wiese am Reiterhof ein Pferd getötet worden. Jemand hat ihm den Hals aufgeschlitzt. Es ist qualvoll verblutet, und vier Wochen zuvor hat jemand, wahrscheinlich derselbe Täter, eine Katze getötet. Sie lag vor dem Eingang der Kirche, vollkommen ausgeblutet.«

Barbara Lind schien bei jedem Wort, das Leonie sagte, zusammenzuzucken. »Wer garantiert uns, dass dieser Verrückte jetzt nicht auch Kinder überfällt?« Ihre Stimme klang nun schwach und weinerlich.

»Hat die Polizei etwas unternommen?«, fragte Brasch.

»Sie haben behauptet, dass sie nun häufiger Streife fahren würden, aber so richtig mitbekommen hat das niemand«, antwortete Leonie voller Zweifel. Ihr Hund hatte sich brav zu ihren Füßen hingelegt. Ihn schien die ganze Aufregung nichts anzugehen.

Brasch bemerkte, wie die Frau sich über die Augen strich, als würde sie tatsächlich gleich in Tränen ausbrechen. Ihre Hände waren schmutzig, als hätte sie in schwarzer Erde gewühlt, um ihre Kinder zu finden.

»Gut«, sagte er nach einem Moment des Zögerns. »Ich kenne die meisten Kollegen von der Wache in Chorweiler. Ich werde sie bitten, uns einen Wagen zu schicken. Dann suchen wir gemeinsam die Uferwege ab.«

Er zog sein Mobiltelefon hervor und ließ sich mit dem Revier in Köln-Chorweiler verbinden. Eine kurze Schilderung genügte, und der Wachhabende versprach, einen Streifenwagen zu benachrichtigen, der sich ohnehin in der Nähe befand. Der Tod des Pferdes auf dem Reiterhof hatte alle entsetzt. Sogar das Landeskriminalamt war eingeschaltet worden, aber selbst die Spezialisten hatten bisher keine einzige brauchbare Spur gefunden.

Barbara Lind lächelte ihm dankbar zu, nachdem er das Gespräch beendet hatte.

»Es kommt gelegentlich vor, dass sich ein Verrückter an Tieren vergeht«, sagte Brasch, »aber in der Regel interessieren sich solche Täter nicht für Menschen; sie bleiben Tierquäler. Ich glaube nicht, dass Ihre Zwillinge in Gefahr sind.«

In der Ferne hörten sie schon ein Martinshorn. Die Kollegen schienen es wirklich eilig zu haben.

»Haben Ihre Kinder einen Lieblingsplatz?«, fragte Brasch. »Irgendeinen Ort, wo sich die beiden vielleicht früher schon einmal versteckt haben?«

»Hinter den Uferwiesen gibt es einen kleinen Sandstrand«, erklärte Barbara Lind, »da haben wir im Sommer, als mein Mann noch lebte, manchmal am Lagerfeuer gesessen, aber dort habe ich zuerst nachgesehen. Auch auf dem Reiterhof bin ich schon gewesen.«

Brasch kramte sein Notizbuch hervor und schrieb sich die Namen der Kinder und die Telefonnummer von Barbara Lind auf.

»Sobald es dunkel wird, gibt es nun Wachen auf dem Reiterhof«, sagte Leonie. »Ich werde nachher auch mit hinübergehen. Ich bin zur ersten Wache bis Mitternacht eingeteilt.« Sie sah ihn an, als läge ein Geheimnis hinter ihren Worten oder vielleicht sogar eine Einladung, sie dort aufzusuchen. Der ganze Stadtteil, der eher den Charakter eines kleinen Dorfes hatte, schien in der Tat in Aufruhr zu sein – offensichtlich gehörte Leonie schon fest zu der Gemeinschaft dazu, etwas, das ihm nie gelungen war, gleichgültig, wo er wohnte.

»Reitest du neuerdings?«, fragte Brasch. Wieder musste er sich eingestehen, dass er lauernd und argwöhnisch klang.

»Manchmal«, erwiderte Leonie und tätschelte ihrem Hund den Kopf. »Benny mag Pferde. Er liebt es, wenn ich unten auf den Wiesen entlangreite.«

Als der Polizeiwagen mit eingeschaltetem Blaulicht in den Hof bog, sprang der Hund auf und begann loszukläffen. Eine Polizistin stieg aus, die allenfalls Anfang zwanzig sein konnte. Sie hatte ihre langen hellblonden Haare zu einem Zopf zusammengebunden.

»Sind Sie allein?«, fragte Brasch überrascht.

Die Frau nickte. »Mein Kollege nimmt drüben in Worringen noch einen Wohnungseinbruch auf. Dann lässt er sich von einem anderen Wagen abholen. Sie sind doch auch Polizist, oder nicht?«

Brasch zeigte ihr seine Dienstmarke und erklärte ihr kurz die Lage. »Wir werden uns gemeinsam ein wenig umsehen, während Frau Lind zu Hause auf ihre Kinder wartet. Vielleicht kommen sie ja von allein zurück.« Dann ließen sie sich ein Foto, das zwei harmlose Kinder auf einer Terrasse bei einer Art Kaffeekränzchen zeigte, und eine aktuelle Beschreibung der Zwillinge geben: Tobias und Thea, beide blond, zirka einen Meter sechzig groß. Thea trug eine orangefarbene Jacke.

Brasch reichte Leonie die Hand, bevor er zu der Polizistin in den Wagen stieg.

»Hoffentlich findet ihr die Kinder«, sagte sie.

Zuerst fuhren sie zum Reiterhof, dann bis zum Campingplatz am Rhein. Das Lokal dort war geschlossen. Im Oktober verirrten sich zu selten Gäste hierher. Hin und wieder befragte Brasch einen der wenigen Passanten, denen sie begegneten, oder er leuchtete mit einer starken Taschenlampe, die zum Inventar des Streifenwagens gehörte, das Gebüsch am Straßenrand ab. Die Kinder waren nirgends zu sehen. Dabei drohte der Abend ungemütlich zu werden. Ein kalter Wind war aufgekommen. Gelegentlich hörten sie einen Hund bellen und ganz in der Ferne das Rauschen, das von der Autobahn durch die Dunkelheit wehte. Bei diesem Wetter hielt sich niemand gerne im Freien auf.

Brasch begann sich Sorgen zu machen. Er überlegte, ob sie nicht weitere Streifenwagen rufen sollten. Seit zwei Jahren trieb in der Gegend bis Dormagen und Monheim ein Tierquäler sein Unwesen, erfuhr er von der Polizistin.

»Am Anfang waren es nur ein paar ausgeblutete Kaninchen, die wir unten am Rheinufer fanden. Bis es letztes Jahr zwei Hunde und eine Katze erwischte. Dass nun zum ersten Mal ein Pferd getötet worden ist, hat die Leute besonders erschreckt. Haben Sie die Leserbriefe in der Zeitung gesehen? Da wird die Polizei als unfähig dargestellt, und man redet schon davon, einen privaten Wachdienst beauftragen zu müssen. Wenn nun auch noch Kinder verschwinden, wird hier bald der Teufel los sein.«

Brasch beugte sich aus dem Fenster. Der Strahl seiner Taschenlampe erfasste ein rostiges Fahrrad an einer Böschung. Ein Stück weiter leuchteten die Augen einer Katze auf. »Ich glaube nicht, dass das eine mit dem anderen zu tun hat«, sagte er. »Es sei denn, die Kinder haben den Tierquäler beobachtet. Dann könnten sie ernsthaft in Gefahr geraten sein.« Der Gedanke gefiel ihm nicht. Auch die Polizistin begriff sofort, was es bedeuten konnte, wenn die Zwillinge dem Tierquäler in die Quere gekommen waren. Sie verzog das Gesicht, als spürte sie plötzlich Schmerzen.

Als sie langsam einen Feldweg hinunterrollten, der zum Rhein führte, klingelte sein Handy. Leonie war am Apparat.

»Habt ihr die Zwillinge gesehen?«, fragte sie ein wenig atemlos.

»Nein. Wir sind unten am Rhein. Leider ist es schon ziemlich dunkel, aber wir werden noch eine Weile weitersuchen.«

»Barbara ist etwas eingefallen. Manchmal hat die alte Marlene Brühl die Kinder in ihr Haus gelockt. Vielleicht sind sie bei ihr.«

»Klingt, als würdest du von einer Hexe sprechen, die kleine Kinder verspeist«, sagte Brasch ein wenig spöttisch, doch Leonie hatte keinen Sinn für seinen Spott.

»Marlene Brühl war eine berühmte Schauspielerin. Jeder hat früher ihre Filme gesehen. Sie wohnt in einem Bungalow an der Dorfstraße zur Fähre. Aber ihr müsst aufpassen! Sie lässt niemanden, den sie nicht sehen will, auf ihr Grundstück. Nachts schaltet sie angeblich eine Alarmanlage an.«

3

Das Haus lag ein Stück abseits der Straße hinter hohen Tannen verborgen. Ein schmiedeeisernes Tor, in das man die Initialen M und B hineingearbeitet hatte, versperrte ihnen den Weg. Eine Klingel war auf den ersten Blick nirgends zu entdecken. Ratlos schaute Brasch die junge Polizistin an. Sie hob suchend den Blick. Ja, dachte Brasch, man erwartet, irgendwo in den Tannen eine Kamera zu sehen.

Dann leuchtete plötzlich eine winzige Lampe neben dem Tor auf, und eine Stimme meldete sich.

»Was treiben Sie auf meinem Grundstück?«, schnarrte es aus einem Lautsprecher, den Brasch nun neben einem Briefkasten bemerkte.

Er beugte sich über den Lautsprecher. »Entschuldigen Sie die Störung. Wir sind von der Polizei und würden Ihnen gerne ein paar Fragen stellen. Es geht um Kinder, die verschwunden sind.«

»Halten Sie Ihren Ausweis hoch!«, drang die Stimme aus dem Lautsprecher.

Brasch zog seinen Ausweis hervor und hielt ihn vor sich hin. Noch immer hatte er keine Ahnung, wo sich eine Kamera befinden konnte. Anscheinend aber hatte man ihn bestens im Blick. Nach einem Moment war ein Summen zu hören, und die Tür schwang nach innen auf. Gleichzeitig wurde ein Weg vor ihnen, der wie in einen dichten Wald hineinführte, in grelles Licht getaucht.

Die Polizistin zuckte die Achseln und ging voran. Brasch beobachtete, wie sich die Tür hinter ihnen wieder schloss. Auch die einzelnen Lampen erloschen eine nach der anderen, sobald sie an ihnen vorbeigekommen waren.

»Wie in einem Film kommt man sich vor«, flüsterte die Polizistin vor sich hin. »Als hätte ein wahnsinniger Forscher sich irgendwo verbarrikadiert.«

Vogelstimmen wurden laut, als sie sich einem weiß verputzten Bungalow mit Flachdach näherten. Entweder wurde der Gesang der Vögel durch ein Tonband eingespielt, oder irgendwo am Haus befand sich eine Voliere, die sie nicht einsehen konnten. Der Weg endete abrupt vor einer grünen Holztür, in die ein viereckiges Fenster eingelassen war.

Brasch betätigte einen goldenen Klopfer. Eine Bogenlampe über ihnen brannte noch. Ansonsten war der Weg hinter ihnen wieder in völlige Dunkelheit getaucht.

»Haben Sie gewusst, dass hier im Ort eine berühmte Schauspielerin wohnt?«, fragte Brasch die Polizistin.

Sie schüttelte stumm den Kopf, ihre schmale Hand lag auf ihrer Waffe.

Brasch bemerkte, dass an dem einzigen Fenster, das er vom Haus sehen konnte, die Jalousien heruntergelassen waren. Die Vögel zwitscherten immer aufgeregter; offenbar schien es sich doch um lebendige Wesen zu handeln, die irgendwo in den Bäumen hockten. Eine seltsam feuchte Kühle lag in der Luft, als würden sie sich nah am Wasser aufhalten.

»Glauben Sie wirklich, die Kinder könnten sich hierher verirrt haben?«, fragte die Polizistin.

Vielleicht sieht es hier bei Tage nicht so unheimlich aus, dachte Brasch, doch bevor er antworten konnte, wurde die Tür geöffnet. Lautlos glitt sie nach innen. Für einen Moment fürchtete er, ein scharfer Hund könnte sich auf sie stürzen, aber alles, was er sah, war ein bleiches, schemenhaftes Gesicht.

»Ich bin Marlene Brühl«, hörten sie eine ältliche Frauenstimme. »Kommen Sie herein.«

Sie betraten eine weiße Halle, die nur von ein paar matten Leuchten an den Wänden erhellt wurde. Brasch hielt noch immer seine Dienstmarke in der Hand. Vor ihm stand eine schmale, zarte Frau in einem schwarzen Kimono. Sie hatte ihr weißes Haar mit einem breiten schwarzen Samtband zurückgebunden. In der rechten Hand hielt sie eine brennende Zigarette.

»Verzeihen Sie die Störung«, sagte Brasch. »Wir suchen zwei Kinder, die Zwillinge Thea und Tobias Lind. Sie werden seit heute Abend vermisst.«

»Wie alt sind Sie?«, fragte Marlene Brühl die Polizistin, als wäre Brasch gar nicht da. »Wenn ich jungen, schönen Frauen begegne, interessiere ich mich immer dafür, wie alt sie sind.«

Die Polizistin schaute sich unbehaglich um. »Nächsten Monat werde ich siebenundzwanzig«, erwiderte sie dann.

»Mit siebenundzwanzig habe ich schon in dreizehn Filmen mitgespielt«, sagte Marlene Brühl, »aber heute verrate ich niemandem mehr mein Alter. Ich bin sozusagen alterslos.« Sie lachte heiser und warf auch Brasch einen kurzen Blick zu, als müsste er sie für diese Aussage loben.

Brasch machte einen Schritt in die Halle hinein. Kein Laut drang aus dem Haus, nur die singenden Vögel waren zu hören. Ein paar kunstvolle weiße Plastiken standen in der Halle, und an den Wänden hingen Schwarzweißfotos. Allerdings konnte er nicht genau erkennen, was sie zeigten.

»Kennen Sie die Kinder?«, fragte Brasch. »Sind die beiden vielleicht heute Abend bei Ihnen gewesen?«

»Ich liebe Kinder«, sagte die Schauspielerin und schaute dabei wieder die Polizistin an. »Hätte gern selbst Kinder gehabt, aber die Filmerei hat mir keine Zeit gelassen.« Sie zog an ihrer Zigarette, und ihr glattes, bleiches Gesicht legte sich für einen winzigen Moment in spitze Falten.

Die Frau ist alt, dachte Brasch, gewiss über siebzig, vielleicht sogar über achtzig Jahre alt.

»Es würde uns sehr helfen, wenn Sie uns etwas über die Kinder sagen könnten.« Die Polizistin versuchte, ihre Befangenheit abzuschütteln. Auch sie blickte sich vorsichtig um und lauschte in das Haus hinein, aber wenn sich hier jemand aufhielt, so schien er sich vollkommen still zu verhalten.

»Ja, die Zwillinge!« Die Schauspielerin klatschte in die Hände und lachte theatralisch auf. »Ich hätte gar nicht gedacht, dass jemand weiß, dass sie manchmal herkommen. Die beiden wollten mich bestehlen. Können Sie sich das vorstellen? Sind letzten Sommer in meinen Garten eingedrungen, um meine kostbaren Orangen zu klauen. Ich habe einen Orangenbaum in einem kleinen Gewächshaus. Aber dann ist die kleine Thea in meinen Swimmingpool gefallen. Ich hatte sie natürlich längst auf dem Bildschirm. Sechs Kameras sind auf dem Grundstück verteilt. Da beobachte ich Vögel und andere Tiere.«

»Sind die Kinder heute Abend auch hier gewesen?«, fragte Brasch erneut.

»Thea hat den Swimmingpool nicht bemerkt«, fuhr die alte Schauspielerin fort. Zuhören war anscheinend nicht ihre Stärke. »Kein Wunder, ich habe ihn zuwachsen lassen. Frösche quaken da im Sommer, ein paar Fische habe ich neulich auch ausgesetzt. Ich brauche schon lange keinen Swimmingpool mehr. Ich habe Thea einen Bademantel gegeben, und dann haben wir uns einen meiner alten Filme angesehen. *Die Schwindlerin* in Schwarzweiß. Eine wunderschöne Rolle. Hat die Kinder richtig fasziniert.«

»Und danach sind die Zwillinge häufiger zu Ihnen gekommen?«, fragte die Polizistin. Sie nickte Brasch unmerklich zu, als wollte sie ihm zeigen, dass sie begriffen hatte, dass am besten sie die Fragen stellte.

Das schrille Läuten eines Telefons drang aus einem der hinteren Räume, doch Marlene Brühl achtete gar nicht darauf.

»Es ist eigentlich ein Geheimnis, aber die Kinder sind dann mindestens zweimal in der Woche gekommen. Ich habe Abwechslung ganz gern.« Die Schauspielerin hob den Kopf, als hätte nun auch sie das Telefon gehört, doch im selben Augenblick verklang das letzte Läuten. Plötzlich legte sich ein düsterer, melancholischer Ausdruck auf ihr Gesicht.

Brasch fragte sich, ob sie allein lebte. Er entfernte sich einen Schritt und spähte in eine dunkle Küche hinein, die unbenutzt, aber sehr modern aussah. Ein silberner Herd glänzte in dem wenigen Licht, das aus der Diele hereinfiel.

»Dann sind die Kinder nicht bei Ihnen gewesen?« Die Polizistin schlug einen noch behutsameren Tonfall an.

»Nein«, sagte die Schauspielerin, »aber morgen kommen sie bestimmt wieder. Ich habe schon einen Film bereitgelegt. *Die traurige Zeit* – mein allererster Film. Stellen Sie sich vor! Da war ich siebzehn, und wir haben zwischen Trümmern gedreht. Es geht um ein Mädchen, das eine Jahrmarktsbude hat und …«

Hinter einer zweiflügeligen Glastür schien sich das Wohnzimmer zu befinden. Ein paar Kerzen flackerten da. Jedenfalls sah es hinter den Milchglasscheiben so aus, als würden Lichter wie lebendige Wesen ein wenig auf und ab hüpfen. Womit vertrieb sich die Alte den ganzen Tag? Alte Filme ansehen und ihr Grundstück bewachen? Brasch wandte sich wieder um. Die Schauspielerin war abrupt verstummt und zog an ihrer Zigarette. Sie machte einen abwesenden Eindruck, als wäre ihr plötzlich etwas eingefallen.

»Wenn Sie mich entschuldigen würden«, sagte sie leise, »ich habe noch zu tun ...«

Brasch reichte ihr seine Visitenkarte. »Sollten Sie von den Kindern hören, rufen Sie uns bitte an.«

Marlene Brühl nahm die Karte entgegen und wedelte dann unwirsch mit ihrer linken Hand. Brasch bemerkte, dass ihr Gelenk an der Pulsader eine breite, eindeutige Narbe aufwies.

»Wohnen Sie eigentlich allein?«, fragte die Polizistin, als sie sich bereits auf die Haustür zubewegten. Die Garderobe an der Tür war leer, bis auf einen weißen, teuer aussehenden Mantel mit einem Pelzkragen. Brasch verstand nicht viel von Mode, aber solch ein Teil war vielleicht vor dreißig Jahren modern gewesen.

»Meine Tochter kommt manchmal vorbei«, flüsterte die Schauspielerin.

Erst draußen im Auto fiel Brasch die Ungereimtheit auf, die in den letzten Worten der Schauspielerin gelegen hatte. »Hat sie nicht gesagt, dass sie auch gerne ein Kind gehabt hätte?« Er blickte die Polizistin an. »Wie kann sie da von einer Tochter sprechen?«

»So ganz klar im Kopf ist die Alte wohl nicht mehr«, erwiderte die Polizistin und lächelte. »Sie hat wahrscheinlich zu viele Filme gesehen, um noch zu entscheiden, was wahr ist und was nur in ihrer Fantasie passiert.«

Die Zwillinge waren noch immer nicht zurückgekehrt, wie Brasch insgeheim erhofft hatte. Barbara Lind saß in ihrer Wohnung über dem Blumengeschäft und schaute ihn und die Polizistin mit glasigen Augen an. Vor ihr stand eine Flasche Wein, die bereits halb leer war. Leonie hatte ihnen die Tür geöffnet. Anscheinend hatte sie ihre Nachbarin nicht allein lassen wollen, obschon sie für die Wache auf dem Reiterhof eingeteilt war.

»Ich habe alle Leute angerufen, die mir einfielen«, sagte Barbara Lind. »Aber niemand hat etwas von den Zwillingen gehört.«

»Wir haben noch zwei Streifenwagen angefordert, die die Gegend weiträumiger abfahren sollen«, erwiderte Brasch. »Mehr können wir im Moment nicht tun.«

»Was ist mit Suchhunden?«, fragte Leonie. »Könnte man nicht Suchhunde einsetzen?«

»Dazu ist es noch zu früh. Die Kinder sind kaum drei Stunden verschwunden, aber ich werde mit dem Präsidium sprechen, dass wir morgen gleich mit einer größeren Suchaktion beginnen können, falls sich bis dahin keine neue Situation ergeben hat.«

Brasch sah, dass sich die Polizistin mit einem knappen Nicken verabschiedete. Auch ihr war die Anspannung anzumerken.

»Beim Tod meines Mannes war es genauso«, sagte Barbara Lind in den Raum hinein. »Da habe ich hier am Tisch gesessen und auf ihn gewartet. Ich hatte gleich so ein komisches Gefühl. Mitten in der Nacht ist dann die Polizei gekommen. An unserem Ford ist ein Reifen geplatzt, und Karl ist oben an der Hauptstraße gegen einen Baum geprallt. Er war sofort tot.«

Brasch glaubte die Stelle zu kennen, wo der Unfall passiert war. Auf der Landstraße nach Worringen hatte jemand an einem Baum ein gerahmtes Bild aufgestellt, vor dem ständig eine Vase mit frischen Blumen stand. Barbara Lind hatte ihre Gärtnerei vermutlich zusammen mit ihrem Mann betrieben. Zum ersten Mal an diesem Abend musste er an seinen toten Vater denken. Fast kam es ihm selbst so vor, als hätte er die Flucht ergriffen; er hatte nicht nur Leonie helfen wollen, sondern die erstbeste Gelegenheit genutzt, um vom Friedhof und dem stillen Trauerhaus seiner Mutter wegzukommen.

»Würde es Ihnen etwas ausmachen, mir die Zimmer Ihrer Kinder zu zeigen?« Wenn er ehrlich war, stellte Brasch diese Frage lediglich, um Leonie zu beweisen, dass er noch etwas tat und ihn das Verschwinden der Kinder beschäftigte.

Barbara Lind nickte und erhob sich schwerfällig. »Was hat die alte Brühl gesagt? Hat sie Ihnen gestanden, dass sie die Kinder manchmal zu sich lockt? Mit Süßigkeiten oder Geld oder indem sie ihnen irgendwelche merkwürdigen Fotos zeigt?« Vorwurfsvoll, mit zusammengekniffenen Augen schaute sie Brasch an. »Ich hätte der Alten viel früher die Polizei auf den Hals hetzen sollen.«

»Sie hat erzählt, dass Ihre Tochter in ihren Swimmingpool gefallen sei und dass Ihre Zwillinge seitdem häufiger zu ihr kommen.«

»Die Alte ist verrückt. Manchmal sieht man sie frühmorgens in ihrem weißen Pelzmantel durch die Wiesen laufen und mit dem Himmel reden. Ich habe meinen Kindern verboten, zu ihr zu gehen, aber ich glaube, gerade deshalb macht die Alte sich einen Spaß daraus, sie immer wieder anzusprechen.«

Sie stiegen eine steile Holztreppe in die zweite Etage hinauf. Aquarelle von Sonnenblumen hingen an den Wänden. »Die Bilder hat Thea gemalt«, erklärte Barbara Lind, als sie Braschs interessierten Blick bemerkte. »Sie ist eine richtige Künstlerin.«

Die Tür, die sie öffnete, führte in ein typisches Mädchenzimmer. Kiefernbett mit gelber Bettwäsche, Poster von irgendwelchen schwarzen Rappern in weiten Trainingshosen an den Wänden, in einem Regal ein paar Bücher und CDs. Nichts Auffälliges.

»Haben Sie nachgeschaut, ob Ihre Tochter irgendetwas mitgenommen hat, das sie normalerweise niemals bei sich trägt?«

Barbara Lind machte ein düsteres Gesicht. »Ich habe Ihnen schon gesagt, dass meine Kinder niemals ausreißen würden. Wir sind eine kleine Familie, da würde niemand den anderen im Stich lassen. Außerdem sind die beiden erst zwölf.«

Brasch hörte, dass Leonie unten telefonierte, und fragte sich unwillkürlich, mit wem sie da sprach. Ihre Worte waren nicht zu verstehen, aber er redete sich ein, sie würde mit dem Reiterhof die Wachen für die Nacht durchgehen. Oft schon hatte er sich vorgestellt, wie es sein würde, wenn er Leonie in Begleitung eines anderen Mannes begegnete. Irgendwann würde dieser Augenblick kommen.

Die zweite Tür, die Barbara Lind öffnete, lag am Ende des Gangs. Brasch hatte keine Überraschung mehr erwartet, eher die gleiche langweilige Version des ersten Zimmers.

Eine einzelne nackte Birne tauchte den Raum in ein blasses rötliches Licht, das mehr an gewisse billige Etablissements als an ein fröhliches Jugendzimmer denken ließ. Das Fenster gegenüber, auf das Braschs Blick zuerst fiel, war mit schwarzem Papier verhängt, auf das mit Kreide mehrmals das Wort »Hass« gekritzelt worden war. Die Tür zu einem halb leeren Kleiderschrank stand offen. Die meisten Kleider lagen auf dem Boden verstreut. In einer Ecke baumelte ein Boxsack von der Decke. Von den Wänden starrten die furchterregend geschminkten Gesichter irgendeiner Rockband herab, die ganz in Leder gekleidet war. Das Bett war anscheinend auseinandergefallen, ein paar zerkratzte Holzbretter lehnten hinter einer Matratze an einem schwarz gestrichenen Heizkörper. In einem Käfig lief ein Hamster oder eine Ratte lärmend hin und her.

»Tobias hat den Tod meines Mannes nicht verkraftet«, flüsterte Barbara Lind vor sich hin. »Er ist eigentlich ein sehr sanfter Junge, aber er braucht ein Vorbild, und manchmal weiß ich auch nicht mehr …« Sie verstummte, und ihr Blick glitt durch das Zimmer, als würde sie die Verheerungen, die ihr Sohn angerichtet hatte, zum ersten Mal wirklich wahrnehmen.

»Jedenfalls scheinen Ihre Kinder sehr verschieden zu sein«, sagte Brasch, während er die Tür wieder schloss. »Ich habe immer gedacht, die meisten Zwillinge würden sich auch charakterlich ähneln.« Er meinte nun zu wissen, dass den Kindern nichts passiert war. Wahrscheinlich wollte Tobias seine Mutter nur in Angst und Schrecken versetzen, indem er sich mit seiner braven Schwester eine halbe Nacht in Köln herumtrieb.

Unten im Wohnzimmer klingelte schon wieder ein Handy. Er hörte Leonie, die eine kurze, abgehackte Antwort gab, die sogar ein wenig unfreundlich klang, wie es sonst nicht ihre Art war. Dann tauchte sie in der Diele auf und sah Brasch mit ernster Miene an, als er hinter Barbara Lind die Treppe herunterkam.

»Die Leute am Reiterhof halten einen Mann fest, der um ihren Stall geschlichen ist«, sagte sie betont ruhig. »Er hat Blut an den Händen.«

4

Es war ein Fehlalarm. Das Ehepaar, das den Reiterhof führte, und drei junge, eifrige Mädchen, die anscheinend Wache schoben, hatten einen bärtigen Landstreicher aufgegriffen, als er sich für die Nacht in einen ihrer Verschläge schleichen und es sich im Stroh bequem machen wollte. Hinter dem Stall entdeckten sie ein rostiges Fahrrad und all die Habseligkeiten des Mannes, die in zahllosen Plastiktüten verstaut waren. Er war so verwirrt gewesen, dass er zuerst keine zusammenhängende Antwort geben konnte, wer er war und was er auf dem Hof wollte. Das Blut an seinen Händen war längst getrocknet und stammte aus einer Wunde, die er sich beigebracht hatte, als er über einen Stacheldrahtzaun geklettert war.

Brasch ließ den Mann wieder laufen und versuchte die Leute auf dem Hof zu beruhigen. Sollten sie ihre Pferde bewachen, aber nicht jeder, der nachts unterwegs war, musste es auf ihre Tiere abgesehen haben.

An Leonies Miene konnte er ablesen, dass er wieder nicht den richtigen Ton getroffen hatte. Ein Pferd war getötet worden, zwei Kinder waren spurlos verschwunden, und er redete davon, kühlen Kopf zu bewahren.

Sie lud ihn nicht in ihr Haus ein, begleitete ihn aber immerhin bis zu seinem Wagen. Die Nacht war kalt und beinahe lautlos. Für einen Moment stand der Mond wie eine leuchtende Silberkugel am Himmel, sodass ihre Schatten wie zwei dunkle Riesen aussahen, die sich gegenüberstanden und sanft berührten. Dann zogen wieder dichte Wolken am Himmel entlang, und die Schatten verschwanden.

»Sollten die Kinder noch nicht zurück sein, werden morgen früh, sobald es hell geworden ist, drei Streifenwagen die Gegend abfahren. Danach sehen wir weiter«, sagte Brasch, um Leonies Frage zuvorzukommen.

»Barbara will, dass man das Haus der Schauspielerin durchsucht. Sie vermutet, dass Marlene Brühl die Kinder versteckt hält …«

»Warum sollte die Frau so etwas tun? Vielleicht glauben die Leute noch, die Schauspielerin schleicht nachts umher und sticht ihre Pferde ab?« Brasch spürte, wie müde und gereizt er plötzlich war. Er hatte Leonie zu ihrem Haus fahren und ein wenig mit ihr reden wollen, statt Kinder zu suchen, die vermutlich morgen wieder auftauchen würden, weil sie doch bei irgendwelchen Freunden untergekrochen waren.

»Die Leute hier haben Angst vor der Frau. Manchmal hört sie die ganze Nacht schauderhafte Musik. Außerdem soll sie Katzen fangen, um ihre Vögel zu beschützen.«

»Vielleicht lässt sie ein Tonband laufen oder schaut sich alte Filme an.« Brasch beugte sich vor, um Leonie zum Abschied einen Kuss auf die Wange zu drücken.

Sie wehrte sich nicht gegen den leichten Kuss, doch Brasch bemerkte, wie sie ihre rechte Hand ein wenig erhob, sodass sie ihn jederzeit zurückschieben konnte.

»Wenn es dich beruhigt«, sagte er und wich zurück, »dann werde ich noch einmal um das Haus herumlaufen, und sollte ich irgendwelche verdächtigen Geräusche hören, klingele ich die Schauspielerin aus dem Bett.«

»Sie schläft nachts nicht«, erwiderte Leonie. »Manchmal ist ihr ganzes Grundstück taghell erleuchtet, und man hört sie im Garten singen. Ich habe sie ein-, zweimal am Rhein getroffen, da war sie ganz freundlich, aber irgendwie tat sie so, als würde sie mich schon ewig kennen.« Der Hund neben ihr hielt plötzlich seine Schnauze in den Wind, als würde er etwas wittern.

Brasch öffnete die Tür seines Wagens. Er hätte gern noch ein Wort zu Leonie gesagt, darüber, dass es ihm ähnlich ging, dass er auch oft nachts nicht schlafen konnte und am Rhein entlanglief, aber dann winkte er ihr nur müde zum Abschied zu und stieg ein.

Die Fenster im Ort waren dunkel. Allein bei Barbara Lind über ihrem Blumengeschäft war alles hell erleuchtet. Brasch sah, wie sie vor einem Fenster auf und ab wanderte.

Am Ortsrand hielt er an und blickte zu der Villa der alten Schauspielerin hinüber. Es war ein Irrsinn anzunehmen, dass sie etwas mit dem Verschwinden der Kinder zu tun hatte. Trotzdem stieg er aus und ging zur Pforte hinüber, die nur angelehnt war. Nichts war zu hören. Kein Gesang, keine Stimmen. Selbst die Vögel schwiegen nun, aber vielleicht war ihr Zwitschern tatsächlich eine Täuschung gewesen, irgendein Spiel für Besucher, das die Schauspielerin sich ausgedacht hatte. Die erste Lampe leuchtete auf, als Brasch sich über die Pforte lehnte. Plötzlich glaubte er doch etwas wahrzunehmen; eine Männerstimme in einem ernsten, energischen Tonfall, der dann ein Kind ein wenig ängstlich antwortete. Er schob die Pforte auf und ging weiter. Wieder flackerten eines nach dem anderen die Lichter auf. Nun kam ihm diese Art Beleuchtung beinahe ironisch vor, als würde man sich einen Laufsteg entlangbewegen, der mit jedem Schritt in einen neuen Lichtschein getaucht wurde.

Je näher Brasch der Tür kam, desto sicherer war er, dass die Stimmen, die er hörte, aus einem Film stammten. Marlene Brühl schien ihren Fernseher auf höchste Lautstärke gestellt zu haben. Vermutlich hatte sie auch deswegen noch nicht bemerkt, dass jemand ihr Grundstück betreten hatte.

Brasch war im Begriff, sich umzudrehen und wieder zu gehen, als er eine schneeweiße Katze sah, die sich aus der Haustür schlängelte. Die Tür stand einen Spaltbreit offen. Hatte Leonie nicht davon gesprochen, die Schauspielerin würde Katzen fangen, um ihre Vögel zu beschützen? Demnach hätte das Tier das Grundstück eigentlich meiden müssen. Anscheinend waren einige seltsame Gerüchte über die Schauspielerin in Umlauf.

Brasch blickte durch den Türspalt in das Haus hinein. Der Flur war wie bei ihrem Besuch vor knapp drei Stunden nur schwach erleuchtet. Statt der Stimmen hörte er nun laute Musik, ein paar elegische Geigen, die dann abrupt verhallten.

Der Film ist zu Ende, dachte Brasch, während er der Tür einen leichten Stoß versetzte. Die Szene im Wohnzimmer konnte man sich leicht vorstellen: Die Schauspielerin ruhte wie eine Diva auf dem Sofa, vermutlich eine leere Flasche Wein oder Whiskey vor sich, und war sanft entschlummert. Allerdings musste sie sich schon einen richtigen Rausch angetrunken haben, wenn sie die Lautstärke nicht gestört hatte.

Brasch überlegte umzukehren. Es sah nicht so aus, als würden hier irgendwo Kinder gefangen gehalten und gequält werden. Aus der Küche, die bei ihrem Besuch dunkel gewesen war, fiel ein heller Lichtschein. Ein großer gelber Schal lag wie aufgefächert vor einer der drei großen weißen Plastiken, die der Halle einen beinahe musealen Charakter verliehen. Wie eine Einladung wirkte der Schal, als hätte die Schauspielerin sich in der Halle hastig zu entkleiden begonnen, aber vielleicht ließ sie sich ja von ehemaligen, längst verblichenen Liebhabern, deren Anwesenheit sie sich vorstellte, durch das Haus scheuchen. Oder sie bestellte sich nachts, sobald die Nachbarn ihre Jalousien heruntergelassen hatten, junge Männer ins Haus, mit denen sie sich dann vergnügte. Geld genug schien sie jedenfalls zu haben, um sich jeden Liebesdienst erkaufen zu können.

In der Ecke zum Wohnzimmer lag eine zerbrochene Vase. Weiß, dass man sie kaum erkennen konnte, verteilten sich die Scherben auf den weißen Kacheln. Auch ein Bild war von der Wand gefallen. Das Glas war zersplittert, und die großen, dezent geschminkten Augen einer Frau blickten Brasch vom Boden aus traurig an. Unwillkürlich zog er ein Paar Gummihandschuhe, die er stets bei sich trug, aus der Tasche und streifte sie über. Er trat über den Schal hinweg, ohne ihn zu berühren, und näherte sich dem Raum, den er für das Wohnzimmer hielt. Zwei Türflügel, die wie poliertes Elfenbein schimmerten, waren nach innen geöffnet. Der Raum wurde lediglich durch eine Stehlampe erhellt, die ein mattes gelbliches Licht ausstrahlte. Auf der einen Seite des Raums befand sich ein riesiger Bildschirm, der beinahe die Ausmaße einer Kinoleinwand hatte. Der Bildschirm war dunkel, nur eine blinkende Kontrolllampe rechts von ihm verriet, dass irgendein Gerät, ein Videorekorder oder DVD-Player, noch eingeschaltet war. Zwei mannshohe Lautsprecherboxen rahmten den Bildschirm ein. Dahinter hingen drei schwarzweiße Porträtaufnahmen einer Frau. Brasch kam zum ersten Mal der Gedanke, dass die Fotos die viel jüngere, lasziv blickende Marlene Brühl zeigten.

Links davon standen ein antiker Tisch mit lediglich zwei Stühlen, die zum Bildschirm hin ausgerichtet waren, und ein schwarzer Ledersessel mit wuchtigen Armlehnen. Das Sofa auf der anderen Seite des Raums war leer. Eine Flasche mit einer bernsteinfarbenen Flüssigkeit auf einem gläsernen Beistelltisch bewies aber, dass Brasch mit seiner Annahme nicht ganz Unrecht gehabt hatte. Hier hatte die Schauspielerin gelegen und sich einen Film angeschaut, bevor irgendetwas sie aufgeschreckt hatte.

Brasch begriff, wie merkwürdig es aussehen musste, wenn die Schauspielerin nun plötzlich in den Raum zurückkehren würde, womöglich in bester Alkohollaune und in leicht bekleideter, viel jüngerer männlicher Begleitung. Unschlüssig stand er da, dann bemerkte er, dass an einem Schrank, ein Stück neben dem Sofa, eine Schublade aufgerissen worden war. Papiere quollen hervor, und eine Schatulle war zu Boden gefallen. Genaueres war bei dem matten Licht nicht zu erkennen.

Als Brasch in die Hocke ging, um die Schatulle aufzuheben, sah er die Schauspielerin. Sie lag auf der anderen Seite des Tisches. Ihr Haar glänzte in einem fahlen, weißlichen Schimmer, sie trug noch immer ihren schwarzen Kimono, aus dem klein und puppenhaft ihre nackten Füße hervorlugten. Obwohl der Kopf abgewandt lag und kein Blut zu sehen war, wusste Brasch sofort, dass die Schauspielerin tot war. Sie hielt keine Kinder versteckt. Knapp drei Stunden nach seinem Besuch war Marlene Brühl ermordet worden.

Im nächsten Moment hörte er Schritte in der Halle. Sie schienen sich zu nähern, nicht hastig, sondern ruhig und zielstrebig, als würde der Eindringling sich hier auskennen oder als hätte er gar auf Brasch gewartet. Brasch schaffte es noch, sich aufzurichten, dann stand ein Mann in der Tür und schaute ihn an. Er trug eine blaue Jacke; wie ein Monteur sah er aus, nein, wie ein Bauer, der eben aus seinem Stall gekommen war. Feuchte Erde klebte an seinen breiten Gummischuhen.

»Wer sind Sie?«, fragte Brasch. »Was tun Sie hier?« Es gelang ihm, mit fester Stimme zu sprechen, aber nie in seinem

Leben war ihm so mulmig gewesen. Er hatte keine Waffe bei sich, und der Mann mochte fast zwei Meter groß sein.

Der Fremde blickte sich suchend um, ohne etwas zu erwidern. Seine blonden Haare waren kurz geschnitten und ragten wie Stacheln aus seinem kantigen Schädel.

»Was tun Sie hier?«, wiederholte Brasch, während er einen Schritt auf den Mann zumachte. Er überlegte, ob er nach seinem Handy in der Jackentasche greifen oder die Polizeimarke hervorziehen sollte, aber mit einer Bewegung, die nicht zu seinem groben, scheinbar ungelenken Körper passte, drehte der Mann sich plötzlich herum. Er stieß einen Laut aus, der wie ein hohes, tierisches Grunzen klang, und reckte Brasch zwei verwachsene Hände entgegen, an denen sämtliche Finger zu fehlen schienen. Der Schrecken ließ Brasch zurückweichen. Einen Augenblick später wischte der erste Schlag an ihm vorbei. Geduckt stürmte der Mann heran, stieß wieder ein Knurren aus und traf Brasch schmerzhaft an der Schulter. Ein weiterer ungestümer Hieb verfehlte ihn um Haaresbreite. Hielt der Mann ihn für den Mörder von Marlene Brühl? Oder war er selbst der Täter?

Den winzigen Moment, den sein Angreifer nach dem letzten Schwinger brauchte, um die Balance wiederzuerlangen, nutzte Brasch. Seine Instinkte funktionierten. Er tauchte an dem Mann vorbei, trat ihm mit dem linken Fuß das Bein weg und erwischte ihn gleichzeitig mit einer krachenden Rechten am Kopf. Endlich zahlte sich das Boxtraining aus, das er wieder regelmäßig mit seinem Kollegen Mehler betrieb. Der Mann strauchelte und prallte dann mit dem Gesicht auf das Sofa. Sofort war Brasch über ihm, stieß ihm das Knie in den Rücken und riss seinen linken Arm zurück.

»Kriminalpolizei«, keuchte Brasch. »Sie sind vorläufig festgenommen.«

Wie ein gefangenes Tier bewegte der Mann den Kopf, ohne einen Laut von sich zu geben, obwohl er furchtbare Schmerzen haben musste. Er roch nach Gras und nach feuchter, frisch geschorener Wolle. Ein seltsamer Geruch für einen Mörder.

5

In einer alten Sage, die aus Prag stammte, hatte ein Rabbi, um sein geschundenes Volk zu verteidigen, ein Wesen aus Lehm erschaffen, den Golem, der ihm dann jedoch außer Kontrolle geriet, sodass er ihn unschädlich machen musste. Für die Rolle des Golems wäre der Riese in der blauen Jacke die ideale Besetzung gewesen. Nachdem Brasch ihm seine Polizeimarke gezeigt hatte, war jede Kraft aus ihm gewichen. Zusammengesunken hockte er auf dem Boden und starrte zu der toten Schauspielerin hinüber. Mühsam hatte er seinen Namen über die Lippen gebracht. Er hieß Bruno – zumindest hatte Brasch die groben Laute so zusammengesetzt, damit sie einen Sinn erhielten. Warum Bruno in das Haus gekommen war, hatte Brasch auch nach mehreren geduldigen Fragen nicht von ihm erfahren. Der Ausdruck in den Augen des Riesen wechselte von Angst zu Nichtbegreifen, dann wieder loderte Zorn in ihnen auf, und Brasch glaubte schon, er könnte versuchen, sich nochmals auf ihn zu stürzen. Wenn er der Mörder war, würden ihn die Spuren leicht verraten.

Die junge Polizistin, die ihn am Abend bei der Suche nach den Kindern begleitet hatte, war noch immer im Dienst. Zusammen mit ihrem Kollegen, einem älteren, schnauzbärtigen Mann, dem Brasch schon einmal begegnet war, traf sie als Erste in der Villa ein. Er übergab ihnen den Riesen, der sie scheu anblickte, damit sie ihn in die Küche führten, um mehr als einen gestammelten Vornamen aus ihm herauszubekommen.

Als er aus dem Zimmer gebracht wurde, drehte Bruno sich noch einmal um. Ein anderes Begreifen lag nun in seinem Blick, als wäre ihm endlich bewusst geworden, dass man ihn für den Mörder halten könnte. Stumm musterte er Brasch, und dann hob er seine verkrüppelten Hände, an denen tatsächlich fast alle Finger fehlten, und bekreuzigte sich hastig.

Brasch setzte sich und wischte sich über die Augen. Den Riesen zu überwältigen hatte ihm beinahe seine letzten Kräfte geraubt. In den letzten Tagen hatte er allenfalls drei, vier Stunden geschlafen. Seine Mutter war meistens zu erschöpft gewesen, um bei ihrem sterbenden Mann zu wachen, und seinem Bruder hatte er nicht vertraut. Rudolf brachte es fertig, sich am Totenbett seines Vaters zu betrinken, sentimental zu werden oder ihm vielleicht sogar Vorwürfe zu machen.

»Es war alles nichts«, hatte sein Vater gesagt, kurz bevor er starb. Brasch begriff, dass er diesen Satz in seinem Kopf wieder und wieder hören würde. Die schreckliche, bittere Erkenntnis eines Sterbenden. Aber hieß es nicht, dass Menschen in ihrem Tod jede Angst verloren und das Unausweichliche mit Ruhe annahmen?

Sobald er den Kopf drehte, konnte er die tote Schauspielerin sehen. Er hätte sich längst über sie beugen müssen, feststellen, ob sie wirklich tot war, auch wenn er es genau zu wissen meinte.

Die Stimmen der beiden Polizisten drangen dumpf zu ihm herüber. Auch sie schienen mit dem anscheinend schwachsinnigen Bruno nicht recht weiterzukommen. Ja, Schwachsinn war eine Erklärung für den Zustand des Mannes, aber was machte er mitten in der Nacht hier im Haus der Schauspielerin?

Pia schlich beinahe lautlos heran. Brasch sah zuerst ihre weiße enge Cordhose, dann ihre kurzen grünen Stiefel, die zu ihrer Lederjacke passten. Sie lächelte müde.

»Ich dachte, du bist auf der Beerdigung deines Vaters«, sagte sie. »Stattdessen suchst du uns Arbeit.«

Er winkte ab. »Ich bin geflohen«, sagte er, »wollte mit Leonie reden. Sie war auch auf dem Friedhof.«

Pia zog die Augenbrauen in die Höhe. Sie kannte seine lange Geschichte mit Leonie, die Fehlgeburt, den Auszug über Nacht und seine vergeblichen Versuche, alles wieder ins Lot zu bringen. Wenn er es recht betrachtete, war Pia eine der schönsten Frauen, die er kannte. Kurze, stets zerzauste blonde Haare, ein schmaler, perfekter Mund und strahlend blaue Augen. Außerdem war sie in Form, kletterte in ihrer Freizeit in irgendwelchen steilen Felswänden herum und redete nie über ihre unglücklichen Liebesgeschichten. Ihr letzter Freund war irgendwie nach Korea abgehauen, um dort als Manager einer deutschen Firma Karriere zu machen. Viel mehr hatte sie Brasch nie über sich verraten.

Sie beugte sich über die tote Schauspielerin. »Wieso bist du hier?«, fragte sie.

Er berichtete kurz von Barbara Lind, deren verschwundenen Kindern und seinem ersten Besuch in der Villa.

»Und sind die Kinder hier gewesen?«

Brasch spürte einen leichten Schwindel, als er sich erhob. »Ich habe keine Ahnung. Kaum hatte ich die Tote entdeckt, stand der Riese in der Tür und stürzte sich auf mich.«

Die alte Schauspielerin war erdrosselt worden. Tiefe blutige Striemen hatten sich in ihren Hals gegraben. Ihre Augen waren weit geöffnet und starrten ungläubig vor sich hin. Seltsamerweise sah sie im Tod jünger aus, ihre Wangen hatten einen zarten bläulichen Schimmer angenommen. Brasch erkannte, dass er Recht gehabt hatte; die Aufnahmen an den Wänden zeigten sie, schwarzweiß und kunstvoll und viel jünger; vielleicht waren es Standfotos aus ihren Filmen.

»Ich glaube, mein Vater war ein echter Fan vor ihr. Er hat sich im Fernsehen jeden Film angeschaut, der von ihr wiederholt wurde. Muss aber etliche Jahre her sein.« Pia blickte sich um. »Mit was ist sie getötet worden?«

»In der Halle liegt ein gelber Schal. Möglicherweise ...« Er hörte ein Seufzen hinter sich und wandte sich um.

Barbara Lind stand zitternd in der Tür. Eine Hand hatte sie vor den Mund gelegt, dann fuhr sie panisch herum. »Wo sind meine Kinder?«, rief sie. »Ist Tobias hier?«

Brasch eilte ihr nach und bekam sie an der Schulter zu fassen, bevor sie in die Küche stürmen konnte.

»Wir haben das Haus noch nicht gründlich durchsucht, aber ich bin sicher, dass Ihre Kinder nicht hier sind«, sagte er und hielt sie sanft fest.

Bruno, der Riese, hockte auf einem Stuhl und schaute zu ihnen herüber. Seine Stirn war gerunzelt. In dem grellen Licht der Küche sah er noch furchterregender aus, doch kaum hatte er Barbara Lind entdeckt, begann ein schüchternes Lächeln sein Gesicht zu verwandeln.

»Bruno«, fragte sie ohne Vorwurf in der Stimme, »weißt du etwas von Thea und Tobias? Hast du etwas gesehen?«

Es dauerte offenbar einen Moment, bis die Worte ihn erreicht hatten, als würden sie auf unendlich langsamen

Schallwellen zu ihm hingetragen. Dann schüttelte er heftig den Kopf.

»Er versteht Sie?«, fragte Brasch.

Barbara Lind wischte seine Hand von ihrer Schulter, als wäre sie nichts anderes als ein lästiges Insekt. »Bruno ist so gut wie taub«, sagte sie leise, als dürfte es niemand hören. »Er hat als Kind mit irgendwelchen gefährlichen Chemikalien herumgespielt, und dabei hat ihm eine Explosion fast sämtliche Finger weggerissen und sein Gehör zerstört.« Sie schien sich wieder ein wenig gefasst zu haben, doch dann versetzte sie Brasch einen Stoß, der ihn beinahe stürzen ließ, und lief auf eine Kellertreppe am Ende der Halle zu, die er noch gar nicht bemerkt hatte. »Tobias!«, rief sie. »Bist du hier?« Es klang wie ein Hilferuf und eine Warnung zugleich.

Brasch folgte ihr eine dunkle, gewundene Treppe hinunter. Erst als er die letzte Stufe erreicht hatte, flammte ein helles Deckenlicht auf.

»Glauben Sie wirklich, eine alte Frau könnte Ihre Kinder hier einsperren?«, fragte er, doch im nächsten Moment fiel ihm ein, dass er sich gründlich getäuscht haben mochte. Marlene Brühl war tot; und wer sagte, dass die verschwundenen Zwillinge bei diesem Mord nicht eine Rolle gespielt hatten?

Barbara Lind hatte die erste Tür aufgerissen, die in einen schmalen, weiß gestrichenen Gang führte. Stumm und wie erstarrt blickte sie hinein. Brasch spürte, wie sich sein Magen zusammenzog. Hatte sie tatsächlich ihre Kinder entdeckt, gequält und geknebelt in einem düsteren Keller?

Er schob sich langsam neben sie, auf einen schrecklichen Anblick vorbereitet. Zuerst nahm er einen penetranten süßlichen Geruch wahr, dann sah er Barbara Lind vor sich; verzerrt, in Einzelteile zerlegt, die sie wie einen schlecht zusammengesetzten Automatenmenschen wirken ließen, stand sie da und starrte ihn voller Erstaunen an. Brasch registrierte, dass er in einen Spiegelraum hineinsah. Keinerlei Mobiliar verstellte den Blick. Alle Wände waren vom Boden bis zur Decke mit Spiegeln versehen; ein Handlauf auf Brusthöhe verriet, dass der Raum für eine Art Ballett- oder Tanzunterricht gedient hatte, aber das war offenbar schon lange her. Die Spiegel waren zersprungen, an manchen Stellen auch ganz von der Wand gefallen, und der Parkettboden war über und über mit Scherben bedeckt, grüne, braune, weiße Scherben, eine bizarre Landschaft aus Scherben, die diesen süßlichen Geruch verströmten.

»Gehen Sie besser nicht hinein«, sagte Brasch, als Barbara Lind neben ihm mit dem Fuß eine Scherbe berührte, als hätte sie ein rätselhaftes lebendiges Wesen vor sich. »Möglicherweise kann man sich hier sogar durch die Schuhsohlen hindurch verletzen.«

»Was hat sie hier gemacht?«, fragte Barbara Lind tonlos. Brasch beobachtete in den Spiegeln, wie ihre Augen den Raum absuchten.

Es war nicht schwierig, sich vorzustellen, was Marlene Brühl in diesem Ballettzimmer getan hatte. Statt zu tanzen und sich in Form zu halten, hatte sie irgendwann begonnen, mit leeren Flaschen um sich zu werfen und die Spiegel zu zertrümmern.

Nachdem sie sich auch die drei anderen Kellerräume angesehen hatten, rief Brasch die junge Polizistin und ließ Barbara Lind nach Hause bringen. Nichts deutete darauf hin, dass die Kinder bei der toten Schauspielerin gewesen waren, aber Genaueres würde erst die Spurensicherung herausfinden.

»Versuchen Sie zu schlafen«, riet er ihr, doch sie antwortete lediglich mit einer abfälligen Geste.

»Ein Mord und zwei verschwundene Kinder«, sagte Frank Mehler, sein Kollege, der nun auch eingetroffen war, obwohl er eigentlich an ihrem anderen Fall arbeiten musste. »Ist in der Nachbarschaft nicht neulich ein Pferd getötet worden? Sieht aus, als wären wir in einer wirklich idyllischen Gegend gelandet.«

Brasch nickte müde, während Pia, ohne auf Mehlers sarkastische Bemerkung zu reagieren, zwei Kriminaltechniker einwies. Zuerst begannen sie, große Halogenlampen aufzubauen, die das komplette Wohnzimmer ausleuchteten. Wie eine bleiche Wasserleiche lag Marlene Brühl nun da. Was für ein Leben hatte sie in ihrem Haus gelebt?, fragte Brasch sich. Alles sah nach abgrundtiefer Einsamkeit und Verzweiflung aus, aber nichts deutete an, welchen Grund es gegeben haben könnte, sie zu töten.

»Vielleicht war es ein gewöhnlicher Raubmord«, sagte Mehler, als hätte er erraten, worüber Brasch sich Gedanken machte.

»Die Tote hatte überall Kameras«, erwiderte Brasch. »Niemand konnte sich dem Haus nähern, ohne dass sie es mitbekam.«

»Haben die Kameras etwas aufgezeichnet? Hast du das schon überprüft?«

Brasch schüttelte den Kopf. Er versuchte immer, analytisch vorzugehen, doch nun fehlte ihm der Überblick. Er war zu müde. Er hätte nach Hause fahren und erst einmal zwei oder drei Stunden schlafen sollen, bevor er mit den Ermittlungen weitermachte. Warum hatte er nicht sofort an die Kameras gedacht?

Mehler schaute ihn forschend an. »Alles in Ordnung mit dir? Wie war die Beerdigung?«

Brasch antwortete nicht darauf, sondern bedeutete Mehler, ihm zu folgen. Seit ihr Kommissariat keinen Chef mehr hatte, regelten sie alles im Einvernehmen. Sie waren fast gleichaltrig, und manchmal sah es aus, als wären sie Freunde, wenn sie abends im Keller des Präsidiums trainierten und ein paar Runden gegeneinander boxten. Neuerdings hatte Mehler ihn sogar überreden wollen, hinterher mit ihm zu kochen, obwohl Brasch sich selbst kaum ein Omelett zubereiten konnte. Mehler hatte eine große Dreizimmerwohnung in Klettenberg, einem der besseren Stadtteile Kölns. Insgeheim hegte Brasch allerdings den Verdacht, dass diese Einladung zum Kochen in Wahrheit eher Pia gegolten hatte. Gelegentlich schien es, als interessiere Mehler sich auf eine Art für sie, die weit über das Interesse hinausging, das man für eine hübsche Kollegin empfinden sollte. Als Pia einmal angeschossen worden war, hatte er beinahe durchgedreht, aber ihr schien seine Fürsorge eher lästig.

Das Schlafzimmer der Schauspielerin befand sich hinter der Küche, ein überraschend großer Raum, in dem die Farben Weiß und Rosé vorherrschten. Ein weißer, plüschiger Teppich führte zum Bett, das den Eindruck erweckte, als hätte Marlene Brühl sich vor wenigen Augenblicken erst aus den zerwühlten Laken erhoben. Spiegel gab es in diesem Raum nicht, dafür einen riesigen Kleiderschrank, ein langes weißes Regal mit ein paar Büchern, einer großen Glaskugel, wie Brasch sie einmal bei einer Wahrsagerin gesehen hatte, einem Videorekorder und einem Fernseher, der angeschaltet war. Stumm fuhr ein junges, offensichtlich amerikanisches Paar in einem offenen Jeep durch die Wüste. Der Mann am Steuer gestikulierte heftig, während die Frau ihm angestrengt zuhörte. Zwei schmale Tische waren wie Inseln im Raum platziert, die Marlene Brühl gelegentlich angelaufen hatte, um sich mit Alkohol einzudecken. Jeden der beiden

Tische zierte eine ansehnliche Sammlung von leeren oder halbvollen Likör- und Whiskeyflaschen sowie drei randvolle Aschenbecher.

»Sieht so aus, als hätte sie hier ihre Tage verbracht«, meinte Mehler und nahm eine der Flasche in die Hand. »Aber in diesem Raum ist der Mörder nicht gewesen.«

»Sie hat vermutlich auf dem Sofa gelegen und ihm die Tür aufgemacht«, sagte Brasch. »Als ich draußen vor der Tür stand, lief der Rekorder im Wohnzimmer noch.«

Hinter der Tür entdeckte er eine Kommode mit einem plüschigen Hocker und drei kleinen, nebeneinander angeordneten Bildschirmen, die allesamt abgeschaltet waren. Brasch öffnete die erste Schublade der Kommode. Da befand sich zwar ein Schalttableau, aber kein Aufzeichnungsgerät.

»Das wäre auch zu schön gewesen«, sagte Mehler hinter ihm, »gefilmt zu bekommen, wie ein Mörder das Haus betritt und vorher ordentlich an der Tür klingelt.«

Brasch schaltete die Anlage an, und eine Sekunde später zeigten die Bildschirme schwarzweiß und recht grobkörnig drei verschiedene Ausschnitte des Grundstücks. Auf einem waren lediglich schattenhaft Bäume zu erkennen, die zweite Kamera hing offenbar an der Tür. Man konnte beobachten, wie einer der Kriminaltechniker mit einem glänzenden Koffer das Haus betrat. Die dritte Kamera hatte die Pforte an der Straße im Visier. Nach etwa zehn Sekunden wechselten die Bildausschnitte. Zwei düstere Bilder aus dem Garten, auf denen kaum etwas zu erahnen war, tauchten auf den Monitoren auf, sowie der Eingang aus einer anderen Perspektive.

»Ein hübsches Spielzeug«, sagte Mehler, »aber zur Überwachung taugt die Anlage überhaupt nicht.«

»Es war wahrscheinlich auch nur Spielerei. Wovor hätte eine alte Schauspielerin auch Angst haben sollen?« Brasch wollte die Kameras bereits wieder abschalten, da sprangen die Bilder abermals um. Auf einem der Monitore war ein größerer Ausschnitt der Straße zu sehen. Ein Streifenwagen ragte halb ins Bild, und dahinter zogen zwei beinahe identische blonde Schatten die Straße entlang. Während der eine Schatten einen kurzen Blick zum Haus und zur Kamera hinüberwarf, starrte der andere stur vor sich hin. Dann verschwanden beide aus dem Blickfeld.

»Hast du das gesehen?«, fragte Brasch. Die Aufnahme war so grobkörnig und unscharf gewesen, dass er schon glaubte, sich geirrt zu haben.

»Ja.« Mehler strich sich durch sein Haar, das ganz gegen seine Gewohnheit nicht mehr streichholzlang war, sondern bereits Ohren und Kragen bedeckte. »Das waren zwei Kinder auf der Dorfstraße.«

Als sie den beiden Kindern nachhetzten, begann auch das Mädchen in ihrer orangefarbenen Jacke loszurennen. Der Junge konnte ihr jedoch nicht folgen. Er taumelte eher, als dass er lief, dann sank er kraftlos auf die Knie, fast als wolle er beten.

Mehler erreichte ihn zuerst und half ihm wieder auf die Beine.

»Wir sind von der Polizei«, sagte Brasch und zeigte seinen Ausweis. »Du bist Tobias, nicht wahr?«

Der Junge war betrunken. Er schaute ihn mit glasigen Augen an und schüttelte dann den Kopf. Es hatte den Anschein, als hätte er sich irgendwo im Sand gewälzt. Ölflecken klebten auf seiner Jeansjacke, und auf seiner linken Gesichtshälfte prangte ein dunkler, schmutziger Strich. Er sah noch wie ein Kind aus, in dem aber schon die Konturen eines Mannes steckten.

»Wo seid ihr gewesen?«, fragte Brasch. Der Junge konnte kaum aufrecht stehen und fiel Mehler beinahe in die Arme. Ein leises, unverständliches Murmeln kam über seine Lippen.

»Wir waren auf der *Gloria*«, sagte das Mädchen aus einiger Entfernung. Langsam schritt sie die Straße zurück. »Auf dem alten Schiff, das hinten am Worringer Ufer festliegt.«

»Eure Mutter macht sich Sorgen. Der halbe Ort hat euch gesucht«, sagte Brasch.

Das Mädchen lächelte gequält. Sie war sehr hübsch. Unter ihren langen blonden Haaren blinkten grüne Ohrringe hervor. Genau wie ihr Bruder wirkte sie viel älter als zwölf. »Tobias ist eingeschlafen«, sagte sie, »und ich habe ihn nicht mehr wach bekommen. Da habe ich mich zu ihm gesetzt und gewartet. Ich wollte ihn nicht allein lassen.« Sie deutete auf den Streifenwagen vor der Villa der Schauspielerin. »Wir konnten ja nicht wissen, dass meine Mutter sofort die Polizei ruft.« Eine deutliche Spur von Verachtung lag in der Art, wie sie das Wort »Mutter« betonte.

»Macht ihr das öfter, dass ihr euch auf einen rostigen Kahn verzieht und euch volllaufen lasst?«, fragte Mehler vorwurfsvoll. Der Junge lehnte sich nun mit dem Kopf wie ein angeschlagener Boxer gegen seine Schulter und starrte zu Boden, während er wieder unverständliche Laute vor sich hin murmelte.

»Ich habe nichts getrunken, keinen Tropfen«, sagte das Mädchen ernst. »Ich habe nur auf meinen Bruder aufgepasst. Er ist anders. Er hält es nicht mehr aus – meine Mutter, die Schule und das alles.«

»Alles kein Grund, um abzuhauen«, sagte Mehler. »Wisst

ihr, wie spät es schon ist? Halb zwei in der Nacht. Da macht jede Mutter der Welt sich Sorgen.« Er packte den Jungen unter den Schultern und führte ihn die Straße entlang. Der Schriftzug *Gärtnerei Lind* über dem Blumengeschäft leuchtete hellrot in der Nacht.

Brasch ließ Mehler mit dem Jungen einige Schritte vorausgehen und postierte sich neben dem Mädchen.

»Gefällt mir, dass du auf deinen Bruder aufgepasst hast«, sagte er.

Sie schaute lauernd zu ihm auf. »So?«, meinte sie dann und strich sich eine blonde Strähne aus dem Gesicht. Ein paar Jahre noch, und sie würde alle Männer in ihrer Nähe um den Verstand bringen. Ihre Hände waren sauber, als käme sie soeben aus dem Schwimmbad, und auch ihre Kleidung hatte nichts abgekriegt, kein Ölfleck, keine Spur, dass sie ein paar Stunden auf einem alten Schiff verbracht hatte.

»Ich weiß, dass ihr manchmal zu der Schauspielerin geht«, sagte Brasch.

Bevor er weiterreden konnte, fragte das Mädchen hastig: »Ist was mit ihr?«

Brasch antwortete nicht. »Habt ihr sie heute gesehen? Wart ihr vielleicht sogar bei ihr?«

»Mary ist cool«, erklärte das Mädchen. »Ein wenig verrückt vielleicht, aber auf keinen Fall so spießig wie die anderen, die hier wohnen.«

Brasch überlegte, wann er das letzte Mal einer Zwölfjährigen begegnet war. In seiner Vorstellung spielten zwölfjährige Mädchen noch mit Puppen oder lasen Pferdebücher und schrieben ihren Freundinnen altkluge Verse ins Poesiealbum.

»Hast du sie heute gesehen?«, fragte er.

Das Mädchen zögerte plötzlich. Eine Katze überquerte in

aller Seelenruhe die Straße. Irgendwo wurde ein Auto gestartet, und in dem Wohnzimmer von Barbara Lind brannte noch immer Licht. Ansonsten war alles still, weil auch der Junge stehen geblieben war und seine Turnschuhe nicht mehr über den Asphalt schlurften.

Mehler schaute sich zu ihm um und hob fragend die Augenbrauen. Die Kinder hatten Angst vor ihrer Mutter, aber offenbar nicht, weil sie so spät nach Hause kamen, noch dazu in Begleitung zweier Polizisten. Vielleicht gab es ein paar Dinge in der Familie Lind, von denen niemand in der Straße etwas wusste.

»Ich habe sie nicht gesehen, aber ein Mann, der sie manchmal besucht, war gegen Mittag bei ihr, der große Schwarzhaarige mit dem Sportwagen, und dann ist Speitel bei ihr gewesen.« Das Mädchen ging weiter, ließ aber nun die Eingangstür neben dem Laden nicht mehr aus den Augen. Es war, als läge ein Bannkreis um das Haus. Sie bewegte sich anders, geduckter, langsamer.

»Wer ist Speitel?«, fragte Brasch.

Das Mädchen hatte diesen seltsamen Namen mit größter Selbstverständlichkeit ausgesprochen.

»Ich verstehe nicht, warum Sie mir diese Fragen stellen.« Sie blickte ihn mit zusammengekniffenen Augen an. »Speitel ist Marys Nachbar. Er wohnt auf der anderen Seite der Straße und schreibt ihre Briefe und bezahlt ihre Rechnungen.«

»Hast du gesehen, wann Speitel zu ihr gegangen ist?« Brasch entdeckte einen riesenhaften Schatten am Fenster. Jemand blickte hinaus, aber es war nicht Barbara Lind, sondern Leonie, wie Brasch sofort erkannte. Ein rötlicher Schimmer der Leuchtreklame fiel auf ihr schwarzes Haar.

»Er ist nicht zu Mary, sondern von ihr weggegangen. Wir

haben es vom Weg zum Deich aus gesehen.« Das Mädchen hatte den Schatten auch bemerkt. Sie flüsterte beinahe. »Ist Mary etwas passiert?«

»Sie ist tot«, sagte Brasch. »Sie ist ermordet worden, während wir nach euch gesucht haben.«

Das Mädchen griff nach seiner Hand, eine kleine, kalte Hand, die sich an ihm festkrallte. Sie ist doch erst zwölf, fiel Brasch ein, er hätte es ihr anders sagen müssen.

Einen Moment später wurde die Eingangstür geöffnet. Barbara Lind stürzte auf die Straße. Sie war barfuß und trug einen weißen Bademantel. Brasch war sicher, dass sie inzwischen einiges getrunken hatte. Möglicherweise hatte ihr Sohn ein gutes Vorbild in der Familie.

»Endlich!«, rief sie. »Wo seid ihr gewesen?« Sie drückte ihrer Tochter einen Kuss auf die Wange, die es reglos geschehen ließ, und nahm dann ihren Sohn in den Arm. »Ich war ganz krank vor Sorge. Wie konntet ihr mir nur so etwas antun!«

Der Sohn grunzte etwas, das wiederum nicht zu verstehen war. Barbara Lind strich ihm wie einem Säugling über den Kopf und schaute Brasch dabei an. Ein stahlharter Vorwurf lag in ihrem Blick, als wäre er es gewesen, der ihre Kinder von ihr ferngehalten hatte.

»Sie waren drüben in Worringen auf einem alten Schiff«, sagte er, »und sind dann wohl eingeschlafen.« Es klang wie eine lahme Entschuldigung. »Am besten bringen Sie die beiden gleich ins Bett.« Dass ihr Sohn betrunken war, hatte sie vermutlich schon selbst gesehen.

Das Mädchen war bereits auf dem Weg zur Haustür und drehte sich dann noch einmal um. »Wer sollte denn Mary umgebracht haben?«, fragte sie.

»Wir wissen es noch nicht.« Brasch bemerkte, dass nun

auch Leonie auf die Straße getreten war. Ihr war keine Erleichterung darüber anzusehen, dass die Kinder wieder aufgetaucht waren.

»In einer Woche wollte sie einen neuen Film drehen. Hat sie uns vorgestern erzählt.« Das Mädchen schob sich an Leonie vorbei ins Haus. Ihre Mutter folgte ihr. Noch immer hielt sie den schwankenden Tobias im Arm. Sie schluchzte und flüsterte ihm Worte ins Ohr, zu denen er vorsichtig nickte.

»Seltsame Familie.« Mehler steckte sich eine Zigarette an. »Aber immerhin haben wir nun eine Sorge weniger.« Dann ging er lächelnd zu Leonie und begrüßte sie.

Leonie war nicht mit den anderen im Haus verschwunden, sondern wartete an der Tür, die Arme gekreuzt, als würde sie frieren. Als Mehler ihr die Hand reichte, nahm sie widerwillig ihre Arme herunter und beachtete ihn ansonsten kaum, obschon die beiden früher beinahe Freunde gewesen waren.

Sie zog die Augenbrauen in die Höhe, wie sie es manchmal tat, wenn sie nervös war. »Was ist das für ein Irrsinn!«, sagte sie. »Wer hat die Schauspielerin ermordet?«

»Wir wissen es noch nicht«, erwiderte Brasch. »Aber ein Mann hat mich angegriffen, als ich im Haus war. Er heißt angeblich Bruno und …«

»Bruno ist harmlos«, unterbrach ihn Leonie. »Ein bedauernswerter Mensch, der eigentlich jedem aus dem Weg geht. Die Schauspielerin hat seinen Bauwagen auf ihrem Grundstück geduldet, hat ihn mit Wasser und Strom versorgt, und dafür musste er in ihrem Garten arbeiten.« Mit einem Kopfschütteln lehnte sie ab, als Mehler ihr eine Zigarettenschachtel hinhielt. »Haben die Kinder etwas erzählt? Haben sie etwas mit der Sache zu tun?«

»Sie waren auf einem alten Schiff, das in Worringen festliegt. Da hat der Junge sich so betrunken, dass er eingeschlafen ist. Warum fragst du?«

Brasch spürte ihre Unruhe. Leonie schaute an ihm vorbei
die Straße hinunter, als würde sich jemand nähern. Er drehte sich um, doch da war niemand. In der Ferne blitzten lediglich die Scheinwerfer eines Wagens auf. Bald würde der
Leichenwagen kommen, und es war nur eine Frage der Zeit,
wann die ersten Reporter auftauchten.

»Vor zwei Tagen habe ich eine Beobachtung gemacht«,
sagte Leonie, ohne ihn anzublicken. »Ich war am Nachmittag mit dem Hund unterwegs, und da habe ich die Kinder
mit der Schauspielerin gesehen. Sie waren am Rhein, unten
am Sandstrand, und haben sich sehr merkwürdig verhalten.
Für mich hatte es den Anschein, als würden sie da etwas vergraben.«

6

Ihm war übel vor Müdigkeit. Mit offenem Fenster fuhr
Brasch die letzten zwei Kilometer, weil ihm immer wieder
die Augen zufielen. Doch als er in seinem stillen, dunklen
Haus im Bett lag, konnte er plötzlich nicht mehr schlafen. Es
war fünf Uhr morgens, und er hatte das Gefühl, den längs-
ten Tag seines Lebens hinter sich gebracht zu haben und nun
in einer absoluten Leere angekommen zu sein. Noch in der
Nacht hatten sie den Aushilfsgärtner mit aufs Präsidium genommen. Mühsam hatte er seinen Namen »Bruno Lebig«
auf ein Stück Papier geschrieben und darunter ganz groß
das Wort »Nein«, als wolle er damit seine Unschuld beteu-
ern. Schließlich hatte Pia ihn in eine Zelle führen lassen, was

ihn offenkundig furchtbar erschreckt hatte, aber sie waren alle zu erschöpft gewesen, um sich eine Strategie zu überlegen, wie sie sich mit ihm verständigen konnten.

Brasch fiel ein, dass er seine Mutter nicht angerufen hatte. Sie musste den ganzen Abend mit seinem Bruder auf ihn gewartet haben. Dann dachte er an Barbara Lind. Er sah sie vor sich, wie sie ihn beiseitegestoßen und nach ihrem Sohn gerufen hatte. Aber warum nur nach Tobias – warum nicht auch nach ihrer Tochter, die doch die viel Vernünftigere der beiden war? Hatte sie Angst gehabt, ihr Sohn könnte etwas mit dem Mord im Haus zu tun haben, ein zwölfjähriger Junge, den anscheinend ein paar Dinge aus der Bahn geworfen hatten? Nein, es konnte auch einen ganz anderen Grund dafür geben. Vielleicht hing sie stärker an Tobias, weil er sie an ihren Mann erinnerte oder einfach weil Mütter sich eben mehr aus ihren Söhnen machten.

Als es hell wurde, stand Brasch auf und fuhr an den Rhein. Der Himmel war verhangen, unförmige dunkle Wolkengebilde zogen über den Fluss. Kaum jemand war um diese Zeit unterwegs. Lediglich zwei Männer, die in gelbes Ölzeug gekleidet waren, nutzten den ruhigen Samstagmorgen, um an einem Ausleger ihre Angeln auszuwerfen. Brasch setzte sich in einiger Entfernung auf einen Felsblock und behielt den Deich im Auge. Dann wählte er die Nummer seiner Mutter. Es war zehn Minuten vor acht, doch niemand hob ab. Es mochte in ihrem Leben allenfalls eine Hand voll Tage gegeben haben, in denen sie um acht noch im Bett gelegen hatte. Nicht einmal, wenn sie bis spät in der Nacht in ihrem Lokal zu tun gehabt hatte, war sie später als um sieben Uhr aufgestanden, aber vielleicht hatte der Tod ihres Mannes auch diese Gepflogenheit durcheinandergebracht.

Leonie tauchte um kurz vor halb neun auf dem Deich auf.

Sie war allein, ihr Hund lief ein gutes Stück vor ihr her. Achtlos, ohne eine Spur des Erkennens trabte das Tier an Brasch vorbei, während er auf Leonie zuging.

Sie war nicht überrascht, dass er ihr aufgelauert hatte. »Du siehst auch nicht aus, als hättest du viel Schlaf bekommen«, sagte sie.

Er küsste sie auf die Wange und roch ihr Parfüm. So war sie, erinnerte er sich; nicht einmal zu einem frühen Spaziergang mit ihrem Hund ging sie ohne ein dezentes, unauffälliges Make-up und ein wenig Parfüm aus dem Haus.

»Kannst du mir die Stelle zeigen, wo du die Schauspielerin mit den Kindern gesehen hast?«, fragte er sie.

Sie nickte stumm, und nach ein paar Schritten verließen sie den Deich und stiegen eine schmale, aus brüchigen Steinen bestehende Treppe hinunter. Als Brasch sie von der Seite anblickte, die kleinen Fältchen um ihre braunen Augen und um ihren Mund registrierte, begriff er, dass er Leonie noch immer liebte. Er hatte ein paarmal geglaubt, über ihre Trennung hinweggekommen zu sein, aber in Wahrheit war es nicht so, in Wahrheit war er noch immer jemand, der einer verlorenen Liebe nachtrauerte. Er hätte alles getan, um noch einmal neben ihr zu liegen und ihren Duft einzuatmen.

»Was willst du von mir wissen?«, fragte Leonie mit kühler, sachlicher Stimme, während sie einen engen Pfad durch eine Uferwiese einschlugen. »Du bist doch nicht nur gekommen, damit ich dir die Stelle am Rhein zeige!«

Nein, wollte er sagen, eigentlich ist es nur ein Vorwand. Ich bin gekommen, um mit dir spazieren zu gehen und darüber zu reden, warum wir nicht mehr richtig schlafen können. Stattdessen sagte er: »Erzähl mir von der Schauspielerin und den Kindern. Hast du sie häufiger zusammen gesehen?«

»Ich glaube, die Kinder waren viel öfter bei der Schauspielerin, als Barbara weiß. Sie steht morgens in ihrer Gärtnerei, und nachmittags verkauft sie ihre Blumen. Kein Wunder, dass sie da einiges nicht mitkriegt.«

»Was haben die Kinder bei ihr gemacht?«

»Keine Ahnung. Tobias ist sehr verschlossen, und Thea mag mich nicht. Sie ist mir bisher immer aus dem Weg gegangen.« Ihr Hund rannte plötzlich mit lautem Gebell hinter einem Kaninchen her, doch kaum hatte Leonie ihn zur Ordnung gerufen, kehrte er mit hängendem Schwanz zurück.

»Kennst du Speitel, den Nachbarn der Schauspielerin?«, fragte Brasch. Sie gelangten zwischen alte, verwachsene Bäume, und dann hatten sie auf einmal freie Sicht auf den Rhein. Ein riesiges Containerschiff glitt an ihnen vorüber. Mächtig und furchterregend wirkte es, ein stählerner Koloss, scheinbar zum Greifen nah. Brasch erinnerte sich, dass er hier schon einmal mit Leonie gewesen war; ein kleiner Sandstrand, kaum fünfzig Meter von der Fahrrinne entfernt.

»Ich treffe ihn manchmal hier am Fluss. Ich glaube, Gernot ist sehr charmant, aber total verrückt. Er trinkt nur Mineralwasser, zieht sein eigenes Gemüse im Garten und läuft am Wochenende fast bis nach Düsseldorf rauf und wieder zurück. Einmal habe ich sogar beobachtet, wie er frühmorgens nackt im Rhein gebadet hat.«

»Was hat er mit der Schauspielerin zu tun?« Der Hund begann, in das seichte Wasser zu laufen und lauthals zu kläffen, doch Leonie beachtete ihn gar nicht.

»Keine Ahnung. Angeblich ist ihm vor ungefähr zwei Jahren seine Frau weggelaufen, und da hat er sich mit der Schauspielerin angefreundet, fährt sie, wenn sie zum Arzt muss, kauft für sie ein. Wahrscheinlich hat er sie von allen im Ort am besten gekannt.« Sie deutete auf die andere Seite des schmalen Strandes, dorthin, wo der Fluss einen sanften Bogen beschrieb. »Da vorne habe ich die drei gesehen. Ich weiß nicht, ob sie mich bemerkt haben, aber sie wirkten so merkwürdig, nervös und irgendwie, als würden sie etwas Verbotenes tun. Deswegen habe ich mich sofort wieder verzogen.«

Warum sollte hier jemand etwas vergraben?, überlegte Brasch. Nichts war hier sicher. Bei Hochwasser konnte man diese Stelle des Ufers gar nicht mehr erreichen. Außerdem konnte der Fluss bei einem Unwetter leicht den halben Strand mit sich reißen.

Brasch fand den Deckel eines alten, rostigen Eimers und begann damit, den Sand zu durchpflügen.

»Was glaubst du hier zu finden?«, fragte Leonie spöttisch. »Eine Schatztruhe? Den geheimen Sparstrumpf der Schauspielerin? Oder alte Briefe in einer gestrandeten Flaschenpost?« Sie hielt ihr Gesicht in den Wind und winkte einem Schiffer zu, der auf seinem Kahn, der sich mühsam flussaufwärts quälte, an Deck stand.

»Ich weiß es nicht.« Leonie hatte Recht. Es war sinnlos, vollkommen unsystematisch im feuchten Sand zu buddeln. Brasch fand ein paar grünliche Scherben, eine leere, zerbeulte Plastikflasche, doch dann, als der Sand dunkler und härter wurde, stieß er auf einen weißlichen Gegenstand, der seine Neugier weckte. Vielleicht hatte die alte Schauspielerin doch etwas im Sand versteckt, von dem sie nur den Kindern erzählt hatte.

»Gibt es doch einen geheimen Schatz zu heben?«, fragte Leonie. Sie lächelte, und für einen Moment sah sie völlig sorglos aus, als wären sie ein mittelaltes, vertrautes Paar im Urlaub, irgendwo an einer einsamen nördlichen Küste.

»Vielleicht«, sagte er und grub noch ein wenig heftiger. »Eine richtige Schaufel wäre nun nicht schlecht.«

»Deinen Klamotten bekommt so eine Buddelei jedenfalls

nicht«, sagte Leonie leicht tadelnd. »Ich dachte, ihr hättet für solche Arbeiten Spezialisten. Leute, die mit Geigerzählern durch die Gegend laufen, bevor sie anfangen zu graben.«

»Das machen sie nur, wenn wir wissen, wonach wir suchen.« Brasch kniete mittlerweile vor einem größeren feuchten Loch. Seine Hände waren voller Sand und begannen ihm wehzutun, weil das Blech bei jeder Bewegung ins Fleisch schnitt. Der weißliche Gegenstand war ein Knochen, erkannte er, sobald er ein wenig mehr freigelegt hatte. Er grub einen bleichen Schädel aus. Allerdings hatte der offenkundig nicht zu einem menschlichen Körper gehört.

»Großartig«, sagte Leonie, als er den Schädel auf den Sandhaufen warf, den er angehäuft hatte. »Da hat einer vor Urzeiten seinen toten Hund hier vergraben.«

Einen Augenblick später klingelte das Mobiltelefon in seiner Jackentasche.

Seine Mutter, fiel ihm ein, endlich meldete sie sich, um ihm Vorwürfe zu machen, doch es war Pia.

»Wo bist du?«, fragte sie statt einer Begrüßung.

»Ich stehe in Langel am Rhein und habe gerade einen toten Hund ausgebuddelt«, sagte er ohne jede Ironie.

Sie lachte. »Klingt nach einer schönen Beschäftigung, aber wenn es deine Zeit erlaubt, würden wir dich gerne im Präsidium sehen. Wir hatten ein kleines Problem mit unserem stummen Aushilfsgärtner. Er wollte aus dem Fenster springen und abhauen. Außerdem hat vorhin eine Frau angerufen, die behauptet, die Enkelin und Alleinerbin von Marlene Brühl zu sein. Sie lebt in Berlin. Gegen Mittag will sie ins Präsidium kommen.«

Er erwischte seinen Bruder in einem Getränkehandel, während er über die Zoobrücke zum Präsidium fuhr. Im Hintergrund wurde mit Flaschen hantiert, und ein Lastwagen rauschte vorbei. Robert hatte da einen Aushilfsjob bis Weihnachten übernommen.

Es ist noch keine vierundzwanzig Stunden her, seit wir unseren Vater begraben haben, dachte Brasch, aber nun steht mein Bruder in irgendeinem Lagerschuppen in der Eifel, und ich bin mit einem neuen Mordfall beschäftigt, als wäre nichts geschehen.

»Wo ist Agnes?«, fragte Brasch. »Warum ist sie nicht zu Hause?«

»Sie hat heute Nacht bei einer Nachbarin geschlafen«, sagte Robert ohne jeden Vorwurf in der Stimme. »Und heute Morgen wollte sie zur Post gehen, um die Beerdigung zu bezahlen.«

»Habt ihr gestern auf mich gewartet?«

»Agnes hat gesagt, dass du dich mit Leonie versöhnen würdest«, antwortete Robert. »Und – habt ihr euch versöhnt?« Es klang beinahe anzüglich, wie er fragte; als würde er erwarten, irgendein Detail einer erotischen Versöhnungsnacht zu hören.

»Ich glaube nicht«, sagte Brasch und unterbrach die Verbindung.

Pia hatte Bruno, den Aushilfsgärtner, in den fensterlosen Verhörraum gebracht. Frühmorgens, als man ihn aus der Zelle holte, hatte er versucht, einen Beamten zu überwältigen, um durch ein Fenster zu fliehen. Ein zweiter Polizist hatte ihn nur mit Mühe davon abhalten können, mit einem Stuhl die Scheibe einzuschlagen.

Zusammengesunken hockte der Mann an einem Tisch, seine verunstalteten Hände vor sich, als würde er sie einem imaginären Betrachter präsentieren wollen. An der rechten Hand fehlten außer dem Daumen sämtliche Finger, an der anderen waren Zeige- und Mittelfinger verkrüppelt. Konnte man mit solchen Händen einen Menschen erwürgen?, fragte Brasch sich. Der ungeschickte Fluchtversuch musste nichts mit einem Schuldeingeständnis zu tun haben, sondern konnte auch bedeuten, dass der Aushilfsgärtner aus Angst, verdächtigt zu werden, die Nerven verloren hatte.

»Wir haben eine Psychologin ausfindig gemacht, die sich auf Gehörlose spezialisiert hat, aber heute ist Samstag«, sagte Pia. »Keine Ahnung, wann sie vorbeikommt.«

Der Aushilfsgärtner schaute nicht auf, als Brasch sich vor ihn an den Tisch setzte. Lediglich seine Augenlider zuckten und verrieten, dass er Brasch bemerkt hatte. Nun, im hellen Licht zweier Neonleuchten, war zu sehen, wie jung Bruno Lebig noch war. Anfang dreißig, vermutete Brasch, drei, vier Jahre jünger als er selbst. Sein kurz geschnittenes Haar glänzte rötlich, ein weicher, ebenfalls rötlicher Flaum überzog seine Wangen. Seine blauen Augen waren starr auf die rosigen, ein wenig schorfigen Hände gerichtet.

»Ich hatte als Junge einen Klassenkameraden, der so ähnlich aussah wie Sie«, sagte Brasch, selbst überrascht, dass er sich in einer plötzlichen Erinnerung verlor. »Er hieß Ansgar, hatte rote Haare und redete so gut wie nie. Er war der schnellste Läufer an der Schule und Ministrant. Am liebsten brachte er Leute unter die Erde. Bei jedem Begräbnis war er dabei.« Seltsam, dachte Brasch. Während er gestern den Friedhof betreten hatte, hatte er sich nach Ansgar umgesehen, als wären nicht über zwanzig Jahre vergangen, als müsste Ansgar tatsächlich irgendwo auftauchen, ein ewig dreizehnjähriger Ministrant, der würdevoll, mit erhobenem Kinn, die widerspenstigen roten Haare kaum gebändigt, vor dem Priester einherschritt.

Bruno hob den Blick und wirkte noch eine Spur jünger.

Ein Lausbubengesicht mit Sommersprossen versteckte sich irgendwo in seinen Zügen. »Ich war zwölf. Dann ist das mit den Händen passiert. Mein Bruder ist da gestorben«, sagte er langsam, als müsste er jedes Wort kosten, bevor er es aussprach. »Mit Mary habe ich nichts Böses gemacht. Ich dachte …« Er brach ab, vielleicht weil er registriert hatte, wie überrascht Brasch war, ihn reden zu hören.

»Sie dachten, ich hätte ihr etwas angetan?« Brasch sprach betont, mit genauen Bewegungen der Lippen, und ließ Bruno dabei nicht aus den Augen.

Der Aushilfsgärtner nickte. Seine Hände wanderten unruhig über die Tischplatte.

»Sie sind also nicht taub?«, fragte Brasch. »Sie verstehen mich?«

Bruno wischte sich mit der rechten Hand über die Augen. Für einen Moment wirkte es, als steckte seine wahre, unversehrte Hand unter einer groben fleischfarbenen Kappe. »Die Menschen sind ganz weit weg. Wie hinter einer großen Mauer. Sie reden zu schnell, und alles dreht sich im Kopf.«

»Aber nun können wir uns unterhalten, nicht wahr«, sagte Brasch. Er stand auf und holte eine Flasche Mineralwasser und zwei Gläser von einem kleinen Tisch in der Ecke. Pia nickte ihm zu und legte ihnen so, dass Bruno es sehen konnte, ein Diktiergerät auf den Tisch. Es lief bereits, doch der Aushilfsgärtner schien sich nicht daran zu stören. Er fixierte Brasch mit sorgenvollem Blick, als hätte er zu ihm Vertrauen gefasst und hoffte nun, nicht enttäuscht zu werden.

»Wir werden Sie nicht länger hierbehalten. Sie können gleich nach Hause gehen.« Brasch goss Wasser in ein Glas und schob es Bruno hin. »Doch vorher müssen Sie uns ein wenig erzählen, was gestern Abend passiert ist. Warum sind Sie ins Haus gekommen?«

Bruno trank wie ein Verdurstender. Sein Blick flirrte plötzlich hin und her. Er ist es nicht gewöhnt, angeschaut zu werden, dachte Brasch und versuchte sich vorzustellen, wie Bruno in seinem Bauwagen lebte, unauffällig, geräuschlos, das Faktotum, das keiner beachtete, ein guter Kerl, genau richtig für ein paar Aushilfsjobs, bei denen man nicht viel denken musste. Vielleicht ließe sich seine Behinderung mit einem guten Hörgerät sogar beheben, aber noch nie schien sich jemand darum gekümmert zu haben.

»Mary will nicht, dass ich im Haus bin. Ich wollte nachsehen und vielleicht Barbara treffen.« Er trank auch das zweite Glas aus, das Brasch ihm hinschob.

»Meinen Sie Barbara Lind?« Brasch warf Pia einen fragenden Blick zu. »Warum sollte Frau Lind im Haus sein?« Mit keinem Wort hatte sie der Polizei gegenüber erwähnt, dass sie selbst bei der Schauspielerin schon nach ihren Kindern gesucht hatte.

»Barbara ist immer sehr nett. Sie ist hingegangen zu Mary. Durch den Garten, als es schon dunkel war.«

»Sie meinen, kurz bevor Sie ins Haus gekommen sind und mich im Wohnzimmer gesehen haben, ist Barbara Lind auch da gewesen?«

Bruno nickte und starrte auf sein leeres Wasserglas. »Glaube schon«, sagte er dann, aber so leise und vage, als würden ihm nun Zweifel kommen.

»Musst du heute zurück in die Eifel fahren?«, fragte Pia, während sie ins Auto stiegen. Bruno nahm hinten Platz, wie ein großer Junge, der sich auf eine Spazierfahrt freute. Mühsam hatte er seinen Namen unter ein kurzes Protokoll gekritzelt, das Amelie Kramer, die Assistentin in ihrer Abteilung, aufgesetzt hatte.

»Nein«, sagte Brasch. »Aber vielleicht schaffe ich es morgen. Agnes ist zwar nicht besonders katholisch, doch ich
glaube, sie will für meinen Vater eine Messe lesen lassen.«

Pia schwieg und nickte. Brasch meinte, ihre Gedanken erraten zu können: Warum versuchte er wieder, einwandfrei
zu funktionieren?, fragte sie sich. Warum stürzte er sich
schon wieder in einen Fall, statt sich noch ein paar Tage
freizunehmen, um trauern zu können, wie jeder normale
Mensch es getan hätte?

»Außerdem hat Mehler keine Zeit, dir zu helfen«, fuhr er
fort. Es klang wie eine Entschuldigung. »Was ist mit dieser
toten Prostituierten? Wisst ihr mittlerweile, wer sie war?«

»Wir wissen nur, wie sie sich genannt hat: Lyna. Sie war
Chinesin, Mitte zwanzig und hatte das Apartment nur für
zwei Wochen gemietet. Die eigentliche Mieterin, eine Spezialistin für Sadopraktiken, ist krank geworden. Verdacht
auf Brustkrebs. Sie hat die Chinesin angeblich einen Tag vor
dem Mord in einem Café am Bahnhof getroffen und ihr die
Wohnung gegen vierhundert Euro überlassen.«

»Dann war die Chinesin gar keine richtige Prostituierte?«,
fragte Brasch. Er beobachtete Bruno im Rückspiegel. Staunend blickte der Aushilfsgärtner aus dem Fenster, aber ihrem Gespräch hätte er ohnehin nicht folgen können.

»Vermutlich schon«, erwiderte Pia. »So, wie wir sie gefunden haben, ist ihr erster Freier auch ihr Mörder gewesen.
Frank hat einen Taxifahrer vorgeladen, der einen Mann ungefähr zur Tatzeit zum Ebertplatz gefahren hat. Vielleicht
können wir ein Phantombild erstellen.«

Als sein Handy klingelte, konnte Brasch die Nummer auf
dem Display erkennen: ein amtlicher Anschluss, den er nur
zu gut kannte. Doktor Schroedel, der Staatsanwalt, der die
Ermittlungen übernommen hatte, rief ihn an. Anscheinend

hatte ihn der Mord an einer ehemals prominenten Schauspielerin auch an einem freien Samstag ins Büro gelockt. Brasch ließ es klingeln. Dass die Kölner Polizei auch in ihrem zweiten Mordfall noch im Dunkeln tappte, würde der Staatsanwalt noch früh genug erfahren.

Dreißig Sekunden später schrillte Pias Telefon. Doktor Schroedel war nicht für seine Geduld bekannt. Mit mürrischer Miene nahm sie das Gespräch an, aber statt dem Staatsanwalt Bericht erstatten zu müssen, wie Brasch es erwartet hatte, nannte sie kurz seinen Namen und antwortete nach einer langen Pause, in der sie ihm zuhörte, einsilbig mit Ja und Nein. Dann beendete sie mit einem kurzen Gruß das Gespräch.

»War Schroedel so gut gelaunt, dass er dir eine kleine aufmunternde Rede gehalten hat?«, fragte Brasch ironisch.

Pia lächelte, und ihre blauen Augen blitzten spöttisch auf. »Der Chefreporter vom *Express* hat ihn heute Morgen um sechs aus dem Schlaf geklingelt, und dann hat er schon Kundschaft gehabt. Ein Anwalt hat ihm eine eidesstattliche Erklärung von einem Mann namens Laurenz Meyerbier überbracht. Inhalt: Er sei nicht der Geliebte von Marlene Brühl gewesen, wie manche vielleicht annehmen würden, sondern ihr Wahrsager.«

Der dunkelhaarige Mann, von dem Thea gesprochen hatte, dachte Brasch. Selten hatte sich ein Verdächtiger so rasch und förmlich bei ihnen vorgestellt.

7

Als Bruno Lebig auf seinen Bauwagen zusteuerte, veränderten sich seine Bewegungen. Er ging ein wenig aufrechter, hob den Kopf, als würde er bekannte Gerüche einatmen, und dann sprang ihm ein brauner Kater vor die Füße, den er mit seiner versehrten rechten Hand wie eine Frucht vom Boden pflückte und sich vor das Gesicht hielt. Der Aushilfsgärtner sah tatsächlich aus, als hätte man ihn wieder in die Freiheit entlassen.

»Wir sollten uns seinen Wagen ein wenig genauer anschauen«, sagte Pia, während sie Bruno nachblickte. Allerdings machte sie selbst keine Anstalten, ihm zu folgen.

Brasch nahm sich vor, am Montag beim Sozialamt nachzufragen, ob sich jemand um den Aushilfsgärtner kümmerte, auch wenn er glaubte, die Antwort bereits zu kennen.

Erst bei Tag konnte man einschätzen, wie groß das Grundstück der Schauspielerin war. Bruno hatte seinen grünen Bauwagen ein Stück hinter einem hohen Drahtzaun aufstellen dürfen. Die Pforte, die in den Garten führte, war nur von innen zu öffnen. Pia schaffte es, ihre schmale Hand zwischen die Metallstreben zu schieben und die Klinke herunterzudrücken. Auf diese Weise mussten auch die Zwillinge auf das Grundstück gelangt sein.

Ein schmaler Kiesweg führte durch eine Wiese, die gewiss ein paar Wochen nicht mehr gemäht worden war. Überhaupt machte alles einen verwilderten Eindruck. Viel Arbeit schien Bruno hier nicht gehabt zu haben. Hinter einer hohen Hecke lag der Swimmingpool, von dem Marlene Brühl bei seinem ersten Besuch gesprochen hatte. Zwischen Algen trieben ein paar Seerosen auf dem trüben grünlichen Wasser. In einer Ecke hatte Unkraut das Becken bereits so weit überwuchert, dass man nicht mehr genau erkennen konnte, wo der Pool begann. Trotz des kühlen Wetters roch es nach Verwesung.

Pia deutete auf eine Birke, in der eine Kamera hing. »Die Brühl scheint wirklich alles im Blick gehabt zu haben«, sagte sie.

Brasch nickte. Wenn Pia Recht hatte, dann musste die Schauspielerin ihren Mörder gekannt haben.

Unvermittelt endete der Pfad, der um den Pool führte, und sie bahnten sich durch dichte Büsche einen Weg zum Haus. Auch eine mit Glas überdachte Terrasse auf der Rückseite wirkte verwahrlost. Plastikstühle standen ineinandergestellt, an einer Holzbank blätterte die weiße Farbe ab. Lediglich ein voller Aschenbecher auf einem Holztisch deutete darauf hin, dass die Schauspielerin sich gelegentlich auf der Terrasse aufgehalten hatte. An der Tür und einem länglichen Fenster waren die Jalousien hochgezogen worden. Brasch bemerkte, dass Humpe, ein älterer Kriminaltechniker, ihn von innen ansah und ihm zuwinkte.

»Herzliches Beileid«, sagte Humpe, als sie durch die Terrassentür den Bungalow betraten. »Habe gehört, was mit deinem Vater passiert ist. Meine Eltern hat es vor zehn Jahren erwischt – innerhalb von drei Monaten waren beide tot.«

Brasch erwiderte nichts darauf, aber das hatte Humpe auch nicht erwartet. Er galt nicht nur als wortkarg, sondern als großer Schweiger der Kölner Polizei. Weil er bei der Arbeit nicht rauchen durfte, kaute er auf einem Zahnstocher herum und trug wie immer eine altmodische Mütze auf seinem grauen Haar. Nur sehr selten brachte er es über sich, einen weißen Papieranzug überzustreifen.

»Ich dachte, die Tote hätte hier allein gelebt«, sagte er

missmutig. »Trotzdem gibt es hier jede Menge Fingerabdrücke, als hätte sie hier neulich ein Kaffeekränzchen abgehalten.«

»Wisst ihr schon, ob die Schauspielerin mit dem Schal getötet worden ist, der im Flur lag?« Brasch streifte sich Gummihandschuhe über und begann, sich im Wohnzimmer umzusehen.

»Wir arbeiten dran, aber ich glaube es nicht«, erwiderte Humpe und verließ das Zimmer.

Die Schatulle lag noch immer auf dem Boden. Als Brasch sie aufheben wollte, erstarrte er plötzlich, ohne den Grund dafür zu wissen. Irgendetwas irritierte ihn. Gestern Nacht hatte lediglich eine Schublade offen gestanden. Nun aber ragten alle drei aus dem Schrank und waren anscheinend in äußerster Eile durchsucht worden. Hatte Pia eine hastige Sichtung vorgenommen? Nein, so schlampig wäre sie niemals vorgegangen. Brasch blickte in die Küche. Hier war keine Veränderung wahrzunehmen, doch auch das Schlafzimmer der Schauspielerin war offenkundig durchsucht worden.

Pia hatte sich den Keller vorgenommen. Neben dem Raum mit den zerbrochenen Spiegeln befand sich eine Art Büro mit einem altmodischen Schreibtisch, auf dem eine nackte Schreibmaschine stand, und mit zwei großen grauen Metallschränken, wie man sie aus Büros der sechziger Jahre kannte. Auch hier hingen Fotos der Schauspielerin an der Wand. Eine schmollende Marlene Brühl blickte an ihm vorbei auf eine heitere, kokette Marlene Brühl, die sich ein Tuch wie einen Schleier vor das Gesicht zog. An dem hintersten Schrank war die oberste Lade mit einer Leiste für eingehängte Akten herausgezogen worden.

»Anscheinend hat sie jeden Zeitungsartikel aufbewahrt,

der jemals über sie geschrieben worden ist«, sagte Pia und deutete auf eine Akte, die sie vor sich auf dem Tisch ausgebreitet hatte. Auf einem bleich gewordenen Bogen Papier waren winzige Zeitungsmeldungen aufgeklebt worden.

»Wer hat den Schrank geöffnet?«, fragte Brasch.

Pia zuckte mit den Achseln. »Vielleicht hat der Mörder hier etwas gesucht, sie hat ihn überrascht, und dann hat er sie durch das Haus gejagt.«

»Ja«, sagte Brasch, »oder er ist heute Nacht noch einmal zurückgekehrt. Ich bin sicher, dass oben im Wohnzimmer jemand den Schrank durchsucht hat, aber nach dem Mord und nachdem wir das Haus verlassen hatten.«

Pia verzog das Gesicht. Sie hatten die Haustür ordentlich versiegelt, und das Siegel war augenscheinlich nicht zerstört gewesen. Ansonsten hätte Humpe sofort Alarm geschlagen und wäre nicht schweigsam wie immer an seine Arbeit gegangen.

Gemeinsam verließen sie den Raum und kehrten in den Gang zurück. Auch die Kellertür, zu der man von draußen über eine schmale Treppe gelangen konnte, hatte Pia in der Nacht versiegelt. Nun war das Siegel zerrissen, und die Holztür war mit einem Stemmeisen oder einem anderen schweren Gegenstand aufgebrochen und halb aus den Angeln gerissen worden. Der Eindringling hatte sich keinerlei Mühe gegeben, möglichst geräuschlos und unauffällig vorzugehen, weil er wusste, dass ihn schon allein das zerstörte Siegel verraten würde.

»Warum ist der Mörder noch einmal zurückgekehrt?«, fragte Brasch.

»Er hat etwas gesucht und nicht gefunden«, erklärte Pia, »etwas, das er unbedingt haben muss, weil es etwas über seine Identität aussagen könnte.«

»Möglich.« Plötzlich kam Brasch der Gedanke, dass der Täter mit ihnen spielte. Er hatte sie beobachtet und gesehen, wie sie nach einem langen Tag müde und erschöpft abgezogen waren, ohne das komplette Haus durchsucht zu haben. Und dann war er das Risiko eingegangen, noch einmal in den Bungalow einzudringen. Ja, vielleicht hatte Pia Recht, und er suchte etwas – oder er hatte etwas ins Haus zurückgebracht, das ihn entlasten und den Verdacht von ihm ablenken würde.

»Auch wenn heute Samstag ist, brauchen wir mindestens acht Beamte, um das Haus gründlich zu durchsuchen.« Brasch zog sein Mobiltelefon hervor.

Pia lächelte müde. »Ich glaube, dass Amelie allenfalls vier auftreiben kann. Mehler hat bereits vier Beamte angefordert, damit sie mit dem Foto der toten Chinesin die Bordelle Kölns abklappern.«

»An einem Samstagvormittag?«

»Ja«, erwiderte Pia. »Wie es aussieht, kennt Frank sich mit den Arbeitszeiten von Huren nicht so gut aus. Oder er beginnt allmählich die Geduld zu verlieren.«

Brasch widerstand der Versuchung nicht, an Leonies Haus vorbeizulaufen. Was tat sie an einem Samstagvormittag? Das übliche Programm? Einkaufen? Wäsche waschen und all das erledigen, was in der Woche liegen geblieben war? Oder saß sie an ihrem Schreibtisch und arbeitete? Manchmal hatte sie am Wochenende Gutachten über Schüler schreiben müssen, die straffällig geworden waren. Als einzige Sozialarbeiterin an ihrer Schule war sie für die schwierigen Fälle zuständig.

Er ging auf dem Deich entlang. Ein kühler Wind wehte vom Fluss herüber und trieb dunkle, tiefe Wolken gen Westen. Als Brasch an ihrem Haus vorbeikam, sah er zwei Schatten am Fenster sitzen. Trotz der Entfernung glaubte er zu erkennen, dass Leonie eine Kaffeetasse zum Mund führte und dabei aufmerksam ihr Gegenüber anblickte, einen Mann mit längeren, lockigen Haaren, dessen rechte Hand auf- und niederfuhr, als würde er eine besonders spannende Geschichte erzählen.

Auch wenn er sich sofort wieder abwandte, spürte Brasch den Stich, der ihn durchzuckte. Nicht weil Leonie ihn vor etlichen Monaten verlassen hatte und nun mit einem Fremden zusammensaß, erschreckte ihn dieser Anblick, sondern weil vor ein paar Stunden in ihrer Straße ein Mord geschehen war, der sie anscheinend kaltließ. Das zumindest redete er sich ein. Wie anders war es zu erklären, dass sie nun bei einem gemütlichen Kaffeeplausch saß, als wäre nichts geschehen?

Er zog sein Handy hervor. Leonies Nummer hatte er gespeichert. Dabei hatte er sie nie in ihrem Haus angerufen. Er stellte sich vor, wie sie aufstand, wenn er sie nun anrief, und voller Unwillen wegen der Unterbrechung an ihren Apparat kam, aber das Risiko wollte er eingehen. Ihre Stimme würde ihm verraten, ob sie mit dem Mann an ihrem Fenster eine Affäre hatte oder ob es nur eine flüchtige Bekanntschaft war.

Nein, er hielt mit dem Telefon in der Hand inne, es war albern. Sie waren schon lange kein Paar mehr, und er begann sich da in etwas hineinzusteigern. Warum hatte er, seitdem sie fort war, keine andere Frau wirklich angesehen?

Aus Angst, dachte er, eigentlich war es aus Angst geschehen und nicht, weil er Leonie zu sehr geliebt hatte. Er hatte Angst, einen neuen Menschen kennen zu lernen ... Wie wäre das nach sechs Jahren mit Leonie, eine Affäre zu haben – wenn man einen fremden Geruch einatmete und morgens ein fremdes Gesicht neben einem läge ...?

Das Mädchen, das ihm entgegenkam, drückte sich an ihm vorbei, ohne ihn anzuschauen. Sie trug ein blaues Kapuzen-Sweatshirt und eine grüne Trainingshose. Sie hatte nicht aufgeschaut, wohl in der Hoffnung, dass er sie nicht bemerkt hatte.

Brasch blickte ihr nach, während er sein Telefon verschämt wieder in seine Jackentasche stopfte.

»Willst du zum Strand, Thea?«, rief er ihr hinterher.

Sie war an der schmalen Treppe angelangt, die zur Uferwiese hinunterführte, und ging ungerührt weiter, als hätte sie ihn nicht gehört.

»Ich weiß, dass ihr mit der Schauspielerin dort etwas vergraben habt!« Er klang beinahe trotzig, als würde ihn ihre Ablehnung reizen.

Mit ein paar schnellen Schritten war er an der Treppe und folgte ihr. »Willst du mir nicht sagen, was ihr da neulich am Ufer gemacht habt?«

»Das geht Sie nichts an«, sagte Thea, während er neben ihr auftauchte. Sie behielt ihren hastigen Schritt bei, auch wenn er ihr Zögern spürte.

»Weiß deine Mutter, dass du hier bist?«

»Ist mir egal«, sagte das Mädchen. Sie presste die Lippen zusammen und hatte Brasch immer noch keinen Blick gegönnt.

Sie ist erst zwölf, sagte Brasch sich, aber in ihrem Gesicht liegt so viel Bitterkeit, als hätte sie wer weiß wie viele traurige Geschichten erlebt.

Einige Momente gingen sie schweigend nebeneinanderher. Ein paar Regentropfen fielen, und plötzlich frischte der Wind auf und schlug ihnen mit Wucht entgegen.

»Du musst verstehen«, sagte Brasch in einem versöhnlicheren Tonfall, »dass ich ein paar Dinge ganz genau wissen muss. Schließlich suche ich einen Mörder, den Mörder eurer Freundin.«

»Wir mussten ihr versprechen, nichts zu verraten.« Zum ersten Mal sah Thea ihn an. »Man kann niemandem vertrauen, hat sie gesagt, nur uns Kindern, Tobias und mir.«

»Ihr habt sie wohl ziemlich oft besucht?« Zwischen den Bäumen konnte er das graue Wasser des Flusses sehen. Merkwürdig, dachte er, dass alle an diese eine Stelle kamen, als gäbe es hier eine besondere Magie, die sie anzog.

»Mary hat uns Tee gekocht und Filme gezeigt, und manchmal hat sie uns ausgefragt. Ich hätte ihr am liebsten einen Hund geschenkt, damit sie nicht mehr so viel alleine war.« Thea zog ihre Stirn kraus, dann schob sie sich eine blonde Strähne in ihre Kapuze und blickte zum Himmel hinauf, als würde sie den Regen erst jetzt bemerken.

»Wir sollten uns unterstellen«, sagte Brasch und deutete auf einen großen Baum vor ihnen.

Thea nickte. Sie schien sich in das Unvermeidliche gefügt zu haben; sie würde ihn nicht loswerden.

»Hat Mary euch erzählt, dass sie vielleicht vor irgendetwas Angst hatte?« Er suchte in seiner Tasche und fand einen alten Kaugummi, den er Thea hinhielt. Zögernd, mit spitzen Fingern pickte sie den Kaugummi auf.

Der Regen wurde stärker und prasselte über ihnen in die Blätter, jedoch ohne dass sie nass wurden.

»Ich weiß nicht. Sie hat diese Kameras gehabt, und manchmal ist sie plötzlich aufgestanden und in ihr Schlafzimmer gerannt, wo die Monitore standen, aber das mit dem Geheimnis hat sie uns erst letzte Woche erzählt.«

»Was für ein Geheimnis?« Brasch hörte, dass sein Telefon klingelte. Ohne einen Blick auf das Display zu werfen, schaltete er es aus.

»Sie hat gesagt, dass sie niemandem vertraut, nicht mal Speitel oder ihrer Enkelin. Deshalb hat sie ihr Geheimnis mit uns in einem silbernen Rohr vergraben. Das Rohr war ganz leicht. Ich glaube, es war ein Brief darin.«

Sie scharrte schuldbewusst mit den Füßen, als hätte sie nun etwas getan, das sie niemals hätte tun dürfen.

»Es ist richtig, dass du mir davon erzählst.« Brasch legte ihr die Hand auf die Schulter, doch als er spürte, wie das Mädchen zusammenzuckte, zog er sie rasch wieder zurück. »Was solltet ihr mit dem Rohr machen?«

»Wenn sie krank werden würde oder irgendwas Schlimmes passierte, sollten wir es wieder ausgraben und aufmachen.« Sie legte die Hände um ihren Oberkörper, als würde sie frieren, und vielleicht tat sie das auch.

»Und dann? Was solltet ihr dann machen?«

Thea zuckte mit den Schultern. »Nichts«, sagte sie leise. »Keine Ahnung.«

»Kannst du mir die Stelle zeigen?«

Ohne ihn noch einmal anzusehen und ohne sich um den Regen zu kümmern, der grau und gleichförmig vom Himmel fiel, ging sie voraus. Ihre Fußabdrücke auf dem Sandweg vor ihm waren klein und irgendwie schüchtern. Sie kam ihm wie eine erwachsene Frau vor, die noch in den Körper eines Kindes eingesperrt war. Zielstrebig ließ sie die letzten Büsche und Bäume hinter sich und lief geradewegs auf die Stelle zu, wo er vor ein paar Stunden mit Leonie gegraben hatte. Nein, Thea ging ein Stück weiter, eine schmale Anhöhe hinauf. Leonie hatte sich geirrt. Vermutlich hatte sie doch nicht alles richtig im Blick gehabt.

»Hier!«, sagte Thea und deutete auf einen großen grauen Stein. »Da drunter liegt das silberne Rohr.« Sie strich sich ihre blonden Haare wieder zurück. Mittlerweile war der Regen stärker geworden. Brasch spürte, dass er fror. Er bückte sich und rollte den Stein zur Seite, der viel schwerer war, als er erwartet hatte. Ein paar Kieselsteine kamen zum Vorschein, die er beiseiteschob. Dann kam eine solide, feuchte Schicht Sand, aber nichts sonst.

»Wie tief habt ihr gegraben?«, fragte Brasch. Plötzlich hatte er das Gefühl, dass Thea ihn anlog. Sie sah stumm und fast sehnsüchtig auf den Fluss hinaus, als wäre er ein weites Meer.

»Nicht sehr tief«, sagte sie, ohne sich ihm zuzuwenden.

Mit bloßen Händen durchwühlte er den Sand, schob ihn hierhin und dorthin, doch da war nichts zu finden, nicht einmal Steine oder Scherben oder sonst irgendetwas.

»Bist du sicher, dass es hier war?«, fragte er.

Das Mädchen kam zu ihm und schaute ihn verächtlich an. »Ja«, sagte sie, »aber vielleicht hat Mary das Rohr ja wieder ausgegraben. Oder jemand anders.«

»Dein Bruder vielleicht?« Brasch versuchte, an ihrem starren Gesicht abzulesen, was sie dachte, aber ihre Miene verriet ihm nichts, nein, sie verwirrte ihn sogar. Was dachten frühreife zwölfjährige Mädchen? Er kannte sich da nicht aus. Hatte sie ihn zum Narren gehalten, oder war wirklich jemand vor ihnen da gewesen und hatte dieses ominöse Silberding ausgebuddelt?

»Tobias ist nicht mehr hier gewesen.« Sie wandte sich ab und ging scheinbar gelangweilt wieder auf die Bäume zu.

Brasch klopfte sich den Sand von seiner Hose und den Händen und eilte ihr nach. Der Regen hörte nicht auf. Nun schienen sogar die hohen Bäume keinen ausreichenden Schutz mehr zu bieten. Trotzdem lehnte Thea sich an einen Baum und ließ sich in die Hocke sinken. Argwöhnisch spähte sie zu ihm auf.

»Ich glaube, manchmal wollte Mary tot sein«, sagte sie. »Aber so geht es wohl jedem, oder nicht?«

»Dir auch?«, fragte Brasch. Er ließ sich auf einer groben Wurzel nieder, die aus der Erde ragte.

»Seit mein Vater tot ist, ist alles anders geworden. Meine Mutter zittert den ganzen Tag, wenn sie nichts getrunken hat, und Tobias möchte am liebsten abhauen, sich ein Boot nehmen und den Rhein hinunterfahren. Und ich …« Thea verstummte und malte mit ihrem rechten Zeigefinger etwas in den feuchten Sand. Schwere Tropfen fielen aus den Blättern über ihnen herab, und Brasch sah, wie der Regen in die Wiese fiel, als wäre da ein Vorhang aus herabstürzendem Wasser, in den der Wind hineinfuhr.

»Wir haben uns keinen sehr gemütlichen Platz ausgesucht, um zu reden«, sagte Brasch.

»Doch«, sagte das Mädchen, »einen besseren Platz gibt es gar nicht. Manchmal kommen die Fischreiher hierher, oder man sieht die Schwäne auf dem Wasser tanzen.«

»Hast du eine Ahnung, wer deiner Freundin etwas Böses angetan haben könnte?« Brasch glaubte, er hätte sehr einfühlsam und geduldig gesprochen, aber als er Theas Gesicht sah, wusste er, dass er die falsche Frage gestellt hatte. Das Mädchen wollte von sich sprechen, von ihrem Bruder vielleicht noch oder ihrer Mutter, die mit ihren Kindern nicht mehr fertig wurde.

Sie hob die Schultern. »Kein Ahnung. Die Leute hier haben sie nicht gemocht, weil sie einmal berühmt war. Dabei hat sie Bruno auf ihrem Grundstück wohnen lassen und die Katzen gefüttert, die hier herumgelaufen sind, und uns hat sie manchmal Geld gegeben.«

Abrupt hörte der Regen auf, und durch einen Riss in den Wolken fielen ein paar Sonnenstrahlen auf die Wiese. Es sah wie in einem Film aus, als würde gleich ein Raumschiff voller Aliens vor ihnen landen.

Oben auf dem Deich stand eine reglose Gestalt, die Brasch nicht gleich erkannte, aber Thea wusste anscheinend sofort, wer da zu ihnen herüberstarrte.

Sie sprang auf die Beine. »Sagen Sie ihm nicht, dass ich Ihnen alles verraten habe«, sagte sie und lief auf ihren Bruder zu.

8.

Ein Stück die Dorfstraße hinunter ging Brasch in eine Kneipe, den »Deichgraf«. Er war der einzige Gast und bestellte sich einen Kaffee, auch wenn er wusste, dass man ihm hier bestenfalls eine bittere schwarze Brühe vorsetzen würde. Dann versuchte er, sich auf der Toilette einigermaßen zu säubern. Selbst seine Schuhe waren voller Sand.

Zu seiner Überraschung war der Kaffee, der schon dampfend auf der Theke auf ihn wartete, doch nicht so übel wie befürchtet. Jedenfalls vertrieb er die Kälte und die Müdigkeit aus seinen Knochen. Nachdem er sein Lokal aufgegeben hatte, war sein Vater auch manchmal in solche Kneipen gegangen. Stumm hatte er an der Theke gesessen und gelegentlich mit langsamen, pedantischen Bewegungen einen Spielautomaten gefüttert. Gewonnen hatte er nie, aber das war ihm auch nicht wichtig gewesen. Es war darauf angekommen, die eigenen Gedanken für eine Weile irgendwo abgeben zu können; sie rotierten in der Maschine, liefen da rasend schnell im Kreis, während er selbst für eine Weile völlig leer und gedankenlos war.

Brasch kramte ein paar Münzen zusammen. Dann begann

er, sie wahllos in den blinkenden Automaten zu werfen, der links neben ihm an der Wand hing. Der Wirt, ein grauhaariger Mann mit Kugelbauch, beobachtete ihn stumm und teilnahmslos. Sofort setzten sich drei Scheiben in Bewegung, hielten wieder an und drehten sich erneut. Obwohl er unentwegt den Apparat anschaute, gelang es Brasch nicht, seine Gedanken abzuschalten. Er kritzelte ein paar Namen vor sich auf einen Bierdeckel: Barbara Lind, Bruno, Speitel, Meyerbier, der Wahrsager, und die Enkelin von Marlene Brühl, die wahrscheinlich schon ins Präsidium gekommen war. Zum Schluss schrieb er auch Tobias und Thea auf, obwohl sie nicht verdächtig waren, aber irgendwie ahnte Brasch, dass sie etwas wussten, das mit dem Mord zu tun hatte. Zumindest würden sie mitbekommen haben, was die Schauspielerin im Sand vergraben hatte. Eine Art Testament oder einen besonderen Brief?

Plötzlich fielen ein paar Münzen laut scheppernd aus dem Automaten, und der Wirt erwachte aus seiner Sprachlosigkeit und fragte: »Sind Sie Reporter oder Polizist?«

Brasch sammelte seine Münzen ein. In einer Ecke lag ein schwarzer Hund mit grauer Schnauze, der seinen Kopf hob und ihn missbilligend anstarrte, vielleicht weil er aus einem schönen Traum aufgeschreckt war.

»Kennen Sie die Schauspielerin Marlene Brühl?«, fragte er, statt zu antworten. »Sie hat hier in Langel gewohnt.«

»Also Polizist?«, entgegnete der Wirt, als hätte er das längst gewittert, und nachdem Brasch genickt hatte, fuhr er fort: »Sie war verrückt und böse. Manchmal ist sie nachts gekommen, hat sich mit dem Taxi die paar Schritte herfahren lassen, wenn sie keine Zigaretten mehr hatte. Wie ein junges Mädchen hat sie sich angezogen, trug unter ihrem weißen Pelzmantel einen kurzen Rock und Stiefel, und dann

hat sie über die Leute hergezogen. Alles Spießer und Klein-
bürger. Korinthenkacker war ihr Lieblingswort. Die ganze
Welt war voller Korinthenkacker. Als einer hier an der Theke einmal nach ihrer Tochter gefragt hat, ist sie auf ihn los
und hat ihm eine Ohrfeige verpasst. Ihre Tochter sitzt in
Merheim, in der psychiatrischen Anstalt, aber das wissen
Sie vermutlich längst.«

Brasch nickte wieder, während er sich auf einem zweiten
Bierdeckel eine Notiz über die Tochter machte. Von einer
Tochter in Merheim war bisher nie die Rede gewesen. Es
schien, als hätte die Schauspielerin doch nicht ganz so zurückgezogen gelebt.

»Wann war sie zuletzt hier?«, fragte Brasch.

Der Wirt zapfte sich ein Bier und trank es dann genüss-
lich, als wäre er kurz vor dem Verdursten. »Ist schon ein
paar Monate her. Zuletzt hat sie immer Speitel geschickt,
wenn sie Zigaretten haben wollte. Ich glaube, sie hat sich
vor mir geschämt. Ich habe sie in einer schwachen Stunde
erwischt. Einmal tauchte sie um kurz vor eins hier auf. Ich
hatte eigentlich schon geschlossen, und da hat sie sich an die
Theke gesetzt und geweint. ›Ich halte es nicht aus, dass die
Zeit vergeht‹, hat sie zu mir gesagt. ›Warum muss die Zeit
vergehen? Jede Sekunde nagt an mir.‹ Sie hat sich mit den
Fäusten an den Kopf geschlagen und immer nur ›tick, tick,
tick‹ geflüstert. Können Sie sich vorstellen, dass jemand
weint, nur weil die Zeit vergeht?« Der Wirt schaute ihn
durchdringend an, als läge ihm tatsächlich etwas an der Antwort, die Brasch ihm geben würde.

Brasch dachte an seinen toten Vater. »Ja«, sagte er, »das
kann ich mir sehr gut vorstellen.«

Der Wirt runzelte die Stirn und machte mit seiner rechten
Hand eine fahrige Bewegung. »Hinterher ist mir eingefallen,

dass es vielleicht ihr Geburtstag war. Sie muss ja fast achtzig gewesen sein.«

»Ist sie jemals in Begleitung zu Ihnen gekommen? Mit einem jungen Mann vielleicht?«

»Nein, sie war immer allein, hat draußen das Taxi warten lassen und ist nie länger als eine halbe Stunde geblieben. Ich glaube nicht, dass sie noch viele Freunde hatte. Einmal hat sie mir die Liste mit ihren Schuldnern gezeigt. Da stand der halbe Ort drauf. Mir hat sie auch Geld angeboten, aber zum Glück läuft der Laden ganz gut, auch wenn es heute nicht so aussieht.«

Brasch trank seinen Kaffee aus. »Können Sie sich noch an ein paar Namen erinnern?«

»Die Leute vom Reiterhof, die Lind mit ihrem Blumengeschäft, der Tankwart von der alten Landstraße, der Tierarzt aus Fühlingen ... Bestimmt zwölf Namen standen da. Ich glaube, sie mochte es, wenn die Leute von ihr abhängig waren.«

»Was ist mit diesem Speitel? Stand der auch auf der Liste?«

»Nein.« Der Wirt schüttelte den Kopf und blickte dann zur Tür. Zwei kleine, kahlköpfige Rentner kamen herein, die beinahe wie Zwillinge aussahen. »Speitel ist zwar ein großer Spinner, und auch wenn er nicht arbeitet – Geldprobleme scheint er nicht zu haben.«

Brasch suchte sein Gedächtnis nach ein paar angenehmen Erinnerungen an seinen Vater ab, um dessen letzten, furchtbaren Satz zu vertreiben, der irgendwo in seinem Hinterkopf herumspukte. »Es war alles nichts.« Ging einem im Moment des Todes auf, wie vergeblich das Leben war, und hatte sein Vater diese Erkenntnis, die jeden ereilte, nur ausgesprochen? Einmal, als Brasch sieben oder acht Jahre alt gewesen war, war sein Vater an einem Sonntagnachmittag mit ihm zum Rursee gefahren, um ihm beizubringen, wie man segelte, als wäre das etwas, das er unbedingt können müsste. Schon beim Auftakeln des Bootes hatte der Vater seine Schwierigkeiten gehabt und sich als ziemlich ungeübt erwiesen, und dann war er zu allem Überfluss bei einem Wendemanöver über Bord gefallen, hinein ins eiskalte Wasser. Und manchmal, wenn es spät war, kurz bevor er seinen Imbiss schloss, hatte er angefangen zu singen. Er hatte sich einen Zylinder auf den Kopf gesetzt, als gehöre ein Hut unbedingt zu einem Sänger, und irgendwelche alten Schlager angestimmt.

Aber eigentlich hatte Brasch nur wenige Erinnerungen, die über das übliche Bild hinausgingen: Der Vater stand mürrisch und wortkarg hinter seiner Theke und kassierte, während seine Mutter sich um die Speisen und Getränke kümmerte. Bei Kindern und Schülern gab es konsequent Vorkasse, Erwachsene konnten auch nach dem Essen bezahlen oder sogar anschreiben lassen.

Er rief seine Mutter an, so schuldbewusst, dass er besonders nüchtern und gehetzt klang, und erklärte ihr, dass er an einem großen Fall arbeitete. Ruhig hörte sie ihm zu. Erst als er das Gespräch beenden wollte, sagte sie beinahe klaglos: »Das Haus ist mir zu leer. Heute Nacht wird Robert bei mir bleiben.«

Hoffentlich schleppt Robert dir nicht irgendwelche Saufkumpane ins Haus, wollte er antworten, aber er beließ es bei einem kurzen Abschiedsgruß und dem Versprechen, am nächsten Morgen zum Frühstück da zu sein.

Ein schwarzes Mercedes-Coupé mit dunkel verspiegelten Scheiben glitt an Brasch vorbei die Straße hinunter und zerschnitt eine Pfütze, in der sich der graue Himmel spiegelte. Brasch sah dem Wagen nach, der seltsamerweise völlig geräuschlos wirkte. Pia war mit drei Beamten noch immer mit der Durchsuchung der Villa der Schauspielerin beschäftigt. Er dachte an die Liste, die der Wirt gesehen haben wollte. Hatte der Einbrecher diese Liste gesucht, weil er darauf stand, möglicherweise mit einem Betrag, der so hoch war, dass man dafür einen Mord beging? War die ganze Angelegenheit vielleicht doch so simpel? Der Mörder ein Mann, den seine Schulden umtrieben, die er bei Marlene Brühl hatte? Auch Barbara Lind schien zu den Schuldnern zu gehören.

Während er erneut sein Mobiltelefon hervorzog, um Pia anzurufen, sah Brasch, dass der Wagen vor dem Bungalow hielt und eine schwarzhaarige Gestalt ausstieg. Einen Moment später ging der Krawall los. Die Gestalt stürmte auf einen Mann los, der von dem gegenüberliegenden Grundstück auf die Straße getreten war. Brasch beobachtete, wie der Mann sich unter dem Schlag seines schwarzhaarigen Angreifers wegduckte, ohne sich zu wehren. Aus der Entfernung konnte er nicht erkennen, ob der Schwarzhaarige bewaffnet war, vielleicht ein Messer oder eine andere Waffe in der Hand hielt. Er steckte sein Telefon wieder ein und rannte los.

»Willst du Scheißkerl dir alles unter den Nagel reißen?«, schrie die schwarzhaarige Gestalt und schlug noch einmal zu. Es war eine Frau, die kaum dreißig Jahre alt sein durfte.

Brasch ergriff ihren rechten Arm, den sie schon wieder erhoben hatte, und riss ihn zurück, sodass die Frau aufschrie.

»Kriminalpolizei, Köln«, sagte er ruhig. »Können Sie mir sagen, was hier los ist?« Er sah den Mann an, der sich abgeduckt hatte und sich nun langsam wieder aufrichtete.

»Sie muss verrückt sein«, erwiderte der Mann. »Stürmt auf mich zu und verpasst mir eine, ohne dass ich ein Wort gesagt hätte.«

Brasch begriff, dass er Speitel vor sich haben musste, den freundlichen Nachbarn und Chauffeur der alten Schauspielerin, ein Mann Anfang vierzig mit zu langen, lockigen Haaren und harten, tiefen Falten um den Mund.

»Er ist ein Erbschleicher«, sagte die Frau, »hat den Berater gemimt und sich bei meiner Großmutter eingeschlichen, um an ihr Geld zu kommen. Ich wette, dass er auch mit ihr geschlafen hat.« Sie versuchte, sich aus Braschs Griff zu befreien. »Vielleicht hat er sie sogar umgebracht, nachdem sie ihn in sein Testament aufgenommen hat.«

»Sie sind die Enkelin aus Berlin?«, fragte Brasch und zerrte sie ein Stück zurück, um sie dann loszulassen.

»Stimmt genau.« Die Frau rieb sich ihren rechten Arm und funkelte Brasch wütend an. Sie hatte dunkle Augen, die viel zu groß für ihr schmales Gesicht waren, und einen auffälligen Leberfleck am rechten Mundwinkel, der wie aufgemalt wirkte. Ihr kurz geschnittenes Haar war so schwarz, dass es gefärbt sein musste.

»Ist das so Ihre Art, Leute mitten auf der Straße anzufallen?«, fragte Brasch. Er sah, dass Speitel die Frau mittlerweile musterte, als würde ihn ihr Angriff im Nachhinein amüsieren. Seine Mundwinkel zuckten süffisant. Dabei hatte sie nichts anderes gesagt, als dass sie ihn für einen Mörder hielt.

»Nur wenn ich einem Menschen begegne, der groß ›Arschloch‹ auf der Stirn stehen hat. Dieser Scheißkerl hat mir meinen Film kaputtgemacht.«

»Ach, daher weht der Wind«, sagte Speitel, und wieder zuckten seine Mundwinkel, als müsste er gleich loslachen.

»Ich habe Marlene nur gebeten, sich zu überlegen, ob sie sich diesen Stress antun will. Vier Wochen Dreharbeiten in Babelsberg, wo sie ihr Haus seit zwölf Jahren so gut wie nicht mehr verlassen hat.«

»Mary hat sogar überlegt, ob sie dieses Arschloch mitnimmt«, sagte die Frau zu Brasch. »Wahrscheinlich haben sie wirklich zusammen gebumst, oder er singt ihr abends immer Lieder zum Einschlafen und hält ihr Händchen.«

»Ich habe Ihrer Großmutter gelegentlich einen Gefallen getan, wie es bei guten Nachbarn üblich ist«, sagte Speitel und drehte sich um. Plötzlich war jede süffisante Heiterkeit von ihm abgefallen, und er schritt aufrecht durch seine rostige Gartenpforte. Brasch bemerkte, dass Speitel einen Trainingsanzug trug, wie man ihn aus alten Filmen kannte.

»Tut mir leid«, sagte die Frau und streckte Brasch die Hand entgegen. Speitels abrupter Abgang schien sie merklich sanfter zu stimmen. »Ich bin Alina Brühl. Der Tod meiner Großmutter, die lange Fahrt von Berlin hierher und dann dieser miese Typ auf der Straße … Ich habe wohl ein wenig die Nerven verloren.«

»Ich glaube, Sie müssen mir einiges erklären«, sagte Brasch.

Gemeinsam gingen sie über die Straße. Brasch meinte zu spüren, dass Speitel in seinem Haus am Fenster stand und ihnen nachsah.

»Was ist mit diesem Film?«

Als sie vor dem Haus standen, zögerte sie plötzlich, als würde ihr nun aufgehen, warum sie überhaupt gekommen war.

»Wieso wurde Mary ermordet?«, fragte sie. »Wissen Sie schon etwas darüber?«

Brasch öffnete die Pforte. »Nein«, sagte er, »wir sind dabei, ein paar Dinge zusammenzutragen, und suchen noch nach einem Motiv, aber vielleicht können Sie uns helfen.«

Alina Brühl schaute sich kurz um, als würde sie erwarten, dass Speitel erneut auftauchte. Nein, dachte Brasch, das war der routinierte Blick einer Schauspielerin, die sich vergewissern wollte, ob nicht ein Fotograf in der Nähe war. Die trauernde Enkelin betrat das Haus ihrer berühmten ermordeten Großmutter. Fotografen schienen jedoch nirgendwo zu lauern.

»Ich habe Mary überredet, wieder in einem großen Film mitzuspielen. Ich war die Produzentin. In zwei Wochen sollten die Dreharbeiten losgehen. Es ging um die Geschichte einer Frau, die kurz nach dem Krieg durch Deutschland irrte, um ihren Mann zu finden. Mary sollte die alte Frau spielen, die in einem Altenheim saß und sich erinnerte. Es wäre eine absolute Sensation gewesen, wenn sie wieder vor eine Kamera getreten wäre.«

Brasch klingelte, und wenig später öffnete Pia ihm die Tür. Er stellte Alina Brühl kurz vor, dann gingen sie in das Wohnzimmer. Beinahe ängstlich schaute die junge Frau sich um.

»Wann waren Sie zuletzt hier?«, fragte Brasch. Er bemerkte, wie Pia hinter ihnen stehen blieb und Alina Brühl seltsam abschätzig musterte, nicht wie eine Verdächtige, sondern als wären sie Rivalinnen. Allein die enge schwarze Lederjacke, die Alina Brühl trug, musste das Monatsgehalt einer einfachen Polizistin gekostet haben.

»Vor drei Wochen. Ich wollte, dass sie den Vertrag unterschrieb, aber dann gab es Ärger, weil Mary auf einmal unsicher geworden war. Ihr Nachbar hatte ihr Dinge eingeredet … Zu allem Unglück ist auch noch meine Mutter mitten in der Nacht gekommen. Sie ist auf Mary losgegangen – wie immer, wenn sie sich trafen ...« Alina Brühl unterbrach sich und schaute sich um. »Hier ist es passiert, nicht wahr?« Sie hatte Tränen in den Augen, die sie aber sofort beiseitewischte. Ein wenig affektiert, wie Brasch fand. Pia lauerte noch immer in der Tür.

»Ja«, sagte Brasch. »Ich habe Ihre Großmutter hier am Boden gefunden. Die Haustür stand offen. Wie haben Sie von ihrem Tod erfahren?«

»Ein Freund hat mich angerufen. Er hat es am Morgen im Radio gehört.«

Brasch sah, dass Alina Brühl die Augen geschlossen hatte und auf der Stelle verharrte. Er warf Pia einen fragenden Blick zu. Sie hatte die Stirn gerunzelt und verdrehte die Augen. Ja, es war alles eine Spur zu effektvoll, ein Spiel für unsichtbare Zuschauer.

Abrupt wandte Alina Brühl sich dann ab und verließ das Zimmer in Richtung Küche. Brasch folgte ihr.

»Sie müssen uns einiges über sich, Ihre Großmutter und Ihre Mutter erklären«, sagte er betont mitleidslos.

Alina Brühl setzte sich. »Kann ich etwas zu trinken haben?«, fragte sie, ohne Brasch anzuschauen.

Für einen Moment fühlte er sich ratlos, dann ging er zu einem Schrank, in dem er Geschirr vermutete. Er nahm ein Glas heraus und ließ Wasser hineinlaufen. Dann stellte er es vor Alina Brühl auf den Tisch. Sie lächelte ihn an, als hätte sie genau auf diesen Gunstbeweis gewartet.

»Ich habe meine Großmutter wirklich geliebt«, sagte sie, nachdem sie einen Schluck getrunken hatte, »obwohl es mir nicht immer leichtgefallen ist, aber mit mir ist sie auch ganz anders umgegangen, viel freundlicher und sanfter. Sie war schon älter, machte keine Filme mehr. Ich war ihr nicht im Weg wie meine Mutter Susanne. Sie ist bei ihrem Vater aufgewachsen, einem Filmemacher, der sich die Leber kaputtgesoffen hat, und als er tot war, haben sich irgendwelche Kindermädchen um sie gekümmert. Marlene war nie für sie da. Manchmal, in Interviews, hat sie sogar abgestritten, dass sie eine Tochter hatte. Dabei sahen die beiden sich ähnlich, als wären sie Schwestern. Meine Mutter hätte auch eine perfekte Schauspielerin abgegeben, wenn sie anders gewesen wäre, stärker, selbstbewusster, nicht so verwirrt.« Sie trank wieder. Dann blickte sie Brasch beinahe hilfesuchend an. »Langweile ich Sie? Ja, wahrscheinlich hat das alles gar nichts mit dem Mord an meiner Großmutter zu tun.«

»Nein, reden Sie ruhig weiter!«, sagte Brasch. Er war nun versöhnlicher gestimmt. »Es hilft uns, wenn wir uns ein Bild von Ihrer Großmutter machen können.«

»Meine Mutter ist an ihr zerbrochen«, sagte Alina Brühl, »an der Nichtbeachtung. Sie hat früh begonnen zu trinken, wie ihr Vater, hat eine Entziehungskur nach der anderen gemacht, und Marlene hat es bezahlt. Die Trunksucht meiner Mutter hat Unsummen gekostet, aber besucht hat Marlene sie nie. Mich hat sie manchmal für ein paar Wochen zu sich genommen, meistens in den Ferien. Ich bin aber nie lange geblieben. Dieses Haus war mir immer unheimlich. Meistens habe ich bei meinem Vater gewohnt.«

Sie hörten ein Klingeln an der Tür, danach Pias energische Stimme, die eine Journalistin abwies, aber wohl nicht verhindern konnte, dass draußen Fotos gemacht wurden.

»Wer ist Ihr Vater?«, fragte Brasch. Er bedauerte es, kein Diktiergerät bei sich zu haben.

»Er ist Lehrer in Bayern, eine Art Superpauker, er bildet Lehrer an einem Seminar aus. Ein braver Pädagoge, für den alles seine Ordnung haben muss. Meine Eltern haben sich früh getrennt. Marlene hat ihn nur die Bügelfalte genannt.

›Wie geht's der Bügelfalte?‹ – ›Gefällt es der Bügelfalte nicht, dass du mich besuchst?‹«

Sie trank ihr Glas aus und schwieg. Dann sah sie auf, als wäre ihr ein seltsamer Gedanke durch den Kopf gegangen. »Weiß meine Mutter es schon? Hat es ihr jemand gesagt?«

»Nein«, sagte Brasch. »Wir sind noch dabei, die persönlichen Unterlagen Ihrer Großmutter durchzusehen.«

Sie blickte auf eine schmale goldene Uhr an ihrem linken Arm. »Haben Sie etwas dagegen, wenn ich zu ihr fahre – bevor sie es vielleicht von einem ihrer Pfleger erfährt?«

Brasch nickte und reichte ihr eine Visitenkarte. »Sagen Sie mir Bescheid, wo man Sie erreichen kann. Ich fürchte, Sie werden Ihre Großmutter identifizieren müssen.«

»Ich wohne im Domhotel«, erwiderte sie und schnippte ihre Visitenkarte auf den Tisch. Groß hoben sich ihre Initialen A und B ab, dazu das stolze Wort »Producer«. »Da steige ich immer ab, wenn ich in Köln bin und nicht zu Marlene wollte.« Es klang geschäftsmäßig und sogar eine Spur arrogant.

Sie gingen gemeinsam zur Tür, ohne dass Alina Brühl sich noch irgendeinen anderen Raum ansehen wollte. Plötzlich schien sie es eilig zu haben, ihre Mutter zu besuchen. Brasch dachte daran, ihr den Kellerraum mit den zerschlagenen Spiegeln zu zeigen. Wusste sie, dass ihre Großmutter merkwürdige Dinge tat? Dass sie den Leuten in ihrem Stadtteil Geld lieh und nachts in Kneipen hockte?

»Kann es sein, dass Sie schon ein Testament gefunden haben?«, fragte Alina Brühl, als sie bereits vor der Tür stand. »Dürfen Sie auch einen versiegelten Umschlag öffnen, ohne dass die Erben, also meine Mutter und ich, ihr Einverständnis erklärt haben?«

»Keine Sorge«, sagte Brasch. »Die Staatsanwaltschaft

wird es Ihnen sofort mitteilen, wenn wir auf ein Testament oder eine größere Geldsumme gestoßen sind.«

9

Es drohte ein langer Tag zu werden. Er musste sich um den Wahrsager kümmern, Speitel einen Besuch abstatten und bei der Tochter der Schauspielerin vorbeifahren. Außerdem hatten sie noch keine Liste gefunden, kein Testament, nicht einmal ein Sparbuch. Und ein Motiv für den Mord gab es auch noch nicht.

Pia schaute ihn unversöhnlich an. »Diese Enkelin ist nur gekommen, um nach dem Testament zu fragen. Da war kein Funken echter Trauer oder Anteilnahme.«

Brasch nickte. Vielleicht hatte er Alina Brühl zu früh gehen lassen. Er stand in der offenen Haustür und sah ihr nach. Auf der Straße hatte sich ein Fernsehteam postiert. Eine Frau mit einer perfekt gefönten Frisur hastete auf die Enkelin zu und zwang sie mit vorgehaltenem Mikrofon, kurz stehen zu bleiben. Alina Brühl stellte sich in Position, als wäre sie es gewohnt, auf der Straße Interviews zu geben. Es hatte eine Weile gedauert, aber nun hatte man die alte, fast vergessene Schauspielerin Marlene Brühl endlich wiederentdeckt. Ihr Tod schien großer Nachrichtenstoff zu werden.

»Schroedel hat für den Nachmittag eine Pressekonferenz anberaumt«, sagte sie. »Hatte ich vergessen, dir auszurichten. Siebzehn Uhr.«

Brasch winkte müde ab. Mehler fehlte in ihrem Team. Was war mit seiner toten chinesischen Prostituierten? Trat er noch immer auf der Stelle?

»Frank kommt in seinem Fall nicht weiter«, sagte Pia, als könne sie Gedanken lesen. »Gestern Abend hat er mich angerufen und mich gefragt, ob ich nicht die Ermittlungen leiten will. Diese tote Chinesin war ein Geist. Sie hat keine Papiere, niemand vermisst sie, als wäre sie buchstäblich vom Himmel gefallen.«

»Eine Hure hat Freier«, sagte Brasch, »oder sie ist keine Hure. Also wird sich jemand früher oder später an sie erinnern.« Er begriff, dass seine Stimmung sich rapide verschlechtert hatte. Nicht nur Mehler – auch sie kamen nicht richtig weiter.

Als er sich umdrehte, sah er, wie Amelie Kramer, ihre Assistentin, die für gewöhnlich sämtliche Büroarbeiten im Präsidium übernahm, die Kellertreppe hinauflief. Ihr blonder Haarschopf wippte auf und ab. Ganz gegen ihre Gewohnheit war sie ungeschminkt und wirkte übernächtigt, doch plötzlich, nachdem sie Braschs düstere Miene bemerkt hatte, lächelte sie. »Zum Glück war sie ziemlich eitel. Ihr Passwort war der Titel ihres größten Films. Bundesfilmpreis in Gold, 1967. *Der Schlaf der Ratten.*«

In ihren schneeweiß lackierten Fingern hielt Amelie eine Liste mit Namen und beachtlichen Geldbeträgen. Dreizehn Vor- und Nachnamen, von denen Brasch einige bereits kannte. Die größte Summe, genau 35 000 Euro, schuldete Barbara Lind der alten Schauspielerin.

»Endlich eine Spur«, sagte Pia, und Brasch spürte, dass Amelie ihn ansah. Sie war die Nichte des Polizeipräsidenten, und vielleicht war sie deshalb die Eifrigste im Team.

»Gibt es eine Belohnung dafür?«, fragte sie betont naiv.

»Klar«, sagte Brasch, »eine Runde in der besten Kaffeebude Kölns am Chlodwigplatz, aber erst müssen wir wissen, ob diese Liste nicht pure Fantasie ist.«

Er sah seine Mutter durch das Haus wandern, verloren, einsam, beinahe so wie er, nachdem Leonie ausgezogen war und er es gar nicht fassen konnte. Er war kein guter Sohn; ein guter Sohn wäre jetzt an ihrer Seite; vielleicht würden sie schweigen oder Belangloses reden. Wie lebte man weiter, wenn das Gegenüber verschwunden, in die Ewigkeit eingegangen war? Brasch wusste es nicht. Pia lief stumm neben ihm. Sie trug eine grüne, raue Lederjacke und schien zu frösteln. Das Fernsehteam hatte bereits wieder abgebaut.

Das Blumengeschäft war geschlossen. Daher gingen sie um das Haus herum in den Hof. Aus einem Fenster wehte harte Rockmusik herüber. Ein blauer Kombi stand im Hof, die hintere Klappe war geöffnet. Hier hatte jemand begonnen, Blumen einzuladen, und dann offenbar die Lust verloren. Brasch schritt auf eines der zwei gläsernen Gewächshäuser zu. Eine Tür stand offen, aber es war niemand zu sehen. Nein, er meinte zu bemerken, dass Theas Gesicht hinter einer Glasscheibe vorbeiwischte und dann hinter einer großblättrigen Pflanze verschwand.

»Sieht nicht so aus, als würden die Geschäfte überragend laufen«, sagte Pia. Ihr Blick war auf einen halbfertigen Kranz gerichtet. *In stiller Trauer* stand da.

Brasch betrat das Gewächshaus. Im Innern war es warm und feucht, als hätte man eine andere Klimazone betreten.

Pia betrachtete ein paar gelb blühende Blumen, deren Namen Brasch nicht kannte. »Komisch, was im Oktober noch so alles wächst.«

Zwei lange Gänge führten längs durch das Gewächshaus. Brasch war sicher, dass Thea sich irgendwo hier vor ihnen versteckte. Dann hörten sie, wie eine Tür zufiel, als hätte der Wind sie zugeschlagen.

»Muss eine Wahnsinnsarbeit sein, hier alles in Ordnung

zu halten.« Ehrlich fasziniert blickte Pia sich um. »Früher habe ich auch einmal überlegt, Floristin zu werden, den ganzen Tag Blumen binden, Gestecke machen … Stattdessen hat es mich zu Verbrechern hingezogen …« Sie runzelte die Stirn und lächelte beinahe wehmütig, als würde sie sich tatsächlich an einen Jugendtraum erinnern. Dabei ist sie noch keine dreißig, dachte Brasch, und wenn sie wollte, würden die Verehrer bei ihr Schlange stehen.

Auch auf der anderen Seite des Gewächshauses gab es eine Tür. Irgendwo plätscherte Wasser, und Schritte verklangen. Thea machte sich aus dem Staub. Er überlegte, nach dem Mädchen zu rufen, doch dann bemerkte er, dass draußen neben der Tür jemand saß.

Als Brasch die Tür öffnete, glaubte er auf ein riesiges Grab zwei Tage nach der Bestattung zu blicken. Doch es war nur ein großer Komposthaufen. Welke Blumen lagen da, Zweige mit verdorrten, bräunlichen Blättern, grobe, dunkle Erde. Hinter dem Komposthaufen, jenseits eines Drahtzauns sah er, wie Bruno ungelenk und leicht panisch davonhüpfte. Er trug eine schmutzige Arbeitshose. Einmal blickte der Aushilfsgärtner kurz über die Schultern zurück und beschleunigte dann seinen Schritt.

Auf einem Holzklotz, der dazu dienen mochte, auf ihm Kaminholz zu zerkleinern, hockte Barbara Lind und rauchte. Sie drehte sich nicht um, sondern hob nur kurz die Augenbrauen. Etliche Zigarettenkippen auf dem Boden vor ihr deuteten darauf hin, dass sie schon eine ganze Weile dort saß oder sich häufiger hierher zurückzog.

»Können wir einen Moment mit Ihnen sprechen?«, fragte Pia. Ihre Stimme klang beinahe mitfühlend.

Die Gärtnerin nickte stumm und sog einmal kräftig an ihrer Zigarette.

So sehen Menschen aus, die sich vollkommen in die Ecke gedrängt fühlen, dachte Brasch. Sie trug verblichene Jeans, und ihre Schuhe steckten in halbhohen Gummischuhen. Damit hätte sie bei ihrem heimlichen Besuch eigentlich Spuren im Bungalow hinterlassen müssen. Nein, fiel Brasch ein. Sie hatte geklingelt und die Schuhe vor der Tür stehen lassen.

»Wie geht es Ihren Kindern?«, fragte Brasch. »Alles wieder in Ordnung?«

Barbara Lind blickte auf. Ihr Haar hatte eine rötliche Tönung, aber da und dort wuchsen silbrige Strähnen nach.

»Sie haben es also herausgefunden«, sagte sie, als hätte Brasch eine ganz andere Frage gestellt. »Ja, ich bin bei der alten Hexe gewesen. Wegen des Geldes – weil sie es zurückhaben wollte, alles auf einmal.«

Deshalb also war Bruno da gewesen – er hatte ihr erzählt, dass er Brasch verraten hatte, sie bei der Schauspielerin gesehen zu haben.

»Was haben Sie genau bei der Schauspielerin besprochen?« Brasch zog sich einen anderen Holzklotz heran und setzte sich. Es roch feucht und modrig. Pia hatte einen alten Holzstuhl entdeckt und nahm ebenfalls Platz. In der Ferne waren im Dunst ein paar Hochhäuser zu sehen, ansonsten nur weite Felder, durch die sich eine schmale Straße wand.

»Ich weiß, dass ich alles falsch mache«, sagte Barbara Lind und suchte nun Pias Blick. »Mit den Kindern … mit dem Geschäft … Es war schon vorher schwer, aber nach dem Tod meines Mannes stand ich wie vor einer riesigen Wand. Ich wollte das Geschäft nicht aufgeben. Was hatte ich anderes als dieses Geschäft? Aber die Schulden haben mich schier erdrückt …« Sie schwieg und nahm wieder einen tiefen Zug aus ihrer Zigarette.

Pia machte ein ernstes Gesicht, als würde sie nun ein Geständnis erwarten.

»Mit Blumen kann man heutzutage kein Geld mehr verdienen oder höchstens, wenn man riesige Gewächshäuser in Holland oder Kolumbien hat. Wissen Sie, wie weit weg Kolumbien ist?« Barbara Lind warf ihre Zigarette in eine Pfütze ein Stück links von ihr. Kurz zischte die Zigarette auf und trieb dann wie ein winziges Schiff auf dem Wasser. »Ich habe mir wirklich Sorgen um die Kinder gemacht, war schon herumgelaufen, um sie zu suchen, aber ich hatte ja den Termin. Die alte Brühl hatte mich einbestellt. Das tat sie alle paar Wochen, als müsste sie mich kontrollieren. Wie die Geschäfte liefen?, wollte sie wissen. Was ich tat, damit es besser würde? Erst stellte sie mir diese üblichen Fragen, ein bisschen gereizter und noch unverschämter als sonst, dann meinte sie, ich sollte mir einen Mann suchen, mir die Haare anders färben, Make-up auflegen, solche Sachen ...«

Sie schwieg und starrte vor sich hin, und Brasch wusste plötzlich, dass dieses Schweigen voller schwerer, schuldbewusster Worte war, die sie sich bereits seit Stunden zurechtlegte und die trotzdem immer noch nicht passen wollten.

Er sagte nichts. Genau wie Pia beobachtete er, wie Barbara Lind aus einer Tasche ihrer groben Strickjacke eine neue Zigarette hervorangelte.

»Wir hätten uns niemals Geld von ihr leihen dürfen, ein schrecklicher Fehler, doch die Bank gibt mir keinen Kredit mehr, und ich hoffe immer noch, dass sich das Geschäft vielleicht erholen wird ... Sie hatte mich einbestellt, um mir zu sagen, dass sie das ganze Geld zurückhaben wollte. Oder ...« Wieder nahm sie einen tiefen Zug aus ihrer Zigarette. »Uns gehört sowieso nichts mehr. Wissen Sie, was eine Zwangsversteigerung ist?«

Brasch hob den Blick und entdeckte Thea, die innen im Gewächshaus stand und sie beobachtete. Mit kalten Augen fühlte Brasch sich gemustert und vermessen, als wäre er ein Feind, ein gefährlicher Eindringling. Er erwartete schon, dass das Mädchen herausstürmen würde, doch stattdessen tauchte es wieder ins Innere ab.

»Zwangsversteigerung?«, fragte Pia, die Thea nicht bemerkt hatte und ungeduldig wurde.

»Sie haben die alte Hexe nie kennen gelernt«, erwiderte Barbara Lind. »Sie war eine Spinne, die es darauf anlegte, möglichst viele in ihrem Netz zu fangen. Ich bin nicht die Einzige, die bei ihr Schulden hatte, und wenn Sie hier durch den Ort laufen, werden Sie nicht viele finden, die ihren Tod bedauern. Sie hatte einen Tick, lief nachts umher, hängte ihre komischen Kameras auf, belauerte die Leute ...«

»Sie wollten uns sagen, wie Ihr Besuch bei Marlene Brühl verlaufen ist«, unterbrach Brasch sie in ruhigem Tonfall. »Sind Sie in Streit geraten? Ist Marlene Brühl vielleicht sogar handgreiflich geworden?« Für einen Moment dachte er, dass sich ihr Fall tatsächlich in den nächsten Augenblicken in einem simplen Geständnis auflösen würde.

Die Gärtnerin blickte ihn entsetzt an. »Streit? Aber nein, ich war so entsetzt, dass ich nichts mehr sagen konnte. Ich sollte ihr das Geld zurückbezahlen oder ihr meine Kinder geben – als Reisebegleitung für ein paar Wochen.«

»Ich verstehe nicht.« Brasch warf Pia einen kurzen Blick zu. »Was heißt, für ein paar Wochen?«

»Nun, die alte Hexe wollte mit ihnen eine Reise machen, eine Kreuzfahrt oder eine Luxusreise nach Dubai in das beste Hotel und wollte sie als Gesellschaft dabeihaben, sogar Tobias, nicht nur Thea.« Die nächste Zigarette segelte in hohem Bogen in die Pfütze.

»Und wie haben Sie darauf reagiert?«

»Ich habe gesagt, dass ich es mir überlegen würde, aber in Wahrheit hat sich mir die Kehle zugeschnürt. Sie wollte mir meine Kinder wegnehmen, kleine, unmündige Kinder. Als ich wieder vor der Tür stand, wäre ich am liebsten zurückgegangen, hätte mir eine ihrer kostbaren Vasen genommen und ihr den Schädel eingeschlagen, damit ich sie für immer los war.«

»Aber das haben Sie nicht getan?«, fragte Brasch.

Barbara Lind schüttelte den Kopf. »Nein«, flüsterte sie. »Dann hätte ich meine Kinder ja erst recht verloren.«

10

Brasch spürte, wie sich ein heftiger Schmerz hinter seiner Stirn zusammenzog. Er hatte Pia zur Tochter der Toten in die Klinik geschickt und sich in seinem Büro verschanzt. Einen Kaffeebecher in der Hand, starrte er aus dem Fenster in einen trüben Himmel, an dem die Wolken still zu stehen schienen. Er verstand nicht, wer Marlene Brühl gewesen war: eine ehemals berühmte Schauspielerin, die Spiegel zerschlug, die Kinder in ihr Haus lockte und mit ihnen wegfahren wollte, die Filmpläne hatte und Geld verlieh, weil es ihr gefiel, wenn jemand von ihr abhängig war. Trotzdem gab es nirgendwo ein klares Motiv für einen Mord.

Kurz vor siebzehn Uhr telefonierte er mit Schroedel, dem Staatsanwalt, und ging dann zum großen Konferenzsaal hinüber. Sie hatten den Journalisten nichts vorzuweisen, keine heiße Spur, keinen Hinweis, in welche Richtung sie überhaupt ermitteln sollten. Barbara Lind konnte nicht die Mörderin gewesen sein, jedenfalls hatte sie nicht gelogen, was ihren Besuch gegen achtzehn Uhr bei Marlene Brühl anging. Noch als Brasch mit Pia hinter ihrem Gewächshaus gesessen hatte, war im Präsidium der erste Bericht des Pathologen eingetroffen. Humpe war bei der Obduktion dabei gewesen. Als Brasch die Schauspielerin gefunden hatte, war sie allenfalls ein paar Minuten tot gewesen; der Täter musste das Haus kurz vor ihm verlassen haben. Also kam der seltsame Aushilfsgärtner Bruno wieder ins Spiel. Vielleicht war es ein Fehler gewesen, seinen Bauwagen nicht gründlich durchsuchen zu lassen.

Mehler nickte ihm kurz zu, als er den Saal betrat. Ihn hatte man also auch einbestellt. Brasch tröstete dieser Gedanke ein wenig. Fast dreißig Journalisten warteten schon, sogar zwei Fernsehteams hatten ihre Kameras aufgestellt. So viel Betrieb hatte hier noch nie geherrscht. Balk, der Polizeipräsident, und Doktor Schroedel, ein kleiner, ewig lächelnder Staatsanwalt, stürmten gemeinsam in den Saal, beinahe wie Politiker, die einen besonders dynamischen Eindruck vermitteln wollten.

Balk redete zuerst, von den Erfolgen des letzten Jahres, wie viele Gewaltverbrechen man trotz Personalknappheit aufgeklärt habe; Dinge, die man sagte, wenn man in den laufenden Ermittlungen nichts in der Hand hatte. Die Journalisten begannen sich bereits zu langweilen, dann übernahmen Schroedel und Mehler und gingen auf den Fall der unbekannten toten Chinesin ein. Fotos der Toten wurden auf eine Leinwand projiziert. Obwohl ihr Gesicht verzerrt und ihr Hals übel zugerichtet war, konnte man noch erahnen, wie schön sie gewesen war; eine junge, zarte Asiatin wie aus dem Bilderbuch. Man hatte ein paar Zeugen, die sie am Bahnhof gesehen haben wollten, einen Taxifahrer, der meinte, sie zwei Tage vor dem Mord vom Flughafen in die Stadt gefahren zu haben, aber sonst nichts. Anscheinend hatte die Chinesin nur ein paar Brocken Englisch gesprochen. Brasch verstand zum ersten Mal die Zweifel, ob sie wirklich eine Prostituierte gewesen war. Eher hatte es den Anschein, als hätte sie die erste Bleibe angenommen, die jemand ihr angeboten hatte, zufällig die Absteige einer Hure.

Als Balk sich an Brasch wandte, begannen die Fotografen, ihre Blitzlichter auf ihn abzuschießen. Die tote Chinesin interessierte eigentlich niemanden mehr. Zum Glück hatte Amelie Kramer ein paar Fotos von Marlene Brühl und ihrem Haus vorbereitet. Ausführlich berichtete Brasch über den Hergang der Tat. Die halbherzige Suchaktion nach den verschwundenen Kindern erwähnte er nicht; auch nicht, dass er selbst die Tote entdeckt hatte. Während er sprach, fürchtete er, dass man ihm seine Erschöpfung ansah, und war dankbar, als Schroedel keine Fragen der Journalisten zulassen wollte.

Trotzdem stand ein Mann auf, der seine schwarzen Haare zu einem Zopf zusammengebunden hatte und besonders nachlässig gekleidet war. »Ist der Staatsanwaltschaft bekannt«, fragte er laut und in einem rechthaberischen Tonfall, »dass Alina Brühl am kommenden Montag mit ihrer Filmfirma Insolvenz hätte anmelden müssen, weil Marlene Brühl entgegen den Zusagen, die ihre Enkelin einigen Finanziers gemacht hatte, doch nicht wieder vor die Kamera treten wollte? Ist des Weiteren bekannt, dass die Konventionalstrafe, die Alina Brühl hätte bezahlen müssen, wenn ihre Großmutter nicht in ihrem neuesten Film mitspielte, bei über fünf Millionen Euro gelegen hätte?«

Schroedel wurde sein jugendliches Lächeln buchstäblich aus dem Gesicht gewischt. Er alterte binnen einer Sekunde auf dem Podium und warf Balk einen ratsuchenden Blick zu.

Dann, als der Polizeipräsident kaum merklich den Kopf schüttelte, bedeutete er Brasch, diese Frage zu beantworten.

Plötzlich war es still geworden, selbst die Fotografen hörten auf, umherzurennen und ihre Apparate in Anschlag zu bringen.

Brasch wusste, dass er eine ausweichende Antwort geben sollte. Wir recherchieren noch ... Meine Kollegen sind im Moment dabei, Akten durchzusehen ... Natürlich haben wir auch schon Alina Brühl, die Enkeltochter des Opfers, gesprochen ... Die prekäre finanzielle Situation der Enkelin hatten wir bereits erkannt ...

Stattdessen sagte er müde: »Nein, das war uns bisher nicht bekannt.«

Balk schob sein Kinn wütend vor und kniff die Augen zusammen, während Schroedel sein Lächeln mühsam wiedergefunden hatte und Brasch mitteilte, dass er am Montagmorgen einen ausführlichen Bericht über den neuesten Stand der Ermittlungen erwarte. Nur Mehler klopfte Brasch tröstend auf die Schulter. Sie kannten das Spiel bereits: Je bekannter ein Mordopfer war, desto größer der Druck auf die Ermittler. Da war Mehler mit seiner schönen Chinesin nun plötzlich in den Windschatten geraten.

»Wir sollten in den Keller gehen und ein paar Runden boxen«, sagte Mehler. Sie steuerten ihre Büros an, jeder einen Becher Kaffee in der Hand. Manchmal trainierten sie im Keller, sparrten ein paar Runden, um auf andere Gedanken zu kommen. »Ich bewege mich im Kreis. Seit drei Tagen keinerlei Fortschritt. Wie kann eine Chinesin vom Himmel fallen?«

»Ich weiß es nicht«, sagte Brasch. »Wie kann eine alte Schauspielerin auf die Idee kommen, ihre Nachbarin zu erpressen, um mit deren Kindern in Urlaub fahren zu können, und vier Stunden später liegt sie tot in ihrem Haus?«

Pia war noch nicht zurück, aber Amelie Kramer saß bereits wieder an ihrem Computer. Sie hatte die Homepage von *A & B Films* aufgerufen; so großspurig nannte sich die Filmfirma von Alina Brühl.

»Könnte stimmen, was der Typ in der Pressekonferenz gesagt hat.« Amelie hielt ihren Blick auf den Bildschirm gerichtet. »Die junge Brühl hat allen erzählt, dass ihre Großmutter in ihrem neuesten Film auftritt. Das große Comeback nach fast zwanzig Jahren. Wäre ein Riesending geworden … Übrigens wartet der Wahrsager auf dich.« Das »Du« klang aus ihrem Mund immer noch fremd und ein wenig ehrfurchtsvoll. Sie deutete auf einen Mann, der ganz in Schwarz mit dunkler Sonnenbrille im Flur auf und ab ging.

»Seit wann brauchst du einen Wahrsager, um deine Fälle zu lösen?«, fragte Mehler spöttisch.

Brasch winkte ab. Wie musste man sich einen Wahrsager vorstellen? Früher, bei spektakulären Kriminalfällen, hatten sich manchmal irgendwelche Hellseher wichtiggetan, indem sie erzählten, dass sie Schwingungen von Toten empfangen würden oder Stimmen hörten, die ihnen etwas über das Verbrechen verrieten. Leonie war auch einmal bei einer Kartenlegerin gewesen, aber sie hatte ihm hinterher nicht verraten, was sie dabei erfahren hatte.

Der Mann im Flur sah wie ein männliches Model aus; er war jung, allenfalls dreißig und klapperdürr. Als Brasch auf ihn zukam, schob er sich seine Sonnenbrille lässig ins Haar.

»Hören Sie«, sagte er, »ich bin gekommen, um ein paar Dinge klarzustellen.«

Brasch bat ihn mit einer Geste in sein Büro. Er roch das Parfüm des Mannes, oder vielleicht war es auch nur sein aufdringliches Rasierwasser. Kein widerborstiges Härchen verunstaltete seine glatten Wangen.

»Ihr Anwalt war schon da«, sagte Brasch und bedeutete ihm, in sein Büro zu folgen. »Sie heißen Laurenz Meyerbier?«

»Bei meinen Klienten nenne ich mich Rosenrot«, erklärte der Mann. Bevor er sich setzte, blickte er sich argwöhnisch um, als würde er eine geheime Gefahr wittern.

»Es kommt nicht oft vor, dass uns jemand seinen Anwalt schickt, bevor wir überhaupt wissen, wer er ist«, sagte Brasch. »Sie sind Wahrsager?«

»Keineswegs.« Meyerbier hüstelte, und Brasch hatte keine Ahnung, ob aus Verlegenheit oder aus einer gewissen vornehmen Entrüstung heraus. »Ich bin Astrologe. Ich erkläre den Menschen ihre sehr individuellen Sternbilder, und dabei schaue ich sowohl in die Vergangenheit als auch in die Zukunft.«

»Sie haben also auch Marlene Brühl beraten?« Brasch nippte an seinem Kaffee, der viel zu bitter schmeckte.

Der Astrologe zog seine Augenbrauen zusammen, die sorgsam gezupft aussahen. Überhaupt wirkte er irgendwie künstlich. Das Haar so voller Gel, dass es beinahe wie eine Perücke wirkte; die Augen tief in den Höhlen, dunkel und seltsam leblos.

»Wenn ich ehrlich sein soll, ist … nun, sie war meine beste Klientin. Ich habe sie mindestens zweimal im Monat gesehen. Deshalb ist es wohl auch zu diesen Missverständnissen gekommen.« Meyerbier machte eine Handbewegung, als würde er wie ein Zauberer ein Kaninchen aus einem Zylinder ziehen, und Brasch fragte sich, ob er vielleicht irgendwo in einem Theater oder Varieté mit seiner Kunst als Astrologe auftrat.

»Von welchen Missverständnissen sprechen Sie?«

»Ich glaube, man hielt mich für den Geliebten der alten Dame, und jemand wollte mich wegekeln. Ich fahre ein BMW-Cabrio, sehr auffällig, wie ich zugeben muss, und einmal hat man mir eine tote Eule auf den Kühler gelegt. Eulen sind die Wappentiere von Wahrsagern, wie Sie vermutlich wissen, und in der letzten Woche hat mir jemand die Reifen zerstochen, alle vier, und das am helllichten Tage.« Der Astrologe schnaubte entrüstet. Brasch konnte sich vorstellen, wie er empört und völlig hilflos vor seinem ramponierten Wagen gestanden hatte.

»Haben Sie einen Verdacht, wer Ihr besonderer Freund sein könnte?«

»Nein.« Er musterte Brasch argwöhnisch, als fürchtete er schon wieder eine Falle, in die er hineintappen könne. »Ich habe auch keine Anzeige erstattet, weil die verehrte Frau Brühl mich darum gebeten hatte. Sie meinte, es handele sich um einen bösen Kinderstreich.«

»Mehr hat sie nicht gesagt?«

»Nein.«

Brasch sah, dass Pia aus der Klinik zurückgekehrt war. Sie blickte kurz in sein Büro und deutete ihm an, dass sie ihn sprechen wolle, sobald sein Gast gegangen war. Vielleicht gab es Neuigkeiten von der Tochter der Toten.

»Erzählen Sie mir etwas von Marlene Brühl! Was für Vorhersagen haben Sie ihr gemacht?« Brasch spürte, dass sich ein leiser spöttischer Unterton in seine Stimme schlich. Musste ein Wahrsager etwas über den Tod seines Klienten erahnen oder in den Sternen lesen?

Meyerbier nahm seine Sonnenbrille aus dem Haar und senkte kurz den Kopf, als müsse er nachdenken, dann zuckte er plötzlich zusammen. »Frau Brühl war Stier, Aszendent

Fisch, eine interessante, aber schwierige Verbindung. Eine Künstlerseele, die leicht überkocht. Ich habe bei ihr ein paar gesundheitliche Probleme vorhergesehen, die Galle und Atembeschwerden. Sie ist ja auch wohl erdrosselt worden, also lag ich nicht ganz schief.« Er gestattete sich ein knappes Lächeln, das ihm aber sofort als unpassend erschien.

»Hat sie mit Ihnen über persönliche Dinge gesprochen, über Pläne, die sie hatte, oder Dinge, die sie besorgt machten?«

Der Astrologe spitzte die Lippen und runzelte nachdenklich seine schöne Stirn. Wahrscheinlich zog er so eine Nummer auch bei seinen älteren Klientinnen ab, wenn er ihnen ihre Vorhersagen machte. »Nun, sie hat über diesen Film gesprochen, den ihre Enkelin mit ihr drehen wollte, und darüber, ob sie nicht ihr Haus verkauft und wegzieht, in den Süden, auf eine Insel im Mittelmeer. Außerdem sollte ich ihr auch sagen, wie es um ihre Tochter steht. Ich konnte ihr da aber wenig Hoffnung machen. Meistens aber haben wir über ihre Gesundheit gesprochen. Sie machte sich Sorgen, sah sich ständig todkrank, dabei war sie im Grunde kerngesund. Bis auf die Galle, wie gesagt.«

Brasch lehnte sich enttäuscht zurück. Ein Astrologe schien auch nicht viel mehr als ein Gesellschafter und Schmalspur-Psychologe zu sein, zumindest, wenn er zweimal im Monat gerufen wurde. Als er dessen lange, schmale Hände betrachtete, fragte Brasch sich unwillkürlich, ob Meyerbier nicht in aller Vornehmheit doch noch andere Angebote offerierte, nicht nur Streicheleinheiten für die Seele, sondern handfestere Dinge.

»Marlene Brühl hat also nicht gesagt, dass sie vor etwas Angst hat oder dass jemand sie bedroht?«

Der Astrologe schüttelte den Kopf und strich eine Haarsträhne zurück, die ihm noch gar nicht in die Stirn gefallen war. »Nein«, sagte er, »jedenfalls nicht bis vorgestern. Da hat sie mich angerufen und wollte, dass ich sofort komme. Sie klang ein wenig hysterisch. Sie sei vielleicht in Gefahr und brauche eine Botschaft – ja, genauso hat sie es formuliert. Ich war aber nicht abkömmlich, und daher konnte ich erst gestern zu ihr fahren ...« Er zögerte und schaute sich wieder um, als erwartete er, dass noch jemand im Raum sei, der nun besser nicht zuhören solle.

»Und was haben Sie ihr gestern sagen können?« Ein Streifenwagen fuhr mit dröhnender Sirene unten vom Hof. Das Geräusch ließ Meyerbier abermals zusammenzucken.

»Leider konnte ich ihr nichts mehr sagen ... Sie war ja schon tot, als ich kam. Ich hatte mich verspätet, ein Telefontermin ... Ich habe geklingelt, und dann, als sie nicht geöffnet hat, habe ich ihren Schlüssel hervorgezogen, den sie mir einmal aufgedrängt hat.« Meyerbier schürzte die Lippen. Die Tatsache, dass er einen Schlüssel besaß, schien ihm peinlich zu sein. »Ich habe den Schlüssel zum ersten Mal benutzt. Bisher hatte sie mir immer aufgemacht. Als ich dann im Haus war, habe ich nach ihr gerufen, doch sie hat nicht geantwortet. Der Fernseher lief auch ziemlich laut, irgendein alter Film von ihr. Sie hat mich vom Bildschirm angesehen und gelächelt, und einen Moment später habe ich sie auf dem Teppich entdeckt ... Ich habe einen solchen Schock gekriegt, dass ich davongelaufen bin. Nichts wie weg, habe ich mir gesagt. Beinahe hätte ich mich noch in dem Schal verheddert und wäre gestürzt ... Erst drei Stunden später, zu Hause bin ich wieder richtig zu mir gekommen ...«

Brasch begriff nun endlich, warum Meyerbier mit seinem Anwalt im Präsidium angerückt war.

»Wieso haben Sie nicht einfach die Polizei angerufen?«,

fragte er. »Auch drei Stunden später hätte uns Ihr Anruf noch weitergeholfen.«

Meyerbier holte tief Luft und verschluckte sich beinahe. Sein großer Adamsapfel hüpfte auf und ab. Nein, entschied Brasch für sich, der Astrologe war kein Mann für gewisse Dienste; eher wirkte er so, als würde alles Körperliche ihn abstoßen. Vielleicht faszinierten ihn deshalb Sterne, die ein paar tausend Lichtjahre entfernt waren.

»Erst habe ich mich geschämt, dass ich weggelaufen bin. Dann habe ich gedacht, dass man mich möglicherweise verdächtigen könnte.« Er senkte den Kopf. »Ich habe aber gleich meinem Anwalt alles erzählt.«

»Ist Ihnen am Tatort etwas aufgefallen?«, fragte Brasch. Nun bedauerte er, dass er dieses Gespräch nicht aufgezeichnet hatte. »Wann genau waren Sie im Haus?«

»Es dürfte kurz nach zweiundzwanzig Uhr gewesen sein. Ich habe mich beobachtet gefühlt, aber möglicherweise habe ich mir das hinterher auch nur eingeredet.« Er machte Anstalten, sich zu erheben, sank dann jedoch wieder in sich zusammen.

»Haben Sie einmal Streit mit Marlene Brühl gehabt?« Brasch beobachtete, wie Meyerbier erneut die Stirn runzelte. »Oder hat sie Ihnen vielleicht Geld geliehen, das sie nun zurückhaben wollte?«

»Wir hatten nie Streit«, erwiderte er hastig. »Wir haben Tee getrunken, ich habe ihr etwas über Astrologie erzählt, und sie hat zugehört und mich hinterher gut bezahlt. So liefen meine Besuche ab. Das Einzige, was gelegentlich für Missstimmung sorgte, war ihr Ansinnen, mit mir eine Urlaubsreise zu unternehmen. Eine Kreuzfahrt, selbstverständlich mit getrennten Kabinen, aber ich konnte mich nicht dazu entschließen, auch wenn sie Andeutungen mach-

te, mich gegebenenfalls in ihrem Testament zu bedenken …«
Er schaute Brasch mit dunklen, geweiteten Augen an, als
hätte er soeben eine entsetzliche Indiskretion begangen.

»Also hat die alte Dame doch gewisse Hoffnungen gehegt,
Ihnen näherzukommen?« Brasch fiel auf, dass er in Meyer-
biers gestelzten Tonfall verfiel.

»Vielleicht«, sagte der Astrologe und setzte seine Sonnenbrille wieder auf. »Dabei hätte sie wissen können, dass ich
mit Damen, egal ob jung oder alt, nicht viel anfangen kann,
selbst wenn ich mir die größte Mühe gebe.«

11

Es gab eine Müdigkeit, die man nicht loswurde, die einem
unter die Haut kroch und sich da ausbreitete wie eine geheime Krankheit, die sich in Richtung Herz fraß. In letzter Zeit
hatte Brasch eine schier unstillbare Sehnsucht nach Zer-
streuung an sich entdeckt. An den Wochenenden, wenn er
keinen Dienst hatte, verbrachte er seine Vormittage in einem Stehcafé am Chlodwigplatz, ließ sich von Rosa, einer
blonden, schwergewichtigen Bedienung, Milchkaffee servie-
ren und las Zeitungen, die alle nichts mit Politik und Börsen-
kursen zu tun haben durften. Neuerdings ging er sogar wieder ins Kino, und einmal hatte er sich von Mehler überreden lassen, sich im Stadion ein Fußballspiel anzusehen, den
1. FC Köln gegen Hamburg. Das Spiel war zwar ein Reinfall
gewesen, aber die Stimmung, besonders vor dem Anpfiff,
hatte ihn wider Erwarten mitgerissen.

Trotzdem wusste er, dass er ein paar Dinge in den Griff
bekommen musste; eine letzte Aussprache mit Leonie, ein
wenig mehr Gesellschaft, das große Haus verkaufen oder

untervermieten, eine neue Liebe ... Vielleicht hätte er Meyerbier einmal in sein Sternbild schauen lassen sollen; Widder, Aszendent Fisch, das hatte Leonie ihm verraten. Er hatte keine Ahnung mehr, wie sie darauf gekommen war, aber wahrscheinlich hatte sie bei seiner Mutter nach seinen Geburtsdaten geforscht und war dann auch bei einem Astrologen gelandet.

Es war schon kurz nach acht Uhr, als er wieder auf die Dorfstraße einbog. Nach Meyerbier hatten sie nun eine weitere Verdächtige auf ihrer Liste. Linda, die Tochter von Marlene Brühl, saß zwar wieder in Merheim in einer psychiatrischen Klinik, aber sie war eine Künstlerin darin, nachts zu verschwinden, stumm und lediglich beobachtend durch Bars und Cafés zu ziehen und sich dann von einem Taxifahrer, dem sie einen vorbereiteten Zettel mit ihrer Adresse vorlegte, zurückfahren zu lassen. Mit Pia hatte sie kein Wort gesprochen, sondern nur die Finger auf die Lippen gelegt und auf die Lautsprecher gedeutet, aus denen Orgelmusik klang. Sie schien Orgelmusik zu lieben. »Die seltsamste Befragung, die ich je gemacht habe«, hatte Pia erklärt. »Sie wirkte nicht verwirrt oder verängstigt, eher als hätte sie ein Schweigegelübde abgelegt.« Fakt war allerdings, dass Linda Brühl am Abend zuvor, als ihre Mutter starb, wieder bis zwei Uhr morgens unterwegs gewesen war. Da der Pförtner wie üblich die Taxirechnung bezahlt hatte, würden sie spätestens am Montagmorgen, wenn die Buchhaltung der Klinik geöffnet hatte, herausfinden, wer der Fahrer gewesen war.

Der Bungalow der toten Schauspielerin lag in tiefster Dunkelheit. Selbst als er sich näherte, sprang keines der Lichter an. Offensichtlich hatten Humpe und seine Leute sämtliche Lampen abgeschaltet. Kein guter Schachzug, wie

Brasch fand, immerhin war jemand ins Haus eingedrungen, nachdem sie die erste Spurensuche beendet hatten.

Als Brasch die Haustür passierte und einen flüchtigen Blick in den düsteren Garten warf, meinte er, einen Schatten zu sehen, der sich hastig davonmachte und ihn an den Aushilfsgärtner erinnerte.

»Bruno, warten Sie!«, rief er. Für einen winzigen Moment schien die Gestalt innezuhalten, dann aber verschwand sie hinter einem Busch.

Brasch kehrte auf die Straße zurück. Ohne eine Taschenlampe war ein Weiterkommen auf diesem Terrain schier unmöglich, wenn man die winzigen Pfade auf dem Grundstück nicht kannte. Außerdem gab es keine Notwendigkeit, dem Aushilfsgärtner durch das Dickicht zu folgen. Wenn er tatsächlich die fliehende Gestalt gewesen war, musste Brasch ihn lediglich an seinem Bauwagen abpassen.

Er betrat Speitels Grundstück durch eine rostige Pforte, die schief in den Angeln hing. Eine matte Glühbirne brannte über einem Eingang, einer einfachen Holztür mit einem winzigen Fenster. Das Haus wirkte grau und winzig, zwei Fenster im Erdgeschoss, eines in der ersten Etage. Aus den abgelegenen Eifeldörfern kannte Brasch solche Häuser. Meistens hatte eine Großfamilie in allenfalls fünf Zimmern darin gehaust.

Gernot Speitel öffnete, ohne durch das Guckloch zu schauen. Er lächelte und sah Brasch über eine schwere Hornbrille an, die ihm tief auf den Nasenrücken gesunken war.

»Ich dachte schon, die Polizei hätte mich vergessen«, sagte er.

»Es dauert einige Zeit, bis wir uns einen Überblick über die Lage verschafft haben«, erklärte Brasch und spürte, dass es fast wie eine Entschuldigung klang. Dass Leonie wieder in seinem Leben aufgetaucht war, hatte einen besonderen Effekt. Er versuchte sich vorzustellen, wie sie manche Dinge sah. Was für eine Meinung mochte sie von Speitel haben? Er war ein sportlicher, sehniger Typ, blond und attraktiv, dem aber sein Alter tief ins Gesicht geschrieben war.

Speitel bat ihn herein, in eine Küche, die einen schäbigen Eindruck machte. Bücher und Zeitungen lagen auf einem Holztisch. Geschirr stapelte sich in einem Spülbecken. An der Wand neben einem hässlichen grünen Holzschrank hingen alte Werbeplakate.

»Sie wohnen allein?«, fragte Brasch, als er sich auf den einzigen freien Stuhl setzte.

Speitel ließ sich auf einer Holzbank nieder. Über ihm tickte eine Uhr und zeigte eine Fantasiezeit an; da war es zwanzig vor drei.

»Meine Frau hat mich vor einiger Zeit verlassen«, sagte er niedergedrückt und flüchtete sich gleich in ein Lächeln. »Ich habe im Moment eine Pechsträhne. Keine Frau, kein Job. Braucht die Polizei nicht noch fähige Leute?«

Brasch überging die Frage. »Sie waren an dem Tag, als Marlene Brühl ermordet wurde, bei ihr. Was haben Sie bei ihr gemacht?«

Speitel lehnte sich zurück. Er lächelte nachdenklich, und für einen Moment wirkte er so selbstbewusst, als könnte ihm bei allen Schwierigkeiten, in denen er offenbar steckte, nichts etwas anhaben. »Ich bin beinahe jeden Tag bei Mary gewesen. Ich habe ihr bei allen möglichen Dingen geholfen, habe für sie eingekauft, ihr Geld geholt, mich um ihren Schriftkram gekümmert. Wie ein guter Nachbar einer älteren Dame eben behilflich ist.«

»Und deswegen ist die Enkelin auf Sie losgegangen?«

Speitel stand auf und schenkte sich ein Glas Mineralwasser ein, ohne Brasch ebenfalls etwas anzubieten. Es schien zu stimmen, was Leonie über ihn gesagt hatte: ein Gesundheitsfanatiker, der nur Heilwasser trank.

»Die Kleine glaubt, dass ich ihrer Großmutter ausgeredet habe, bei diesem Film mitzumachen, dabei hat Mary nie wirklich daran gedacht, eine Rolle zu übernehmen. Es hat ihr allerdings gefallen, dass ihre Enkelin bei ihr auf der Matte stand und ihr Honig ums Maul geschmiert hat, aber da war sie nicht die Erste. Eine Menge Leute haben schon versucht, Mary wieder vor eine Kamera zu locken. Es wäre auch eine echte Sensation gewesen. Der Star des guten alten deutschen Films wieder im Kino. Doch Mary war klug, sie wusste, dass sie dabei nur verlieren konnte.«

Brasch dachte an den Raum mit den zerbrochenen Spiegeln. Speitel musste um die einsamen Stunden und inneren Kämpfe der toten Schauspielerin wissen. »Seit wann hatten Sie so ein enges Verhältnis zu der Toten?«, fragte er.

»Seit meine Frau weg war und ich arbeitslos wurde.« Speitel setzte sich wieder. Er betrachtete seine braun gebrannten, muskulösen Hände. »Ich war Vertreter für Rolltore – Metalltore, die man nachträglich in jede Garage einbauen kann. Am Anfang lief das Geschäft richtig gut, aber dann gab es zwei, drei Unfälle. War nicht meine Schuld. Bedienungsfehler.«

»Hat die Schauspielerin Sie für Ihre Dienste bezahlt?« Brasch zog sein Notizbuch heraus und schrieb sich ein paar Stichwörter zu Speitels Biografie auf.

»Ich weiß, was Sie denken.« Speitel stieß ein hohles, verächtliches Lachen aus. »Da sind Sie nicht der Erste im Ort. Alle glauben, dass ich ihr in den Arsch gekrochen bin, um ein paar Euro zu verdienen, aber ich habe nie auch nur einen Cent von ihr bekommen. Die Superschlauesten meinten sogar, dass wir ein Verhältnis hatten …« Er hob abwehrend die Hände und lachte wieder ein wenig süffisant. Bei ihm schien man nie zu wissen, ob er sich über sein Gegenüber oder über sich selbst lustig machte.

Brasch fiel auf, wie leicht Speitel die Vergangenheitsform über die Lippen ging, wenn er von der Schauspielerin sprach. »Und hatten Sie?«, fragte er.

Speitel ließ die Arme sinken und kniff die Augen zusammen. Zum ersten Mal schien er wirklich entrüstet zu sein. »Es gibt eine Menge Dinge, die ich für Geld nicht tue«, sagte er leise. »Mich neben einem welken, längst verblühten Körper in ein Bett zu legen gehört auch dazu. Außerdem hatte Mary da andere Kandidaten, falls es sie tatsächlich einmal zwischen den Beinen juckte.«

»Sprechen Sie von dem Astrologen?«

»Ich spreche von niemandem.« Speitel erhob sich. »Tut mir leid, dass ich Ihnen nicht weiter behilflich sein kann.«

»War Frau Brühl eigentlich sehr vermögend?« Brasch stand ebenfalls auf.

»Ja, ich glaube, sie hat ihr Geld schon sehr früh, als ihre Karriere noch so richtig gut lief, bei einer großen Kölner Privatbank angelegt. Arm war sie jedenfalls nicht. Manchmal hat sie aber darüber geklagt, wie viel Geld sie für ihre Tochter ausgeben musste.«

In dem winzigen Flur, beleuchtet von einer schwachen einzelnen Birne, hing ein Foto, das Speitel als Langstreckenläufer in Siegerpose zeigte. Eine kleine, zierliche Frau mit langen schwarzen Haaren, deren Gesicht man nicht erkennen konnte, umarmte ihn. Das Foto mochte allenfalls drei oder vier Jahre alt sein.

»Ihre Frau?«, fragte Brasch.

118

Speitel nickte stumm. Sein mahlender Unterkiefer verriet jedoch, dass ihm der Verlust seiner Frau noch immer etwas ausmachte.

In der Tür wandte Brasch sich noch einmal um. »Besitzen Sie eigentlich einen Schlüssel zum Haus der Toten?«

»Mary hat ihn mir gegeben – für Notfälle, aber ich glaube, ich habe ihn nie benutzt.« Speitel nahm einen einzelnen, unauffälligen silbernen Schlüssel von einem Brett neben der Tür und drückte ihn Brasch in die Hand.

Er wusste nicht, warum er nicht nach Hause fuhr, warum es ihn in dieser Gegend hielt. Mehler hatte ihm eine Nachricht auf seine Mailbox gesprochen. Er klang müde, resigniert und fragte, ob sie sich irgendwo in der Stadt treffen wollten. Vielleicht in der Bar des Domhotels; eigentlich viel zu teuer für zwei einfache Polizisten, aber der Barkeeper kannte sie, nachdem sie dort einmal einen Fall gelöst hatten, und bediente sie besonders zuvorkommend.

Statt Mehler zu antworten, ging Brasch über die Straße. Den Schlüssel, den Speitel ihm gegeben hatte, hielt er noch in der Hand. Er nahm den Vordereingang. Wer fütterte die Vögel, fragte er sich plötzlich, die Marlene Brühl irgendwie auf ihr Grundstück gelockt hatte, aber dann dachte er an Bruno oder Speitel. In diesem ordentlichen, eher dörflichen Vorort Kölns musste man keine Sorge haben, dass sich nicht irgendein Nachbar darum kümmerte.

Er kratzte das Siegel ab, das Humpe an die Tür geklebt hatte, und schloss auf. Ohne Licht zu machen, betrat er die Halle. Ein Streifen Licht drang aus dem Küchenfenster, kaum genug, dass Brasch den Weg ins Wohnzimmer fand, ohne sich an den Skulpturen zu stoßen. Es roch seltsam, nach den Chemikalien der Spurensicherung und nach verbranntem Kaffee. Humpe und seine Leute hatten hier fieberhaft gearbeitet und eigentlich viel zu viele Spuren gefunden. Nur eine Jalousie im Wohnzimmer war heruntergelassen worden; durch das größere der beiden Fenster schwebte der Hauch eines Lichtscheins herein.

Brasch setzte sich auf den erstbesten Stuhl. Noch nie war er bei Dunkelheit und vollkommen allein an einen Tatort zurückgekehrt, aber die Stille gefiel ihm, keine hässliche, abstoßende Stille, die verriet, dass hier ein Mord geschehen war. Es gab so viele Fragen, schwerwiegende und weniger schwerwiegende, aber hier in der Stille beschäftigte ihn vor allem, warum jemand in der letzten Nacht eingebrochen war. Nein, nicht jemand, der Mörder, der nach etwas gesucht hatte.

Er ließ seinen Blick durch die Dunkelheit schweifen und glaubte plötzlich, ein wenig mehr von Marlene Brühl zu begreifen; sie war weiterhin eine Diva gewesen, auch wenn sie keine Hauptrollen mehr in Filmen spielte; sie hatte versucht, die Leute um sich zu kontrollieren, hatte mit Überwachungskameras herumgespielt, hatte Geld verliehen und zurückgefordert, hatte sich in eine Familie gedrängt und Kinder ihrer Mutter entfremdet … keine wirklich angenehme Person. Andere Frauen in diesem Alter waren Heilige, die sich bis zur völligen Erschöpfung um ihren todkranken Mann sorgten …

Vorsichtig, als dürfe er kein Geräusch verursachen, zog Brasch sein Mobiltelefon hervor. Er stellte sich ihre Überraschung vor, wenn er seine Mutter nun anrief. Wahrscheinlich lag sie schon im Bett und versuchte zu schlafen. Ich sitze im Haus einer Toten, würde er ihr sagen, und dann könnte sie vielleicht über ihre Trauer sprechen. Nie hatte sie sich bisher eine Klage erlaubt, kein Wort darüber, wie sehr sie gelitten hatte und wie sehr sie ihren Mann vermissen würde.

Jetzt, wo er nicht mehr da ist, fehlt er mir, dachte Brasch. Vielleicht hätte man doch anders mit ihm reden können, nicht nur das alltägliche Gerede übers Wetter und irgendwelche Dinge, die in der Zeitung standen.

Ein schriller Laut, der wie der Schrei einer Katze klang, schreckte ihn auf, und dann sah er ein Gesicht am Fenster. Zuerst glaubte er, die tote Schauspielerin blicke ihn an, fahl geschminkt, mit verstörten Augen; ein breites dunkles Tuch hielt ihre Haare zurück. Er sprang auf, und das Gesicht wich zurück, tauchte in die Dunkelheit ab. Kein Gespenst, sondern die Tochter, überlegte er, um Nüchternheit bemüht. Offensichtlich war Linda Brühl ein Nachtwesen, das hundert Wege kannte, ihre Klinik zu verlassen.

So schnell er konnte, tappte Brasch durch die Dunkelheit zur Tür und bediente dann einen Schalter, der zumindest den Eingang in ein grelles Licht tauchte. Er war sicher, dass ihm die Tochter in die Hände laufen würde, oder er würde ihr Taxi auf der Dorfstraße abfangen. Doch da war niemand, kein wartendes Taxi, keine verängstigte Kranke, die sich den Ort ansehen wollte, an dem ihre Mutter ermordet worden war.

Nur eine einsame Frau schlenderte rauchend die Straße hinunter, neben ihr trabte ein Hund.

Seit wann rauchte Leonie?, fragte sich Brasch, aber die Antwort konnte er sich ohne Mühe selbst geben: seit die Schlaflosigkeit sie in ihren Klauen hatte.

Einen Moment zögerte er. Dann hob er die Hand und lief zu ihr hinüber.

ZWEITER TEIL

Sein Kopf drohte zu zerspringen. Er ahnte, dass er krank werden würde, richtig krank, da würde ihn auch kein Tier mehr retten, das er anlockte, um es geräuschlos zu töten.

Nachts lief er meistens ruhelos umher. Manchmal machte er ein Feuer und aß ein Stück halbrohes Fleisch, aber kaum dass er es heruntergewürgt hatte, musste er weiter, immer weiter, als würden seine Beine ein ganz eigenes Leben führen. So schlimm war es selbst früher nicht gewesen, als er noch gearbeitet und man ihm gut zugeredet hatte.

Den Reiterhof mied er. Da brannte die ganze Zeit Licht. Sie lagen auf der Lauer und warteten auf ihn. Er lachte darüber, und dann wieder machte es ihn wütend, und der Schmerz in seinem Kopf wurde noch heftiger, sodass er einen Stein nahm und sich damit gegen die Stirn schlug.

Tagsüber lag er auf seiner Pritsche, ein schwarzes Tuch über dem Kopf, aber mehr als ein, zwei Stunden Schlaf fand er nie, viel zu wenig, um sich wirklich auszuruhen und gestärkt alle seine Sinne beieinanderzuhaben.

Er sollte weglaufen, sagte er sich, sich unsichtbar machen, bevor dieser ernste Polizist ihm auf die Schliche kam. Unentwegt hatte der ihn angeschaut, direkt in die Augen, als könnte er da lesen, wer er in Wirklichkeit war. Lange hätte er diesen Blick nicht mehr ausgehalten. Man sollte nicht lügen, nicht töten. Es gab eine ganze Menge Dinge, die man nicht tun sollte und die er getan hatte.

In dem kleinen Wald am Ufer fand er ein verängstigtes Kaninchen in einer Falle, die er vor einer Woche unter einem großen Farn aufgestellt hatte. Da war es ihm noch gut gegangen, weil noch nicht alles in Unordnung geraten war. Er tötete das kleine Pelztier mit bloßen Händen, aber es half ihm wenig zu spüren, wie es aufhörte zu zappeln und das Leben aus ihm wich.

Später setzte er sich vor eine brennende Kerze, die er aus der Kirche mitgenommen hatte. Er dachte an die schöne dunkelhaarige Frau mit dem Hund. Sie hatte eine Haut, die ihn an seine Mutter erinnerte. Zumindest hatte er sich so ihre Haut vorgestellt, weich wie ein Pfirsich, und wenn man sie berührte, wurde man auf der Stelle ruhiger.

Plötzlich, als die Kerze beinahe erlosch, weil er nicht auf einen Windzug aufgepasst hatte, der vom Fluss herüberkam, fiel ihm seine Rettung ein. Er würde sich ein weißes Pferd wünschen, dann bräuchte er es gar nicht zu stehlen. Ein Pferd, das ihm so ans Herz wachsen würde, dass er es nicht töten müsste, sondern das er spazieren führen würde, um gesund zu werden.

Ja, ein Pferd könnte seine Rettung sein. Als er die Augen schloss, stellte er sich vor, wie warm und dunkel es im Innern eines Pferdes war; er saß in den Gedärmen und hörte das Herz schlagen, ein lautes Pochen, das durch den ganzen Körper drang und ihn einhüllte, und während das Pferd mit ihm herumtrabte, würde er schlafen, so tief und fest wie noch nie in seinem Leben. Er lächelte bei diesem Gedanken.

Dann schlug er die Augen wieder auf und probte die wenigen Worte, die nötig sein würden: Ich wünsche mir ein weißes Pferd, und wenn ich das Pferd nicht bekomme, gehe ich zu dem Polizisten und erzähle ihm, was ich gefunden habe. Ein silbernes Rohr mit einem furchtbaren Geheimnis.

12

Er wusste nun, dass er Leonie immer noch liebte, oder nein, dass er dabei war, sich neu in sie zu verlieben. Es war ein verdammter Irrtum, dass sie nie wieder zusammenkommen würden. Sie hatten geredet, über die Fehlgeburt, darüber, wie verlassen sie sich gefühlt hatte. Für Leonie war das Kind schon ganz wirklich gewesen, etwas Lebendiges, das bereits existierte, auch wenn sie es noch nicht in Händen halten konnte, doch er, ein abwesender Geist, war nur zum Schlafen und Duschen nach Hause gekommen, hatte sie seine Wäsche machen lassen und kurze Nachrichten auf dem Küchentisch zurückgelassen, als würde das Leben nur daraus bestehen, irgendwelchen Verbrechern nachzujagen, als müsste man nicht auf den Menschen Acht geben, mit dem man unter einem Dach wohnte.

Später hatte Leonie ihn auf die Wange geküsst und ihn auf ihrem neuen Ledersofa schlafen lassen. Während sie ihn küsste, hatte auch ihr Haar seine Wangen berührt, und er hatte ihren eigentümlichen Geruch eingeatmet, den Geruch, der aus einer warmen, dunklen Stelle hinter ihrem Ohr zu dringen schien. Das war der schönste Moment gewesen, den er in den letzten Monaten gespürt hatte. Fast hätte er versucht, sie zu umarmen, aber das wäre eindeutig die falsche, weil verfrühte Reaktion gewesen, und diesmal wollte er keine Fehler mehr machen.

Als er ging, war es noch dunkel, Leonie schlief in ihrem

Schlafzimmer, in das er keinen Blick getan hatte, nur der Hund, der hinter der Haustür lag, richtete sich kurz auf und starrte ihn schlaftrunken an. Brasch hatte das Gefühl, einen Anfang gemacht zu haben, und seine bleierne Müdigkeit, die ihn seit Wochen quälte, war verflogen. Er hätte singen können und dachte, dass das Glück vielleicht doch in sein Leben zurückgekehrt war.

Er hielt an einer Tankstelle, um ein paar Brötchen zu kaufen, und als ein übernächtigter Taxifahrer neben ihm an die Kasse trat, drückte Brasch ihm einen Geldschein in die Hand, damit er zu Leonie fuhr und ihr eine Tüte Brötchen vor die Tür legte.

Es war halb neun, als Brasch vor dem Haus seiner Mutter hielt. Er war sehr zufrieden mit sich. Agnes war bereits auf den Beinen, aber das hatte er nicht anders erwartet. Sie hatte im Wohnzimmer den Tisch gedeckt, für vier Personen, wie ihm sofort auffiel. Doch während er in der engen, muffigen Küche, in der sich in dreißig Jahren bis auf die Kalenderblätter an der Wand neben dem Kühlschrank nie etwas verändert hatte, das Frühstück richtete, ging sie zurück und trug wortlos ein Gedeck wieder ab.

»Alte Gewohnheit«, murmelte sie.

Sein Bruder Robert schlief noch, und wenn man ihn nicht weckte, würde er vor zwölf Uhr kaum auf der Bildfläche erscheinen.

Seine Mutter kochte den Kaffee umständlich, indem sie Kaffeepulver in kochendes Wasser gab. »Stell dir vor«, sagte sie, »dein Vater hatte ein Konto, von dem ich die ganze Zeit nichts gewusst habe. Über zwölftausend Euro liegen da. Wo hat er nur das ganze Geld hergehabt?« Sie lachte vor sich hin, als würde es sie ehrlich freuen, nicht wegen des Geldes, sondern weil er ein Geheimnis vor ihr gehabt hatte.

»Was wirst du jetzt tun?«, fragte Brasch. Er spürte, dass seine Hochstimmung nach der Nacht bei Leonie noch nicht verflogen war. »Ist das Haus nicht ein wenig zu groß für dich?«

Sie setzten sich, und seine Mutter schaute ihn schmerzerfüllt an. »Das Haus war eigentlich immer zu klein«, sagte sie. »Nun hat es endlich die richtige Größe. Außerdem gehöre ich hierhin. Es ist mein Dorf. Ich könnte niemals in einer Stadt wohnen. Und wer sollte sich um das Grab kümmern, wenn ich wegziehen würde?«

So war seine Mutter immer gewesen. Sie hatte jede Notwendigkeit, die sich ihr stellte, immer angenommen, scheinbar ohne darüber nachzudenken. Nun war sie eine Witwe geworden und musste die Aufgaben übernehmen, die damit verbunden waren.

Sie aßen eine Weile schweigend, und fast kam es Brasch so vor, als würde seine Mutter ihn heimlich mustern. Sie weiß von Leonie, dachte er; seine Mutter hatte immer einen sechsten Sinn gehabt, wenn es um Leonie ging.

»Du musst mir noch eines sagen«, begann sie dann zaghaft und trank einen Schluck Kaffee, als müsse sie sich stärken. »Hat er etwas gesagt, als er gestorben ist? Oder ist er einfach so eingeschlafen, ohne noch ein Wort zu sprechen?«

Nun musste er es ihr verraten, die letzten, düsteren Worte seines Vaters: Es ist alles nichts. Als würde er mit einem Federstrich sein ganzes dreiundsiebzigjähriges Leben wegwerfen.

»Ich bin wach geworden, weil er etwas gemurmelt hat«, sagte Brasch. »Erst habe ich gedacht, er habe Durst und bitte um Wasser, aber das war es nicht. Er hat mich angesehen, seine Augen waren ganz klar, viel wacher als in den Tagen zuvor.« Auch er griff zwischendurch nach der Tasse und gönnte sich einen Schluck Kaffee. »Ich glaube, er hat unsere Namen geflüstert, deinen zuletzt. ›Sag ihr, dass ich ihr für alles danke‹, hat er dann geflüstert. Er war schon sehr geschwächt, aber diese Worte habe ich genau verstanden. ›Ich danke ihr für alles.‹ Ja, genau das hat er gesagt.«

Seine Mutter musterte ihn. Viele kleine Falten durchzogen ihre Haut, eine Landschaft der Mühe und der Schmerzen. Einige Äderchen waren zu sehen, und ihre Augen waren von einem wässrigen Grün, als wären sie noch viel älter als ihr Körper. Sie erforschte ihn, ohne selbst eine Gefühlsregung zu zeigen, dann jedoch hob sie abrupt ihre Hände ein wenig. Ihr Ehering wirkte noch größer und klobiger.

»Schön, dass du es mir endlich erzählt hast«, sagte sie. »Ich konnte mir gar nicht vorstellen, dass er nicht noch ein Wort gesprochen hat. Das war nicht seine Art. Irgendwie haben wir uns doch geliebt, obwohl es mitunter sehr schwer war mit ihm.« Sie lächelte gedankenvoll vor sich hin, und Brasch fühlte, wie ihm ein großer Tropfen Schweiß den Rücken hinunterrann. Er hatte es geschafft, er hatte den furchtbaren letzten Satz seines Vaters umschifft und einen anderen erfunden, den seine Mutter ihm abgenommen hatte. Die Lüge war gelungen.

Plötzlich, wie auf ein Stichwort, stand sein Bruder Robert in der Tür. Er trug nur ein weißes Hemd und eine schwarze Cordhose. Seine langen, bereits ergrauten Haare waren zerzaust und reichten ihm bis zu den Schultern. Brasch sah, dass er sich in einem erbarmungswürdigen Zustand befand. Robert zitterte, als er sich durch das Haar strich. Er war ausgemergelt und dünn, hatte die Magerkeit eines Trinkers.

»Da klingelt die ganze Zeit ein Handy«, sagte er zur Begrüßung und deutete hinter sich in den Flur.

Brasch sprang auf und eilte in den Flur. Das Telefon in seiner Tasche klingelte nicht mehr. Als er die Mailbox abhörte, vernahm er Pias Stimme, die eher mürrisch als aufgeregt klang. »Matthias, tut mir leid, dass ich dich stören muss, aber es hat einen zweiten Toten gegeben. Wie es aussieht, ist Bruno Lebig ermordet worden.«

Die Dorfstraße war abgesperrt. Drei Streifenwagen standen mit rotierendem Blaulicht da. Bruno, der Aushilfsgärtner, hatte am Deich auf einer Bank gesessen, als schliefe er. Der Kopf war auf die Brust gesunken. Dass er heftige Wunden am Hals aufwies, hatte man auf den ersten Blick nicht erkennen können. Gernot Speitel hatte ihn gefunden, als er früh am Morgen zu einem seiner langen Dauerläufe gestartet war.

Den Toten hatte man schon abtransportiert. Humpe war mit zwei Leuten dabei, jeden Grashalm in der Umgebung des Tatorts zu untersuchen. Er trug einen weißen Papieranzug, was sehr selten vorkam, und war noch schlechter gelaunt als sonst.

»Weißt du, dass ich heute Morgen, etwa zwei Kilometer von hier, gemütlich beim Angeln war, als der Anruf kam?«, rief er Brasch vorwurfsvoll zu.

Brasch reagierte nicht darauf. Als er sich umsah, bemerkte er, dass man von der Bank aus die Häuser des umgebauten Gutshofs sehen konnte, in dem Leonie nun wohnte. Die Treppe zum Deich hatte man mit einem Absperrband gesichert.

»Habt ihr schon irgendetwas Brauchbares gefunden?«, fragte Brasch, obschon er die Antwort kannte.

Humpe lüftete seine Mütze, als wäre ihm tatsächlich heiß, obwohl ein kalter Wind vom Fluss herüberwehte. Der Himmel war voll tief hängender Wolken. Wenn es gleich regnete, wäre jede Suche vergeblich.

»Hier findet man alles Mögliche, Kippen, Scherben, rostige Dosen, sogar eine Packung Pfeifenreiniger. Wer wirft so etwas hier weg, frage ich dich?« Humpe klaubte ein Stück gelbes Plastik auf und ließ es in eine Plastiktüte sinken.

Brasch ging in den Ort zurück. Hinter Leonies Fenster war niemand zu entdecken, kein Besucher, kein Schatten, der sich hin und her bewegte. Vielleicht sollte ich sie befragen, überlegte Brasch, möglicherweise hat sie etwas gesehen, aber dann fiel ihm ein, wie abweisend Leonie reagieren würde, wenn er wieder als Polizist vor ihrer Tür stünde, nachdem sie nun einen ersten zarten Anfang gemacht hatten.

Auf der Hauptstraße sah er Barbara Lind mit ein paar Anwohnern vor ihrem Blumengeschäft stehen. Anders als beim Mord an der Schauspielerin schien ihnen diesmal der Schrecken in die Glieder gefahren zu sein. Mit verschlossenen, eindeutig unfreundlichen Mienen blickten sie ihn an, und einer hob sogar eine Faust, als wolle er ihm drohen. Brasch kannte die Anzeichen der Wut, die sich auf die Polizei entlud, wenn die Dinge schlecht liefen und die Ermittlungen auf der Stelle traten. Als er sich umwandte, bemerkte er, dass Thea Lind über dem Laden reglos an einem Fenster stand und auf die Straße starrte. Plötzlich hob sie ihre Hand und winkte ihm zu, als wolle sie ihn verabschieden. Oder war es ein Zeichen, dass sie mit ihm reden wollte? Halbherzig erwiderte Brasch ihren Gruß und ging dann weiter.

Pia war dabei, sich mit einer jungen Beamtin den Bauwagen von Bruno Lebig anzuschauen. Sie trugen dünne Latexhandschuhe und waren bereits fündig geworden. Auf einem Holztisch, der neben einem winzigen Kohleofen inmitten des Bauwagens stand, reihten sich einige Plastiktüten mit

Dingen aneinander, die Brasch auf Anhieb nicht erkennen konnte. Es roch nach Erde und nach Tier. Ja, dachte er, als hätte hier ein Tier gehaust.

»Der Kerl hat alles aufgehoben, was ihm einmal in die Hände gefallen ist«, sagte Pia, während sie sich aufrichtete. Sie hatte einen Pappkarton auf den einzigen Stuhl gestellt, den es hier gab, und ging etliche Papiere durch, die der Aushilfsgärtner offenbar wahllos hineingeworfen hatte. Die Anstrengung der letzten Tage war ihr im Gesicht abzulesen. Ihre blauen Augen waren ohne den gewohnten Glanz, und zum ersten Mal glaubte Brasch winzige Falten unter ihren Lidern zu erkennen.

»Eigentlich hatte ich mir meinen Sonntag anders vorgestellt«, sagte Brasch. Er nahm eine der Plastiktüten in die Hand. Pia hatte ein rostiges Messer mit abgebrochenem Griff sichergestellt, an dem Blut zu kleben schien.

Pia schnaubte. »Ich hatte mir geschworen, heute erst um zehn ins Büro zu gehen. Ich lag in der Badewanne, als der Anruf kam. Eigentlich wollte ich es klingeln lassen, aber natürlich habe ich es doch nicht getan.«

In den anderen Tüten befanden sich zwei Schraubenzieher, ein kleiner Plastikspiegel, an dem offenkundig ebenfalls Blut klebte, und ein Taschenkalender aus dem Jahr 1998.

»Ich glaube nicht mehr, dass er so harmlos war, wie wir angenommen hatten.« Pia deutete auf eine Wand. »Wie passt das alles zusammen?«

Farbige Fotos von Pferden, wie vierzehnjährige Mädchen sie liebten, hingen an der Wand neben dem einzigen Fenster, das so schmutzig war, dass kaum Licht hereinfiel. Zwei Rothaarige fütterten ein weißes, sehniges Pferd. Ein Reiter, der dem Betrachter den Rücken zuwandte, setzte auf einem anderen Schimmel kraftvoll über ein Hindernis. Auf dem dritten Bild war der riesige Kopf eines Schimmels zu sehen; er zeigte seine gelblichen Zähne, als würde er lachen.

»Bruno Lebig hat nicht einmal Strom gehabt. Zwei Gaslampen und einen kleinen Campingkocher – das war alles.« Pia wandte sich wieder dem Karton zu. »Wie kann man so leben?«

»Wo hat er sich eigentlich gewaschen?«, fragte Brasch. An drei Kleiderhaken hinter der Tür hingen zwei schmutzige Hosen, Hemden und ein grauer Pullover. Andere Kleidung war in ein Blechregal gestopft, das neben der Tür stand und in dem sich auch ein paar unterschiedliche Tassen und Teller befanden. Der Boden war mit alten Zeitungen ausgelegt.

»Wahrscheinlich gar nicht, oder er ist zur Schauspielerin gelaufen«, erwiderte Pia. »Zwanzig Meter von hier steht in den Büschen ein mobiles Klo, wie Bauarbeiter es benutzen. Wahrscheinlich hat er da seine Notdurft verrichtet.« Ihr war anzumerken, wie angewidert sie war. »Übrigens hat er ein Hörgerät gehabt, aber anscheinend waren die Batterien leer, und er hat sich nicht um neue gekümmert. Ein komischer Kauz!«

Im hinteren Teil des Bauwagens stöhnte die junge Beamtin plötzlich auf. Sie hatte unter einem Metallbett, wie man sie früher bei der Armee gehabt hatte, einen hölzernen Kasten hervorgezogen. Brasch trat neben sie und blickte ihr über die Schulter. Er verstand nicht sofort, was er da sah, und wahrscheinlich hatte die Polizistin auch eher auf den Geruch reagiert, der von der Kiste ausging. Es roch durchdringend nach altem Blut. Ein Wunder, dass Bruno Lebig bei diesem Gestank schlafen konnte, aber vielleicht war er ja anders gepolt; aus irgendeinem Grund beruhigte ihn so ein Geruch möglicherweise.

Ein paar Drähte lagen da, kräftige Schlingen, mit dunklen

Flecken, aber ordentlich aufgewickelt, daneben ein schweres Messer und eine Axt, die offensichtlich noch vor kurzem benutzt worden war. Ein paar graue, blutige Borsten klebten an der Schneide.

Brasch nahm eine der Schlingen mit spitzen Fingern und hob sie hoch. Nein, dachte er dann, es war keine gewöhnliche Schlinge, sondern eine Falle. An einen besonderen Mechanismus angeschlossen, zog sich die Schlinge zusammen, und das Tier, das hineingetappt war, hatte keine Chance mehr zu fliehen und zappelte, bis es qualvoll verendete – oder bis jemand kam und ihm den Kopf abschlug.

Brasch hielt die Schlinge vor sich und wandte sich zu Pia um. »Eine Frage, die wir uns gar nicht gestellt haben, ist vermutlich gelöst«, sagte er. »Ich schätze, wir finden hier genügend Beweise, um zu klären, wer in dieser Gegend Tiere getötet hat.«

Im selben Moment hörten sie ein dumpfes, aufgeregtes Prasseln über ihnen.

Draußen hatte es heftig zu regnen begonnen; es klang, als säßen Kinder auf dem Bauwagen und trommelten mit ihren kleinen Fäusten wütend auf das Blechdach.

War das die andere Seite eines trostlosen Lebens? In einem Bauwagen ohne Wasser und Strom zu sitzen, von einer herrischen Schauspielerin geduldet und zu irgendwelchen Aushilfsarbeiten herangezogen, und abends ging man auf die Pirsch, um Tiere zu fangen und zu töten, und wenn man ganz ausgelassen war, platzierte man die Tiere so, dass sie den halben Stadtteil in Angst und Schrecken versetzten und die Leute schon glaubten, ein Dämon wäre unterwegs?

Brasch wunderte sich, dass Bruno mit seinen ruinierten Händen Fallen aufstellen konnte, aber offensichtlich konnte er sogar schreiben. Sie entdeckten angefangene Briefe mit einer großen, weitläufigen Krakelschrift, die alle ausnahmslos an seine Mutter adressiert waren und in denen von Albträumen und weißen Pferden die Rede war. Auch eine Todesanzeige befand sich in dem Karton mit seinen persönlichen Habseligkeiten: *Irmgard Kunkel, geborene Lebig. 1943–2001. In tiefer Trauer Paul Kunkel und Bruno Lebig.*

Nach dem Tod seiner Mutter schien Bruno jeden Halt verloren zu haben. Sie stellten Schriftverkehr mit einer Metallfirma sicher, die ihn als Pförtner beschäftigt hatte, mit Behörden wie dem Wohnungsamt und Mahnungen einer Krankenkasse. Offenbar verlor er kurz nach der Beerdigung seine Arbeit, flog aus seiner Wohnung in Köln-Niehl und landete in dem Bauwagen, in den Fängen der alternden Schauspielerin Marlene Brühl. Auch ihre Autogrammkarte hatte er aufgehoben und kleine Zettel mit Arbeitsanweisungen, die sie ihm in kantiger, überdimensionaler Druckschrift geschrieben hatte.

»Ich bin sicher, dass er die Schauspielerin umgebracht hat«, sagte Pia. Obwohl es draußen noch immer heftig regnete, hatte sie die Tür geöffnet, weil sie den Geruch nicht mehr aushielt. Die Kinderhände schlugen unvermindert wütend weiter auf das Dach ein. Die junge Beamtin leuchtete mit einer Taschenlampe die hinteren Winkel des Wagens aus. Regen tröpfelte da herein und lief die Wand hinunter.

In einem braunen Umschlag, auf dem Blumen-Lind stand, entdeckte Brasch ein Bündel Geldscheine, auf den ersten Blick mehrere hundert Euro. Der Aushilfsgärtner hätte sich also leicht ein neues Hörgerät leisten können und vielleicht auch ein Zimmer in der Nähe. Er hätte nicht hier draußen leben müssen, aber vielleicht wollte er genau das. Hier konnte er ungestört seinen Trieb ausleben und auf die Jagd gehen.

»Warum hätte er das tun sollen?«, fragte Brasch. »Sie war seine Einnahmequelle. Ohne sie wäre sein Leben komplizierter gewesen. Außerdem erklärt das nicht, wer ihn umgebracht haben könnte. War der Wagen eigentlich abgeschlossen, als ihr gekommen seid?«

Pia schaute ihn fragend an. »Nein, der Schlüssel steckte von innen. Glaubst du etwa, jemand war vor uns hier und hat sich umgesehen?«

»Irgendjemand hat nach uns noch das Haus der Schauspielerin durchsucht. Vielleicht hat dieser Jemand nun einen neuen Verdacht geschöpft und seine Suche auf Brunos Bauwagen ausgedehnt.« Sie hatten keine Spur, dachte Brasch, sie konnten sich allenfalls ein paar Dinge zusammenreimen, aber nichts ergab wirklich einen Sinn.

»Das heißt, wir müssen Humpe und seine Leute auch hierhin schicken?«, sagte Pia. Sie seufzte und blickte zu der Beamtin hinüber, die nun die Matratze untersuchte. Das würde für die Sichtung aller Berichte eine weitere Nachtschicht bedeuten.

Brasch nickte. »Ich fürchte ja.«

In dem Karton hatte der Aushilfsgärtner auch Dinge aufgehoben, die er am Rhein gesammelt hatte, Muscheln, seltsam geformte Steine, eine richtige Flaschenpost, die er nicht geöffnet hatte, verbogene Metallteile, die geheimnisvoll aussahen, als würden sie von untergegangenen Schiffen stammen.

»Außerdem müssen wir diesen Paul Kunkel ausfindig machen. Seine Mutter hieß laut Todesanzeige auch Kunkel. Also handelt es sich wahrscheinlich um seinen Stiefvater.«

Plötzlich hörte der Regen auf, abrupt trat eine merkwürdige Stille ein. Brasch kam es für einen Moment vor, als hörte er ein Lachen in der Ferne, als würde sie jemand auslachen, sie, die ratlosen, hin und her irrenden Polizisten.

Dann näherte sich die junge Beamtin ihrem Tisch. »Diese Tüte habe ich in einem Riss in der Matratze gefunden«, sagte sie mit einem stolzen Lächeln, das sie noch jünger erscheinen ließ.

Und da waren sie, die Beweise für seine Taten, die Bruno akribisch wie ein Buchhalter aufgehoben hatte; Zeitungsartikel über den Tiermörder aus dem Kölner Norden, Ausschnitte aus dem *Stadtanzeiger*, der *Rundschau* und dem *Express*, sogar mit Datumsangabe versehen, damit man nicht durcheinandergeriet. *Ich muss es immer wieder tun*, stand mit fahlem Bleistift auf einem herausgerissenen Artikel, an den Rand gekritzelt, *bis man mich fasst und einsperrt.*

Möglicherweise hatte Bruno Lebig genau darauf gewartet.

13

Brasch fuhr mit Pia zum Fährhaus nach Langel, einem beliebten Ausflugslokal direkt am Rhein. Ohne sich mit einem Wort darüber verständigen zu müssen, mieden sie die unbeschwerten, lauten Sonntagsgäste und steuerten einen schmalen Tisch in einer Ecke an, um eine Kleinigkeit zu essen. Sie hatten sich in eine dumpfe, freudlose Stimmung hineingearbeitet. Ein zweiter Mord hieß für sie noch mehr Fragen, noch intensivere Ermittlungen, und von einer Lösung schienen sie weiter entfernt zu sein als jemals zuvor.

Brasch überlegte, ob er von der Beerdigung seines Vaters

erzählen sollte, aber wie lange war das schon her? Allein, dass er heute Morgen noch auf Leonies Sofa gelegen und dann zu seiner Mutter gefahren war, kam ihm vor, als wären seither Wochen vergangen.

»Ich gehe neuerdings manchmal in die Oper«, sagte Pia, während sie an einem grünen Tee nippte. Ihre Stimme klang, als würde sie von einem heimlichen Arztbesuch sprechen, für den sie sich schämen müsste.

»Ganz allein?«, fragte Brasch, von seiner Neugier überrascht.

Pia zog die Augenbrauen in die Höhe. »Mit einer Freundin. Sie arbeitet in der Requisite und bekommt die Karten billiger. Beim letzten Mal habe ich mich dabei ertappt, dass ich den halben Abend mit geschlossenen Augen dasaß. Ich habe nicht geschlafen, aber auch nicht wirklich zugehört. Ich war wie in Trance, Pia Krull auf Stand-by geschaltet. Und als ich dann abrupt die Augen wieder aufschlug, habe ich mir eingebildet, die tote Chinesin auf der Bühne zu sehen, direkt vor mir. Mit einem blutigen Tuch im Arm lächelte sie mir zu, und sie war gar keine Prostituierte, sondern eine berühmte Sängerin. Dabei stand da eigentlich eine blonde, schöne Finnin vor mir: Salome, die mit dem Kopf von Johannes dem Täufer herumspielte. Meine Freundin applaudierte begeistert, und ich war über mich selbst entsetzt.«

Brasch fiel es schwer, sich Pia, die am liebsten in irgendwelchen steilen Felswänden herumkletterte, in gediegener Garderobe in der Oper vorzustellen, aber nachdem sie angeschossen worden war, hatte sie sich verändert. Sie war ruhiger und, wie er glaubte, auch ein wenig ängstlicher geworden.

»Ich werde übrigens morgen ein Gesuch einreichen«, sagte sie, ohne ihn anzuschauen.

Brasch begriff, dass die Geschichte über ihren seltsamen Opernabend tatsächlich eine Art Eröffnung gewesen war. »Willst du den Dienst quittieren?«, fragte er. Seit ihrer Schussverletzung hegte er diese Befürchtung.

Pia schüttelte den Kopf. »Ich möchte ein Jahr Auszeit nehmen, eine Weltreise machen, mit dem Fahrrad nach Griechenland fahren – irgend so etwas. Einmal den Kopf wieder richtig freibekommen.«

Brasch dachte daran, dass ihn neulich morgens der Gedanke überfallen hatte, er könnte einfach aus dem Haus gehen und sich zu Fuß in die Eifel aufmachen, nur über Feldwege, abseits der Städte und Straßen, ohne jemandem zu begegnen. Wahrscheinlich würde er drei, vier Tage brauchen. Es war ein schöner Gedanke gewesen.

»Keine Angst«, fuhr Pia fort, die sein Schweigen missdeutete, »ich lasse dich nicht im Stich. Erst müssen wir diesen Fall gelöst haben.«

Brasch bezahlte, und dann bemerkte er Alina Brühl auf der anderen Seite des Raums. Sie saß nicht allein an ihrem Tisch. Ein eleganter, dunkelhaariger Mann, den sie aufmerksam anblickte, leistete ihr Gesellschaft. Brasch konnte sehen, wie gestenreich und affektiert der Mann redete. Ein auffälliger Siegelring zierte seine rechte Hand. Fehlte allein die Sonnenbrille, hochgeschoben ins sorgfältig gegelte Haar.

»Was macht die Enkelin denn hier?«, flüsterte Pia ihm zu. Sie lächelte, erleichtert darüber, dass sie Brasch nun ihren geplanten Rückzug gestanden hatte.

»Ich hätte nicht erwartet, dass eine Frau wie Alina Brühl auch an Astrologie glaubt«, erwiderte Brasch. »Der Mann da ist Laurenz Meyerbier, der Wahrsager ihrer Großmutter, der am Abend des Mordes ebenfalls in der Villa war.«

Humpe und seine Leute hatten sich vom Deich über die Dorfstraße bis zum Bauwagen vorgearbeitet.

»Wenn ich nicht ganz falschliege, dann ist der arme Kerl tatsächlich da oben auf dem Deich getötet worden«, erklärte er Brasch im Vorbeigehen.

»Ohne dass er sich gewehrt hat? Bleibt hübsch da sitzen und lässt es zu, dass ihn jemand erdrosselt?«

»Sieht verdammt so aus.« Humpe schaute Brasch mit leeren Augen an und lief mit seinem Metallkoffer achselzuckend weiter. Über Humpe waren die merkwürdigsten Gerüchte im Umlauf. Dass er mit ein paar tausend Büchern in einem winzigen Apartment lebe und sein einziger Freund ein junger, genialer Biologe sei, ein Experte für Käfer und anderes Ungeziefer.

Während sie zu Speitel gingen, versuchte Brasch Leonie anzurufen. Vielleicht hatte sie noch nicht von Lebigs Tod gehört, und vielleicht hatte sie sogar etwas gesehen, aber niemand hob ab.

Laute klassische Musik war zu hören, als sie sich Speitels Haus näherten.

»Wagner«, sagte Pia. »Die Ouvertüre von Tannhäuser. Habe ich auch neulich in der Oper gesehen.«

Sie klingelten, und sofort verstummte die Musik. Speitel hatte sie erwartet. Er war noch immer wie für einen Trainingslauf gekleidet, ein weißes, unmodernes Turnhemd und eine rote Hose, die viel zu kurz war und seine weißen, sehnigen Beine zeigte. Brasch stellte Pia kurz als seine Kollegin vor.

»Ich verstehe nicht mehr, was los ist«, sagte Speitel, während er ihnen voraus in seine schäbige Küche ging. »Erst Mary, nun Bruno – können Sie mir sagen, was hier bei uns im Ort passiert?«

»Helfen Sie uns«, sagte Brasch. »Was, glauben Sie, ist hier los?«

Speitel nahm eine Flasche Mineralwasser, setzte sie an und trank sie aus, als wäre er ein erschöpfter Marathonläufer, der gerade ins Ziel gekommen war. Pia schaute sich derweil aufmerksam um. Speitel hatte ein wenig aufgeräumt, die alten Zeitungen und leeren Flaschen waren verschwunden, aber ansonsten sah alles wie der typische Junggesellenhaushalt aus. Keine Blumen, keine Bilder.

»Ich kann Ihnen einen echt indischen Tee anbieten«, sagte er dann. »Kaffee habe ich leider nicht. Zu viele Umweltgifte.«

Pia winkte dankend ab. »Am besten, Sie erzählen uns, wie Sie den Toten gefunden haben. Offenbar waren Sie heute Morgen der Erste auf dem Deich.«

»Laufen ist mein Leben.« Speitel setzte sich auf seine grüne Küchenbank. »Wenn ich nicht laufe, fühle ich mich eingesperrt. Sonntags mache ich immer die große Tour. Da stehe ich noch früher auf als sonst. Und dann saß Bruno plötzlich da, oben auf dem Deich, als wäre er friedlich eingeschlummert. He, habe ich gedacht, Bruno hat sich betrunken. Kam ja sonst eher selten vor, aber nach Marys Tod sind hier alle ziemlich durch den Wind. Ich wollte erst an ihm vorbeilaufen, ihn schlafen lassen, doch irgendwas an ihm kam mir merkwürdig vor. Also habe ich ihn angesprochen und an der Schulter gerüttelt, und da ist er mir förmlich in die Arme gefallen. Sie können sich nicht vorstellen, was für einen Mordsschrecken ich gekriegt habe. Beinahe hätte ich wie ein Mädchen losgeschrien.« Speitel schluckte und griff nach der nächsten Flasche. Wie andere an Zigaretten schien er sich an Mineralwasser zu halten.

»Dann sind Sie zurück zu Ihrem Haus gelaufen und haben die Polizei verständigt?«, fragte Brasch.

»Nein, seit ich einmal bei Glatteis gestürzt bin und fast in der Kälte erfroren wäre, weil ich mich kaum noch bewegen konnte, habe ich immer ein Handy dabei, wenn ich laufe.« Speitel deutete auf ein winziges modernes Mobiltelefon, das auf dem Tisch lag. »Manchen Segnungen der Technik kann sich selbst ein altmodischer Mensch wie ich nicht verschließen.«

»Gesehen haben Sie vermutlich niemanden?«, fragte Pia.

»Unten am Wasser stand ein Zelt, vermutlich ein Angler, und der Blumenladen war hell erleuchtet.«

»Um acht Uhr morgens?«

»Es war Viertel vor acht«, korrigierte Speitel sie. »Gesehen habe ich im Laden aber niemanden.«

»Können Sie sich jemanden vorstellen, der einen Grund gehabt haben könnte, Bruno Lebig zu töten?«, fragte Brasch.

Speitel hob entrüstet die Arme, als hätte man ihn beschuldigt. Es ist die Müdigkeit, dachte Brasch. Wenn er müde war, klang er zu barsch und unfreundlich.

»Mary mag einigen Leuten Gründe gegeben haben, auf sie wütend zu sein, aber bei Bruno ist es etwas anderes. Er konnte keiner Fliege etwas zuleide tun.« Speitel schien nicht die leiseste Ahnung zu haben, wie falsch er mit dieser Vermutung lag.

»Seit wann hat Bruno Lebig eigentlich in diesem Bauwagen gelebt?« Brasch hatte sich so postiert, dass er einen Blick auf die Straße werfen konnte. Alina Brühl kam auf eleganten Schuhen den Gehsteig entlang angestöckelt und näherte sich dem Haus ihrer Großmutter. Von Meyerbier war nichts zu sehen.

»Keine Ahnung. Vor drei, vier Jahren vielleicht. Den Bauwagen hat Barbaras Mann ihm gegeben. Zuerst hat Bruno auch meistens in der Gärtnerei ausgeholfen, doch dann hat Mary ihn mit Aufträgen eingedeckt. Ihr Garten war so verwildert, dass man keinen Schritt mehr hineinmachen konnte. Er hat auch ihre Voliere gebaut. Sie war ganz vernarrt darin, dieses Vogelgezwitscher zu hören.«

Alina Brühl kehrte nicht zurück. Auch sie hatte offenbar einen Schlüssel für das Haus und störte sich nicht daran, dass der Zugang offiziell noch gar nicht freigegeben war.

Brasch wandte sich um und machte Pia ein Zeichen, dass es Zeit war zu gehen. »Wir müssen Ihre Aussage noch protokollieren. Am besten kommen Sie morgen gegen zehn Uhr ins Präsidium. Eine Kollegin wird alles aufnehmen.«

Speitel nickte. Irgendwie wirkte er erleichtert, als sie zur Tür gingen, wieder vorbei an dem Foto, das ihn in Siegerpose zeigte. Er strich sich seine widerspenstigen Haare zurück, und dabei registrierte Brasch ein Geflecht von Narben auf seinem Unterarm, das ihm zuvor nicht aufgefallen war. »Hat sich eigentlich nie jemand nach Lebig erkundigt?«, fragte er, als er bereits in der Tür stand. »Jemand von einer Behörde oder irgendein Angehöriger?«

»Ein Mann ist einmal durch den Ort gelaufen und hat Bruno gesucht. Bruno hat zwar erzählt, er habe keine Verwandten mehr, aber ich glaube, der Mann war sein Bruder oder Stiefbruder. Er hat einen dunklen Anzug getragen, obschon es an dem Tag ziemlich heiß war. Erst dachte ich, der Typ sei Gerichtsvollzieher und wolle zu mir. War zum Glück falscher Alarm.«

»Hat der Mann seinen Namen genannt?«

»Bedaure, aber er hat über Bruno geschimpft. Dass er nur Ärger wegen ihm habe.«

Der Mann musste Paul Kunkel gewesen sein. Brasch hatte sich über die Angaben in der Todesanzeige geirrt. Nicht

Stiefvater und Sohn, sondern zwei ungleiche Brüder hatten den Tod ihrer Mutter kundgetan.

Es ist unser letzter gemeinsamer Fall, dachte Brasch, als er Pia nachblickte, wie sie mit hochgezogenen Schultern gegen den Wind zu Barbara Lind lief. Auf einmal war er voller Wehmut, als hätte er eine gute Freundin verloren. Er war sich sicher: Wenn Pia wirklich ein Jahr auf Weltreise gegangen war, würde sie nicht mehr zurückkehren, sondern irgendwo unterwegs hängen bleiben. Vielleicht war es auch das Fernweh nach ihrem Exfreund in Korea, das sie umtrieb. Dann fragte er sich, ob Mehler schon von ihrem Entschluss wusste, aber nein, wahrscheinlich war er viel zu sehr mit seiner unbekannten toten Chinesin beschäftigt, um mit Pia in den letzten Tagen ein privates Wort gewechselt zu haben.

Brasch fand Alina Brühl in dem Büroraum im Keller, wo sie die beiden grauen Metallschränke durchsuchte. Sie blickte nur kurz auf, als er eintrat, nicht überrascht, eher genervt über sein Erscheinen.

»Ich habe Sie gesehen«, sagte sie und sortierte eine Akte wieder ein, die sie ein Stück herausgezogen hatte. »Verfolgen Sie mich?«

»Haben Sie das Siegel an der Tür nicht bemerkt?«, fragte Brasch. »Das Haus ist noch nicht freigegeben worden.« Es war nicht schwer zu erraten, warum sie hergekommen war. Sie suchte das Testament ihrer Großmutter oder irgendwelche Unterlagen, die ihr verrieten, was die Tote hinterlassen hatte.

»Das Siegel war bereits kaputt«, erwiderte sie gleichmütig. »Außerdem habe ich ein Recht darauf, hier zu sein. Ich bin die nächste Angehörige.« Sie schaute kurz auf und funkelte ihn mit ihren dunklen Augen an. »Wenn ich meine Mutter außer Acht lasse.«

Brasch erinnerte sich, dass sie das Siegel, das er selbst zerstört hatte, nicht hatten erneuern lassen. Auch die aufgebrochene Tür im Keller war bisher lediglich notdürftig repariert worden.

»Woher haben Sie den Schlüssel für das Haus? Von Ihrer Großmutter?«, fragte er.

Sie lachte auf, laut und höhnisch, dann streifte ihr Blick ihre goldene Uhr, als wäre sie in Eile. »Dieser Astrologe hat ihn mir überlassen. Können Sie sich vorstellen: Ihm hat sie einen Schlüssel gegeben, aber mir nicht.« Sie verzog das Gesicht, als hätte ein plötzlicher Schmerz sie erfasst. »Ein richtiger Familienmensch war sie nie.«

»Ihre Großmutter wird ihre Gründe gehabt haben.« Brasch fragte sich, wie alt Alina Brühl war. Der flüchtige Eindruck ließ sie wie kaum dreißig wirken, aber wenn sich ihr Mund in Falten legte, sah es aus, als kämen leicht noch ein paar Jahre hinzu. »Gehen Sie auch zum Astrologen?«

Alina Brühl bedachte ihn mit einem kalten Blick. »Ich habe andere Dinge zu tun, als mir irgendwas über Sternbilder erzählen zu lassen.«

»Ja«, sagte Brasch, »ich weiß. Sie wollten mit Ihrer Großmutter einen Film drehen. Wie man hört, hätten Sie eine kräftige Konventionalstrafe bezahlen müssen, wenn der Film mit dem Star Marlene Brühl nicht zustande gekommen wäre.«

»Sie meinen, es traf sich ganz gut, dass meine Großmutter umgebracht worden ist?« Sie stieß den Metallschrank zu und machte einen schnellen, angriffslustigen Schritt in seine Richtung. Sie hatte beinahe schwarze Augen, wie bei einem Alien, als wohnte gar kein richtiges Leben in ihnen. »Ich glaube, Sie haben noch gar nichts wirklich ermittelt. Was sind Sie eigentlich für ein Polizist? Haben Sie den Raum nebenan gesehen? Da hat sie früher stundenlang mit einer Ballettlehrerin geübt. Gertenschlank war sie und dreimal so gesund wie Sie und ich. Und nun? Marlene war ein Wrack, hat sich den ganzen Tag alte Filme angesehen, Leute drangsaliert und sich betrunken. Ich habe alles versucht, um ihr wieder auf die Beine zu helfen.« Sie stürmte an Brasch vorbei zur nächsten Tür und riss sie auf. Er nahm ihr Parfüm wahr, ein teurer Duft, der dennoch unangenehm roch, durchdringend und ein wenig wie Leder.

»Das ist meine Großmutter!« Alina Brühl knipste die Neonlampen an. Grelles Licht fiel auf die zertrümmerten Spiegel und Scherben.

Nun empfand Brasch den Raum beinahe wie eine Kunstinstallation, nicht erschreckend, sondern auf eine kühle Art interessant. Einzig der süßliche Geruch, den die zerbrochenen Flaschen auf dem Boden verströmten, störte ein wenig. Mit Leonie war er manchmal an verregneten Sonntagen ins Museum Ludwig gegangen. Hier sehen Sie ein Spiegelarrangement von Marlene Beuys, geborene Brühl.

Alina Brühl schien über seine Reaktion nicht zufrieden zu sein. Mit dem Fuß kickte sie eine der größeren Scherben quer durch den Raum.

»Und mit so einem Wrack wollten Sie einen Film drehen?«, fragte Brasch. »Kommt mir ein wenig unlogisch vor.«

»Meine Mutter hat mich auch darum gebeten. Außerdem wäre es für den Film nicht schlecht gewesen. Marlene stand zum letzten Mal vor zwölf Jahren vor der Kamera. Da hatte sie eine kleine, unbedeutende Rolle in einem Fernsehkrimi.« Sie machte zwei weitere Schritte in den Raum und betrachtete sich in den Trümmern der Spiegel. Wie aus zufälligen Einzelteilen zusammengesetzt sah sie aus. »Film ist ein knallhartes Geschäft, verstehen Sie? Da wird über …« Sie verstummte abrupt.

»… Leichen gegangen?« Brasch lächelte.

»Ein falsches Bild, tut mir leid.« Sie verzog wieder den Mund, eine Angewohnheit, die ihr nicht gut stand.

Könnte eine Enkelin ihre Großmutter töten, um sich vor der Pleite zu retten? Möglich war es, aber nicht sehr wahrscheinlich.

Alina Brühl machte keine Anstalten, den Raum zu verlassen. Sie schritt vorsichtig umher, holte eine Schachtel aus ihrer Hosentasche und steckte sich eine Zigarette an.

»Wie viel hätten Sie verloren, wenn Ihre Großmutter nicht mitgespielt hätte?«, fragte Brasch.

»Zwei Millionen Euro!«, erwiderte sie leise und inhalierte tief. »Das war der Deal. Mindestens sechs große Szenen von insgesamt zehn Minuten, dazu zwei Talkshow-Auftritte. Wäre eine gute PR geworden.« Sie atmete aus und lachte plötzlich. »Ich weiß, dass es völliger Wahnsinn war, aber so etwas mache ich eben. Wahnsinn liegt in unserer Familie.« Sie trat eine weitere Scherbe gegen die Wand und stützte sich dann an dem Handlauf ab. Aufreizend musterte sie Brasch, als hätte er sich bei ihr um eine Rolle beworben. Ihr Geständnis über den Vertrag hatte sie nicht in die Defensive gebracht.

»Um was wäre es in dem Film gegangen?« Brasch schüttelte den Kopf, als sie ihm ihre Zigarettenschachtel hinhielt.

»Endlich eine kluge Frage!« Sie blies den Rauch in seine Richtung. »Ich fürchtete schon, Sie wären ein totaler Versager.«

Brasch schwieg. Sie wollte ihn provozieren, aber diese Unverschämtheit würde er ihr an anderer Stelle in Rechnung stellen.

»Es geht um einen Generationenkonflikt. Eine junge Frau glaubt, dass auf ihr ein Familienfluch liegt. Wie ihre Mutter und Großmutter wächst sie bei ihrem Vater auf und hat mit siebzehn eine Abtreibung. Sie will Künstlerin sein, wird aber von den Frauen ihrer Familie nicht anerkannt. Schließlich wird der Mann, den sie liebt, von ihrer Mutter verführt. Sie überlegt, einen Killer zu engagieren, der ihre Mutter töten soll, damit sie endlich frei wird.«

Ziemlich krude Geschichte, dachte Brasch. »Und? Stirbt die Mutter am Ende?«

»Das Ende ist offen und wie eine Traumsequenz. Mutter und zufällig auch die Großmutter steigen in einen Wagen, an dem die Bremsen manipuliert wurden.« Alina Brühl warf ihre Zigarette vor sich hin und trat sie aus. »Und?«, fragte sie trotzig. »Bin ich nun verdächtig?«

Brasch schüttelte den Kopf. »Jedenfalls nicht, weil Sie sich so eine Geschichte ausgedacht haben. Eher weil Sie hier eingedrungen sind und nach dem Testament gesucht haben.«

14

Den Rest des Tages verbrachte Brasch im Präsidium und las die verschiedenen Berichte, die sich auf seinem Schreibtisch stapelten. Marlene Brühl hatte zum Zeitpunkt ihres Todes fast zwei Promille Alkohol im Blut gehabt, was bedeutete, dass sie bereits ziemlich betrunken gewesen war, als sie ihm bei seiner Suche nach den Kindern geöffnet hatte. Auch wenn sie ihre Trunkenheit gut verbergen konnte, musste es für den Täter ein Leichtes gewesen sein, sie zu töten. Mageninhalt Fehlanzeige. Anscheinend hatte sie ihre Ernährung auf Alkohol und Zigaretten umgestellt. Irgendwelche Erkrankungen hatten sich bei der Obduktion nicht ergeben. Außer, dass sie vor Jahren offenbar einmal einen leichten Herzinfarkt gehabt hatte.

Markante Spuren, die eindeutig dem Mörder zuzuordnen waren, hatten Humpe und seine Leute am Tatort nicht gefunden. Das Halstuch jedoch schied als Mordinstrument aus. Die Tatwaffe konnte eine Drahtschlinge gewesen sein.

Amelie Kramer hatte den Rechtsanwalt der Toten ausfindig gemacht. Bei ihm hatte die Schauspielerin vor drei Jahren ein Testament hinterlegt. Über ihre Vermögensverhältnisse wusste er einigermaßen Bescheid, auch wenn er sie, weil er bereits über achtzig war und nach einem Badeunfall im Rollstuhl saß, seit langem nicht mehr gesehen hatte.

M. B. ist mehrfache Millionärin, hatte Amelie mit der Hand aufgeschrieben. *Sie besitzt ein größeres Aktiendepot und mehrere Häuser in Köln und der Schweiz. Ihren eigenen Wagen, einen Mercedes SL 500, Baujahr 1984, hat sie erst im vergangenen Jahr abgemeldet. Im Strafregister liegt gegen sie nichts vor. Bis vor einem Jahr hatte sie auch noch eine Hausangestellte, die bei ihr gewohnt hat. Diese Frau hat sie aber nach einem Streit entlassen. Sämtliche Klinikaufenthalte ihrer Tochter werden immer noch von ihr bezahlt. Es gibt ein eigenes Konto dafür. Von ihrer Privatbank hat sie sich in den letzten Monaten eine größere Summe bar mit einem Boten bringen lassen.*

Und noch eins: M. B. hat die Gärtnerei Lind gekauft, die vor vier Wochen zwangsversteigert wurde, aber nicht offen unter ihrem Namen, sondern unter dem Deckmantel einer Wohnungsgesellschaft, die ihr gehört!

Wie eine Spinne, die ihr Netz auswarf, dachte Brasch. Allem Anschein nach hatte Marlene Brühl sich tatsächlich vorgenommen, Barbara Lind und ihre Kinder einzufangen. Er versuchte Pia zu erreichen, die am Nachmittag mit der Gärtnerin gesprochen hatte, aber sie hatte ihr Mobiltelefon abgeschaltet. Nur die Mailbox war aktiv.

Auch den Astrologen Meyerbier hatte Amelie unter die Lupe genommen. Er hatte einmal ein Verfahren wegen Scheckbetrugs und Hehlerei gehabt, war aber mit einer Bewährungsstrafe davongekommen. Seine Geschäfte schienen allerdings nicht besonders gut zu laufen. Im Internet bot er Beratungen via Computer an.

Zu Bruno Lebig lag noch kein Obduktionsbericht vor. Die Spuren an den diversen Drahtschlingen waren allerdings eindeutig Tieren zuzuordnen. Es bestand kein Zweifel, dass der Aushilfsgärtner der Tierquäler aus dem Kölner Norden gewesen war. Unter seinen Habseligkeiten hatte sich auch ein altes Fotoalbum befunden. Als Brasch es durchsah, glaubte er beinahe einen Blick in seine eigene Vergangenheit zu tun. Der erste Schultag: ein unsicher lächelndes Kind mit viel zu großen Schneidezähnen. Das war eindeutig vor dem Unfall gewesen. Bruno Lebig neben einer dunkelhaarigen Frau mit Schultüte, dann zusammen mit einem ernst aussehenden Jungen, der ein wenig älter war und ihn um einen halben Kopf überragte und offensichtlich ein wenig einschüchterte. Der Stiefbruder, der auch keinerlei Ähnlichkeit mit Bruno aufwies. Sechs weitere Bilder zeigten das ungleiche Bruderpaar im Zoo, dann folgte eine Bilderreihe irgendwo in einem Wildpark. Auf den nächsten Seiten waren die Fotos herausgerissen worden. Die nächsten, die auftauchten, schienen irgendwie nicht mehr dazuzugehören. Brasch brauchte einen Moment, um den halbwüchsigen Bruno in einer Gruppe von Jugendlichen zu entdecken. Schamhaft hielt er seine Hände hinter dem Rücken versteckt und blickte linkisch in die Kamera. *Kinderheim Köln-Sülz, 1993* stand unter dem Foto. Die glückliche Kindheit hatte also in einem Waisenhaus geendet. Dabei war seine Mutter viel später gestorben.

Ich habe den Stiefbruder ausfindig gemacht, hatte Amelie zu diesen Unterlagen geschrieben. *War aber niemand zu Hause. Nicht einmal ein Anrufbeantworter.* Darunter hatte sie *Paul Kunkel* und eine Kölner Nummer notiert.

Als Brasch zum Telefon griff, um den Stiefbruder anzurufen, klingelte sein Handy.

Leonie, dachte er. Ihr ging es genauso wie ihm. Sie wollte ihn sehen, mit ihm sprechen, und vielleicht … Nein, er versuchte, sich ein paar Hoffnungen aufzusparen. Wahrscheinlich hatte sie erfahren, dass Lebig tot war, und wollte ein paar Einzelheiten wissen.

Betont zurückhaltend nannte er seinen Namen, doch niemand antwortete. Er hörte lediglich leise, verhaltene Atemzüge. Im Hintergrund lief Musik, harte, laute Gitarren, ein brutaler Rocksong. Ein Sänger schrie gegen den Gitarrensound an.

»Thea«, sagte Brasch leise, »warum rufst du mich an und meldest dich dann nicht?«

Er hörte, wie das Mädchen Atem holte.

»Ich glaube, ich werde krank«, sagte Thea. »Mir ist schon den ganzen Tag schlecht, und dann ist meine Mutter vor drei Stunden weggefahren und hat die Pistole meines Vaters mitgenommen.«

Sie hatten ausgemacht, sich an der Telefonzelle am Fährhaus zu treffen. Brasch setzte sich auf die einzige Bank und beobachtete die Schwäne, die träge und wie mit geschlossenen Augen auf dem Wasser trieben. Ein letzter Rest Licht hing über dem Fluss. Drei Kähne tuckerten schwerfällig gegen die

Strömung an. Aus dem erleuchteten Lokal drangen dumpf Stimmen herüber. Als Brasch zu dem dunklen Himmel emporblickte, fühlte er sich plötzlich wieder wie ein kleiner Junge. Er hockte vor dem Imbiss seiner Eltern und fürchtete sich hineinzugehen; im Innern war es hell, die Spielautomaten rotierten, sein Vater zapfte Bier, das sein Bruder eifrig an den Tischen verteilte, ein paar Gäste waren schon betrunken und lachten grob, zwei Frauen tanzten allein neben der Musikbox und berührten sich, als wären sie ineinander verliebt. Es war ihm schon damals wie ein falsches Leben vorgekommen, vor dem er sich hüten sollte, ohne zu wissen, was er stattdessen tun sollte. Ja, eine Fremdheit hatte sich von Kindheit an in ihm breitgemacht, die allenfalls seine Mutter erahnt hatte.

Er begann zu frieren, überlegte, ob er gehen sollte, und dann stand Thea wie aus dem Nichts vor ihm. Ihm wurde klar, dass sie ihn beobachtet und abgewartet hatte.

»Hallo«, sagte sie zaghaft. Sie hatte ihre blonden Haare streng zurückgekämmt und zusammengebunden. Zu seiner Zeit hatten zwölfjährige Mädchen anders ausgesehen, fiel ihm wieder ein, eher wie Kinder, nicht wie junge Frauen.

»Ich dachte schon, du kämst nicht mehr.« Brasch lächelte und deutete auf den Platz neben ihm, doch Thea schüttelte den Kopf. Sie trug einen dicken orangefarbenen Pullover und eine schwarze Jeans, die auf der Vorderseite ganz ausgeblichen war. Keine billige Kleidung, eher Designerware.

Sie ging voraus, in die andere Richtung, nicht in den Ort zurück.

»Hier reite ich manchmal entlang«, sagte sie.

Brasch nickte, ohne ihr zu verraten, dass er den Weg am Ufer entlang längst kannte. Schließlich wohnte er nicht weit von hier. Er folgte ihr ohne eine Ahnung, warum sie ihn tiefer in die Dunkelheit führte.

»Was ist mit deiner Mutter?«, fragte Brasch, als das Mädchen vor ihm nur noch ein Schemen in der Nacht war.

»Sie macht mir Angst«, sagte Thea. »Sie redet kaum noch ... und wenn, versteht man sie nicht.«

»Ist sie wieder zurück?«

Thea nickte – jedenfalls glaubte Brasch ein Nicken ausgemacht zu haben.

»Seit wann ist sie so?«

»Sie sagt immer, seit mein Vater tot ist, aber das stimmt nicht. Sie war schon früher komisch, hat wenig geredet und sich im Schlafzimmer eingeschlossen. Manchmal haben Tobias und ich sie zwei Tage nicht gesehen. Seit Mary tot ist, ist sie nicht mehr ins Bett gegangen. Sie schläft im Sessel oder gar nicht.«

Brasch versuchte sich vorzustellen, was Barbara Lind vom Schlafen abhielt. Ahnte sie, dass die Schauspielerin ihr Haus gekauft hatte, und fürchtete nun, jeden Moment auf die Straße geworfen zu werden, oder hatte sie doch etwas mit dem Mord zu tun?

Thea vor ihm blieb nicht stehen, sie wurde sogar noch schneller, sodass er Mühe hatte, sie nicht in der Finsternis zu verlieren.

»Was hatte deine Mutter mit der Waffe deines Vaters vor?«, fragte er und fand selbst, dass er wieder wie ein Polizist klang.

Sie antwortete nicht.

Er holte auf und sah, dass das Mädchen mit den Schultern zuckte.

»Hast du Angst, dass sie sich etwas antun könnte?«

Auf der anderen Seite des Flusses brannten ein paar Lampen, doch um sie herum war alles stockdunkel. Allein über der Chemiefabrik im Norden lag ein heller Schein.

»Ich weiß es nicht.« Thea streckte ihren Arm aus, und für einen Moment glaubte Brasch, sie hätte versucht, seine rechte Hand zu umklammern.

»Weiß sie, wo du jetzt bist?«

Das Mädchen lachte schwach auf. »Sie sitzt hinter dem Gewächshaus und raucht. Ich bin schon froh, dass sie keinen Mann mit nach Hause gebracht hat. Das tut sie manchmal. Komische Typen sitzen dann morgens da und versuchen Witze zu machen.« Sie schwieg einen Moment. »Vielleicht hat sie die Pistole auch gar nicht mitgenommen.«

Brasch verstand immer weniger, warum das Mädchen ihn angerufen hatte. Wollte Thea sich lediglich über ihre Mutter beklagen? War die Geschichte mit der Waffe eine Lüge gewesen, um sich interessant zu machen? Hast du eine Freundin, wollte er sie fragen, aber er meinte, die Antwort bereits zu kennen. Nein, sie war zu launisch und flatterhaft, zu verträumt und dann wieder brutal wach und in der Lage, jeden vor den Kopf zu stoßen.

»Was weißt du von Bruno?«, fragte Brasch, um das Thema zu wechseln. Im nächsten Moment wäre er beinahe gestürzt. Der Weg wurde immer holpriger. Feuchtigkeit kroch in seine Schuhe.

»Keine Ahnung«, sagte das Mädchen. »Am Anfang hatte ich Angst vor ihm, er hat uns immer so komisch angeschaut, aber vielleicht war es nur, weil er unsere Lippen lesen wollte.«

»Hast du ihn je mit Tieren zusammen gesehen?«

Thea hielt abrupt inne, als würde seine Frage sie erschrecken. »Einmal habe ich gesehen, wie er auf dem Reiterhof ein Pferd gestreichelt hat. Dabei hat er sich die Lippen blutig gebissen. Sah komisch aus. Wie in einem Vampirfilm.« Sie lachte freudlos.

Brasch sagte ihr nicht, dass Bruno der Tierquäler war, der vermutlich auch das Pferd auf dem Reiterhof getötet hatte. Das würde er ihr später erklären müssen.

»Bruno ist erdrosselt worden, genau wie Mary«, sagte er. »Hast du eine Ahnung, wer es getan haben könnte? Es ist sehr wichtig, mir alles zu erzählen, wenn du etwas weißt.«

Thea drehte sich zum Rhein hin um. Beinahe lautlos glitt ein Containerschiff den Strom hinunter. Kleine Wellen schwappten bis zum Uferweg hinauf. »Als ich klein war, bin ich oft mit meinem Vater zum Fluss gegangen. Ganz allein, sodass uns niemand stören konnte. Ich habe Schiffe gezählt, und mein Vater hat geangelt.« Sie verstummte, und dann ging sie langsam und mit gesenktem Kopf zurück, als hätte sie Brasch ganz vergessen.

Er wusste nicht, ob er wütend werden sollte. Ich tue ihr Unrecht, dachte er, Thea ist einfach nur ein trauriges Mädchen, das bereits zu viel erlebt hat.

»Meine Mutter sagt, dass Sie in die Frau mit dem Hund verliebt sind. Stimmt das?«, fragte sie unvermittelt.

»Sie heißt Leonie«, erwiderte Brasch streng. Thea wusste genau, wie Leonie hieß, aber es gefiel ihr offenkundig, so zu tun, als würde sie ihre neue Nachbarin nicht einmal beim Namen kennen. »Wir haben früher zusammengewohnt, doch dann haben wir uns gestritten, aber ich hoffe, dass wir uns bald wieder vertragen werden.«

»Ihre Freundin ist schön«, erwiderte Thea, »und sie geht so aufrecht, wie eine Turnerin.« Dann sagte sie ohne eine Veränderung in der Stimme: »Ich glaube, dass Mary ein wenig verrückt war. Sie hat immer gedacht, alles wäre irgendwie ein Film. Deshalb hat sie auch das silberne Rohr am Strand vergraben. Als würden wir ein Abenteuerspiel spielen. Als wir zurückgingen, hat sie mich angeguckt und gesagt: ›Ihr seid meine einzigen Freunde. Ich habe etwas Schreckliches gesehen, und in diesem Rohr steckt ein Zettel, auf dem ich alles aufgeschrieben habe.‹ Hinterher hat sie gelacht, als wäre alles nur Spaß gewesen. Aber nun bin ich mir nicht mehr so sicher.«

»Kannst du dir vorstellen, wer außer euch von diesem Versteck gewusst hat?«

»Keine Ahnung … Bruno hat manchmal da in der Nähe ein Lagerfeuer gemacht …« Sie starrte Brasch an, dann ging sie langsam auf das einzige Licht auf ihrer Uferseite zu. Das Fährhaus strahlte wie ein Stern in der Nacht.

Brasch begriff, warum sie ihn herbestellt hatte. Es ging um Bruno. Die kleine Thea hatte längst durchschaut, dass er mehr war als der harmlose Aushilfsgärtner.

»Hat deine Mutter wirklich eine Waffe?«, fragte Brasch, bevor sie sich vor dem Fährhaus trennten. Thea wollte nicht, dass er sie nach Hause brachte.

Sie zuckte wieder mit den Schultern. »Nein«, sagte sie dann. »Das habe ich nur so gesagt.« Doch Brasch konnte in ihren Augen lesen, dass sie log.

Als sie beinahe in der Dunkelheit verschwunden war, drehte sie sich noch einmal um. »Übermorgen habe ich Geburtstag«, rief sie und winkte. »Ich werde dreizehn. Wenn Sie kommen, müssen Sie ein Geschenk mitbringen.«

Brasch winkte zurück, verwirrt, wie schnell sich ihre Stimmung wieder verändert hatte. Dann fiel ihm auf, dass Thea mit keinem Wort ihren Bruder erwähnt hatte. Er wurde übermorgen ebenfalls dreizehn, und er war auch dabei gewesen, als sie das silberne Rohr vergraben hatten.

Obschon er vollkommen erschöpft war, hielt er es nur eine Stunde zu Hause aus. Er duschte, zog sich um und hörte den

Anrufbeantworter ab. Leonie hatte nicht angerufen, den ganzen Tag hatte sie sich nicht gemeldet. Sein Bruder hatte ihm ein paar kaum verständliche Worte auf das Band geschnarrt. Warum war er so überstürzt aufgebrochen? Nicht einmal zum Grab des Vaters sei er gegangen … Roberts langsame, vorwurfsvolle Stimme war kaum zu ertragen.

Brasch fuhr nach Langel zurück. Er redete sich ein, dass er sich den Bauwagen noch einmal anschauen wollte, aber wenn er ehrlich war, legte er es darauf an, Leonie zu begegnen. Vielleicht drehte sie noch eine Abendrunde mit dem Hund, und er könnte sie ein Stück begleiten, um mit ihr ein paar unverfängliche Dinge zu besprechen. Außerdem könnte sie ihm helfen zu verstehen, wie Marlene Brühl gelebt hatte und was mit Barbara Lind los war. Nein, nahm er sich vor, er würde seine Polizeiarbeit aus dem Spiel lassen. Allenfalls seine merkwürdige Begegnung mit Thea würde er erwähnen. Mit seltsamen Mädchen kannte Leonie sich aus.

Doch die Straßen waren menschenleer, die meisten Häuser bereits stockdunkel, obwohl es erst kurz nach neun Uhr war. Mit der Taschenlampe leuchtete er sich einen Weg zum Bauwagen. Er hatte keinen Schlüssel dabei, aber der Wagen war weder verschlossen noch versiegelt. Anscheinend forderten die ständigen Sonderschichten auch von Humpes Spurensicherung Tribut. Vorsichtig, als würde irgendeine Gefahr auf ihn lauern, trat Brasch ein. Doch da waren nur Dunkelheit und dieser Geruch von Erde und toten Tieren.

»Waren Sie ein guter Freund von Bruno?« Erschreckt zuckte Brasch zusammen. Auf dem Metallbett saß jemand, ein dunkelhaariger Mann, der ihn müde ansah.

»Wer sind Sie?«, fragte er atemlos.

Der Mann hob eine Hand, um sich gegen den Lichtstrahl der Taschenlampe zu schützen.

»Wären Sie so freundlich, Ihre Lampe ein Stück nach unten zu richten?« Die Stimme klang unaufgeregt, voller Gleichmut. »Oder sind Sie von der Polizei? Kommen Sie so spät noch hierher, um irgendwie meinem toten Bruder nachzuspüren?«

»Sind Sie der Stiefbruder?«, fragte Brasch. »Wir haben versucht, Sie zu erreichen.«

Paul Kunkel nickte. Brasch bemerkte, dass er eine Flasche in der rechten Hand hielt, die er nun an die Lippen setzte. Keine Bierflasche, Rotwein, stellte er fest. Die Flasche war schon so gut wie leer.

»Ich hab's in den Nachrichten gehört, vor einer Stunde erst«, sagte der Mann. »Dann bin ich hierhergefahren. Ich weiß, dass hinter dem rechten Hinterrad immer ein Schlüssel lag. Bruno hatte so seine Gewohnheiten.«

»Ihr Bruder ist ermordet worden«, sagte Brasch. »Erdrosselt, oben auf dem Deich. Scheint, als hätte er seinen Mörder gekannt.« Er setzte sich auf den einzigen Stuhl, der vor dem Tisch stand. Der Geruch von altem Blut drang zu ihm herüber. Er wartete auf eine Reaktion, doch der Schattenmann auf dem Bett schwieg, atmete lediglich vernehmlich ein und aus.

»Wann haben Sie Ihren Stiefbruder zuletzt gesehen?«

Er seufzte und trank noch einen Schluck Rotwein. Das Etikett war französisch, offenbar kein billiger Wein. »Ich halte hier eine Art Requiem für meinen Stiefbruder. Es ist irgendwie seltsam zu wissen, dass ein Mensch tot ist, aber, offen gesagt, standen wir uns nicht sehr nahe. Wenn Sie mich vor ein paar Tagen getroffen und mich gefragt hätten, ob ich einen Bruder habe, hätte ich es verneint. Ich hatte keinen Bruder.«

»Immerhin wussten Sie, dass Ihr Stiefbruder hier lebt.«

»Ich habe ihn zwei-, dreimal besucht, nachdem er in

diesen scheußlichen Bauwagen gezogen war. Telefonieren konnte man mit ihm ja nicht. Dann habe ich ihn schlichtweg vergessen. Ich war in Singapur, stellvertretender Direktor in einem Hotel. Bin erst vor einem Monat zurückgekehrt und leite nun ein Hotel am Rudolfplatz.«

»Und seit Ihrer Rückkehr haben Sie ihn nicht gesehen?«

Kunkel seufzte erneut und stellte die Flasche neben sich. »Wenn man mit der Polizei redet, soll man ja ehrlich sein. Ich habe mich immer für meine Familie geschämt. Mein Vater war ein trunksüchtiger Klempner, meine Mutter starb, als ich drei Jahre alt war, ein Autounfall mit Fahrerflucht, aber wahrscheinlich war auch sie betrunken gewesen. Dann hat mein Vater Brunos Mutter geheiratet, und wir wohnten eine Weile zusammen. Bis zu dem Unglück.«

»Sie meinen, bis Bruno sich seine Hände verletzte.«

Der Mann in der Dunkelheit nickte. »Ja. Mein Vater hat Bruno schon vorher nicht leiden können. Stundenlang musste er allein in der Wohnung bleiben, wenn wir etwas unternahmen, aber danach hatte er überhaupt kein Mitgefühl mehr für ihn. Für ihn war Bruno ein nichtsnutziger Krüppel.«

»Es war ein Unfall. Der Junge konnte doch nichts dafür.«

»Ich erzähle Ihnen etwas, das ich noch nie jemandem erzählt habe. Es war meine Schuld. Ich habe Bruno diese alte Handgranate in die Hand gedrückt, und dann ist sie explodiert. Bruno konnte sich später an nichts mehr erinnern, und ich habe geschwiegen, habe so getan, als wäre ich gar nicht wirklich dabei gewesen. Es passierte in einem Wald in Bocklemünd, an der Autobahn, vor genau einundzwanzig Jahren.«

Sie schwiegen eine Weile. Brasch hatte seine Taschenlampe so platziert, dass sie nur ein mattes Licht an die Wand warf. Wie in einer Höhle kam er sich vor, eingeschlossen mit einem Fremden, der begann, ihm seine Geheimnisse zu verraten. Paul Kunkel hatte eine angenehme, einschmeichelnde Stimme, anscheinend geschult durch den täglichen Umgang mit Hotelgästen. Selbst die schlimmsten Dinge klangen aus seinem Mund harmlos und keiner Aufregung wert.

»Bruno ist danach in ein Heim gekommen. Warum hat seine Mutter nicht mehr für ihn gesorgt?«

»Er wurde aggressiv, war furchtbar durcheinander und kaum zu ertragen. Außerdem hatte seine Mutter sich entschieden, sich auf die Seite meines Vaters zu stellen. Für sie war ihr Sohn ein Dummkopf, der leider obendrein ein bisschen zu viel Pech gehabt hatte.«

»Wann haben Sie Ihren Bruder zuletzt gesehen?«, wiederholte Brasch.

»Vor zwei Tagen. Am Freitagnachmittag.«

Brasch hörte, wie Paul Kunkel um Atem rang. Offenbar fiel es ihm leichter, von dem Unfall als von der letzten Begegnung mit seinem Stiefbruder zu erzählen. Ein paar Stunden vor dem Mord an Marlene Brühl war Bruno also noch in dem Nobelhotel gewesen.

»Er hatte irgendwie herausbekommen, dass ich zurück war, und stand an der Rezeption. Schmutzig, in Lumpen gekleidet. Ich hätte ihn am liebsten hinauswerfen lassen.«

»Und was wollte Ihr Stiefbruder?«

»Er wollte mich sehen, hat er gesagt. Nur gucken, wie ich aussah. Er hat mir mit seinen verunstalteten Händen über das Revers gestrichen und mich angelacht. Wie ein Irrer. In diesem Moment habe ich ihn gehasst.«

»Wollte er Geld?«

»Nein. Jedenfalls hat er nichts davon erwähnt. Hinterher habe ich mir gesagt, dass er mich vielleicht lächerlich machen wollte. Das ist ihm auch beinahe gelungen. Für einen neuen Hoteldirektor ist es keine gute PR, wenn ein Verwandter wie ein Bettler vor der Tür steht.«

»Diese Sorge haben Sie ja nun nicht mehr«, sagte Brasch. »Aber es wäre schön, wenn Sie morgen Ihren Stiefbruder identifizieren könnten. Sie sind ja wohl sein nächster Verwandter.«

Kunkel erhob sich. Erst als er näher trat, bemerkte Brasch, wie elegant er gekleidet war. Er trug einen grauen Nadelstreifenanzug und eine rote Krawatte. Nur seine schmutzigen Schuhe passten nicht ins Bild.

»Das bin ich ihm wohl schuldig«, erwiderte Kunkel.

»Wussten Sie, dass Ihr Stiefbruder ein Tierquäler war?«, fragte Brasch. »Dass er Tiere getötet hat?«

Kunkel strich sich über einen dünnen Oberlippenbart. Er war hager, hatte einen leichten Bartschatten auf den Wangen. Sein dunkles Haar hatte er zurückgekämmt. Er sah beinahe wie ein Schauspieler aus, geeignet für die Rolle des freundlichen Kavaliers, der aber dann doch nicht zum Zuge kam.

»Nein«, sagte er. »Ich wusste, dass er manchmal komische Gedanken hatte, aber ich habe nie so etwas mitbekommen.«

»Ihr Bruder hat von einem weißen Pferd geträumt. Die Bilder hier haben Sie ja gesehen.« Brasch deutete auf die Wand mit den ausgeschnittenen Fotos. »Können Sie reiten?«

Der Mann zögerte. »In Singapur habe ich einem Polo-Club angehört«, sagte er und reichte ihm seine Visitenkarte.

15

Jeden, der mich versteht, möchte ich töten / Ich habe ein schwebendes Pferd am Himmel gesehen / Einmal eine Frau wie die stille mit dem Hund zwischen den Beinen haben /

*Ich krieche in das Pferd und träume von meiner Mutter /
Mary die Worte zurück in den Mund stopfen / Ich stelle mir
Musik und die Frau mit dem Hund vor, wie sie meine Hand
küsst.*

Pia hatte ihm eine Sammlung von Zetteln, die Bruno
Lebig geschrieben hatte, auf den Schreibtisch gelegt. Die
Handschrift war kaum zu lesen, aber er hatte keinen einzigen Rechtschreibfehler gemacht. Notiert hatte er die Sätze
auf winzige Fetzen Papier, die er aus Zeitungen herausgerissen hatte. »Die Frau mit dem Hund« musste Leonie sein.
Noch drei andere Zettel drehten sich um sie; immer sprach
eine ferne Bewunderung aus seinen Worten. Die Schauspielerin hingegen hatte er viermal als »Hurenmutter« bezeich-
net. *Die Hurenmutter quält mich / Ich schlage der Hurenmutter die Zähne ein / Heute werde ich das Haus der Hurenmutter anzünden / In der Nacht habe ich an das Fenster
der Hurenmutter geklopft, doch sie hat nur gelacht.*

Nein, Bruno Lebig war kein harmloser Mensch gewesen,
aber vielleicht musste man ihm zugutehalten, dass er seine
Zettel jedes Mal in einer gewissen depressiven Stimmung
geschrieben hatte. Anscheinend hatte Marlene Brühl sich
auch nicht von ihm einschüchtern lassen, sondern ihn mit
ihren Kameras beobachtet und ihre Spielchen mit ihm getrieben. Brasch sammelte die Zettel ein und legte sie zurück
in einen braunen Umschlag. Pia hatte sich früh aufgemacht,
um bei der Obduktion des Aushilfsgärtners dabei zu sein,
und er musste zur Morgenlage, die regelmäßig am Montag
stattfand. War Bruno möglicherweise doch der Mörder der
Schauspielerin, und jemand hatte die Sache selbst bereinigt
und Selbstjustiz geübt? Brasch gestand sich ein, dass sie
nichts in der Hand hatten; keine Spur, kein Motiv. Sie hatten
zwei Tote, nichts sonst.

Mehler wartete bereits auf ihn, auch Dr. Schroedel war gekommen und sortierte geschäftig einige Unterlagen, ohne aufzublicken oder jemanden zu begrüßen, was sonst nicht seine Art war. Drei andere Kommissariatsleiter und der Pressesprecher waren ebenfalls anwesend. Als Balk, der Polizeipräsident, mit einem Mann hereinkam, den er noch nie gesehen hatte, ahnte Brasch, dass mehr als die aktuellen Fälle auf der Tagesordnung stehen würde. Das Landeskriminalamt interessiert sich für uns, dachte er. Die Geschichte der berühmten toten Schauspielerin war immer noch Stoff für die Schlagzeilen der Zeitungen.

»Meine Herren«, begann Balk, ohne sich zu setzen, »ich möchte Ihnen vor unserer eigentlichen Besprechung eine Personalie bekannt geben. Wie Sie wissen, haben wir seit über einem Jahr keinen Leiter für das Kommissariat Gewaltverbrechen. Die Kollegen Brasch und Mehler haben diese Aufgabe mit übernommen, doch nun glaube ich, dass es an der Zeit ist, da eine Änderung vorzunehmen. Die beiden Kollegen sind zu sehr in ihre jeweiligen Fälle eingespannt.«

Brasch spürte, wie Mehler ihn ansah. Sie waren ein gutes Team gewesen; das beste, das ihr Kommissariat in den letzten Jahren gehabt hatte, und einen Chef hatte niemand vermisst.

»Ich möchte Ihnen daher den neuen Leiter des Kommissariats elf vorstellen«, fuhr Balk fort. »Michael Langhuth kommt aus Düsseldorf und hat bisher sehr erfolgreich im Innenministerium gearbeitet.«

Der Mann neben Balk hüstelte und erhob sich zögernd; er war älter, sicherlich über vierzig, groß und schlank, eine Sportlerfigur, ein Feuermal verunzierte seine rechte Wange und ließ ihn ein wenig aufgeregt wirken. Er fixierte Brasch, dann wanderte sein Blick zu Mehler, als müsste er zuerst seine Konkurrenten in Augenschein nehmen. »Ich freue mich auf meine neue Aufgabe«, sagte er mit fester Stimme, »und biete allen eine faire Mitarbeit an. Wir werden ein paar Dinge umstrukturieren und die eine oder andere Arbeitsweise überdenken müssen, und ich bin sicher, dass ich einige neue Impulse setzen kann.« Dann nahm er wieder Platz.

Mehler neben ihm atmete tief durch. Brasch war sich sicher, dass sie denselben Gedanken hegten. Zum Glück hatte der Neue keine längere flammende Rede gehalten. Niemand hatte geklatscht oder zur Begrüßung auf den Tisch geklopft.

Danach kamen ihre beiden ungeklärten Fälle an die Reihe. Mehler zeigte Fotos von seiner Chinesin. Da die Frau auf den ersten Fotos, die vom Tatort stammten und die in verschiedenen Zeitungen veröffentlicht worden waren, niemand wiedererkannt hatte, hatten sie versucht, das Gesicht so zu rekonstruieren, wie es vermutlich vor dem Verbrechen ausgesehen hatte. Doch noch immer ähnelte es eher einer Maske als einem lebendigen Gesicht. Über den Flughafen Frankfurt waren im letzten Monat etwa achthundert Chinesen eingereist. Eine Überprüfung dieser Neuankömmlinge hatte sich als unmöglich herausgestellt. Auch Nachforschungen bei der Botschaft in Berlin, ob eine Chinesin in Deutschland als vermisst galt, waren bisher erfolglos geblieben.

»Sie tappen also weiter im Dunkeln«, sagte Balk und warf dabei dem neuen Kommissariatsleiter einen vielsagenden Blick zu.

Mehler nickte stumm. Bisher war es üblich gewesen, solche vorwurfsvollen Aussagen zu unterlassen.

Danach redete Brasch über den Stand in seinen zwei Mordfällen. Zum ersten Mal fühlte er sich versucht, seine

Ergebnisse in einem freundlichen Licht darzustellen. Immerhin hatten sie gewissermaßen posthum Bruno Lebig als Tierquäler von Langel überführt, aber dann kam es ihm lächerlich vor, und er entschied sich, nüchtern und ohne Langhuth anzusehen, den Stand der Ermittlungen zu referieren. Er schloss, den Blick angriffslustig auf Balk gerichtet, mit dem Satz: »Was die beiden Morde angeht, tappen wir weiterhin im Dunkeln. Es gibt keinen dringend Tatverdächtigen.«

Mehler und er gingen in sein Büro. Sie tranken einen Kaffee aus dem Automaten und warteten auf Langhuth, aber der Neue kam nicht. Anscheinend führte Balk ihn durch das ganze Haus, ohne ihn zuvor seinen Mitarbeitern vorzustellen.

»Wir hätten wissen können, dass etwas im Busch ist«, sagte Mehler. »Die Dinge liefen in letzter Zeit nicht gut. Du warst nicht da, dein Vater war schwer krank, dieser ungeklärte Mord …« Er wirkte übernächtigt. Wie Spielkarten legte er die Fotos der Chinesin vor sich hin. »Sie verfolgt mich im Schlaf. Ich träume von ihr, sehe, wie sie an der Straße steht und auf Freier wartet, dabei ist sie wahrscheinlich gar keine Hure gewesen.«

Brasch rief Kunkel in seinem Hotel an und bat ihn, am Nachmittag gegen fünfzehn Uhr in die Pathologie zu kommen, um seinen Bruder zu identifizieren. Seine Kollegin Pia Krull würde ihn in Empfang nehmen.

»Ich habe nachgedacht«, sagte Kunkel leise, als würde er befürchten, jemand könnte ihm zuhören. »Sie hatten Recht. Einmal habe ich gesehen, wie mein Stiefbruder eine Taube gefangen hat. Er hat ein Netz über sie geworfen, und dann hat er sie in einen winzigen Käfig gesperrt und in seinem

Zimmer versteckt. Ein wenig später war die Taube tot. Ich glaube, er hat ihr zugeschaut, wie sie langsam verhungerte. Ich habe mich nie daran erinnern wollen.«

»Hat er Ihnen je von der Schauspielerin Marlene Brühl erzählt?«, fragte Brasch.

»Die andere Tote? Als ich ihn zum letzten Mal in seinem scheußlichen Bauwagen traf, hat er erwähnt, dass er gelegentlich für sie arbeite und mit ihr zurechtkomme.«

»Nichts sonst?«

»Nein, aber einmal hat er mir einen Brief geschrieben. Ein furchtbares Gekrakel, und da hat er von der Tochter der Schauspielerin gesprochen. Dass sie nachts zu ihm gekommen sei und ihn auf den Mund geküsst habe.«

Brasch begriff nicht sofort. »Sind Sie sicher, dass er die Tochter von Marlene Brühl gemeint hat?«

»Er hat sie Linda genannt, die bleiche Linda. Fand ich einen merkwürdigen Ausdruck.«

»Haben Sie den Brief noch?«

»Aber nein!« Kunkel lachte spöttisch auf. »Ich habe jeden der drei Briefe meines Stiefbruders sofort vernichtet. Wundere mich im Nachhinein, dass ich ihm überhaupt meine Adresse gegeben habe.«

Hatte Bruno die tote Schauspielerin etwa als »Hurenmutter« beschimpft, weil er ihre Tochter getroffen und sich falsche Hoffnungen bei ihr gemacht hatte? Brasch rief Pia an, um ihr auszurichten, dass der Stiefbruder in zwei Stunden in die Pathologie kommen würde, dann fuhr er in die Klinik nach Merheim.

Brasch hatte keine Ahnung, was ihn in der Klinik erwarten würde. Er dachte an Leonie. Sie hatte ihn nicht angerufen. Fast sechsunddreißig Stunden waren vergangen, seit er auf ihrem Sofa gelegen hatte. Hatte er sich vielleicht nur eingebildet, dass wieder etwas wie Vertrautheit zwischen ihnen gewesen war, so als hätten sie doch bemerkt, dass sie nicht ohne einander existieren konnten? Nein, es war keine Einbildung; sie waren wie ein Paar, das eine Wiedersehensparty für alle alten Freunde und Bekannten gab und jedem, der es hören wollte, erklärte: Wir haben es allein versucht und dann doch gesehen, dass wir zusammengehören.

Er wählte ihre Nummer, sie war zwar noch in der Schule, aber vielleicht könnte er ihr einen Gruß auf den Anrufbeantworter sprechen und eine leise Frage: »Darf ich heute Abend vorbeikommen?« Doch dann unterbrach er die Verbindung, bevor es zum zweiten Mal geläutet hatte. Er durfte nichts überstürzen, musste ruhig bleiben. Was wusste er schon, wie Leonie in den letzten Monaten gelebt hatte?

Die Klinik bestand aus einem riesigen Komplex von einzelnen Häusern, die auf den ersten Blick eher wie moderne Kasernen aussahen. Brasch musste an einer Schranke anhalten und einem Pförtner erklären, zu wem er wollte. Der Mann, der wie ein alter Kohlenhändler eine Schiebermütze trug, lächelte wissend, als er den Namen »Linda Brühl« hörte.

»Haus C, aber erschrecken Sie nicht vor ihr«, rief der Mann ihm zu und tippte sich an die Mütze. »Sie ist fast durchsichtig, wie ein Gespenst.«

Brasch fiel auf, dass er in all den Jahren als Polizist noch nie hier gewesen war. Für manche war Merheim das Synonym für Irrenhaus, doch von außen machte es einen ruhigen, ungewöhnlich gepflegten Eindruck, als würde man sich auf dem Gelände eines nicht zu eleganten Sanatoriums aufhalten.

Eine Schwester, die einen Medikamentenwagen schob, wies ihn zu einem Zimmer im dritten Stock; auch sie lächelte irgendwie wissend und fast ein wenig anzüglich.

»Sie wird schlafen«, fügte die Schwester hinzu, eine dünne, ältere Frau mit rot gefärbten Haaren, die an der Kopfhaut grau schimmerten. »Frau Brühl ist nachtaktiv.«

Brasch hielt ihr seinen Ausweis hin. »Warum genau ist sie hier?«, fragte er. »Woran leidet sie?«

Die Schwester blickte auf ihren Medikamentenwagen. »Depressionen und eine leichte Form von Schizophrenie, die sich in Wahrnehmungsstörungen ausdrückt. Vor ein paar Jahren hat sie noch versucht, alleine zu leben, aber es hat nicht funktioniert. Wenn Sie Genaueres wissen wollen, müssen Sie den Arzt fragen.«

Brasch nickte verständnisvoll. »Bekommt Frau Brühl manchmal Besuch?«

»Fast nie.« Die Schwester schob ihren Wagen bereits weiter, als habe er ihre Geduld bereits zu lange strapaziert. »Alle paar Wochen kommt ihre Tochter, und manchmal besucht ein elegant gekleideter Mann mit öligen Haaren sie und geht mit ihr spazieren. Mehr kann ich Ihnen leider nicht sagen.«

Laurenz Meyerbier schien sich auf eine Rundumversorgung der Familie Brühl zu verstehen.

Brasch blickte auf das Schild neben der Tür, an dem nur die Initialen L. B. standen, klopfte dann an, und als niemand antwortete, drückte er zaghaft die Klinke herunter.

Leise Orgelmusik erklang aus kleinen, teuren Lautsprechern von einer Anrichte herab. Auch ein Laptop stand da, zwei bunte Fische schwammen als Bildschirmschoner hin und her und schnappten nach dem schillernden Schwanz des anderen, sobald sie sich in die Quere kamen. Das Bett war leer, eine weiße Decke war ordentlich zurückgeschlagen. Ein Regal über dem Bett quoll über von Büchern, die alle aus einem Antiquariat zu stammen schienen. An den

Wänden hingen Fotos, die Brasch schnell als Familienbilder identifizierte. Linda Brühl mit kleiner Tochter, an der See, auf einem Jahrmarkt, vor einem Schloss mit Springbrunnen. Die Ähnlichkeit, die zwischen Marlene und Linda bestand, hatte sich nicht auf Alina vererbt. Ein Teppich und ein großer antiker Kleiderschrank vervollständigten das Mobiliar. Wie ein Krankenzimmer wirkte der Raum nicht, eher, als hätte sich jemand aus einer Wohnung, die vielleicht ausgebrannt war oder renoviert wurde, vorübergehend mit seinen wichtigsten Möbeln in eine behelfsmäßige Unterkunft geflüchtet.

Brasch blickte auch in das Bad. Helle, desinfiziert riechende Kacheln, ein gelber Bademantel an der Tür, der sich in einem schwachen Luftzug bewegte, als wäre er gerade erst abgestreift worden. Niemand war zu Hause. Die nachtaktive Linda Brühl war ausgeflogen.

Auf einem gelben Plüschhocker neben dem Bett, der aussah, als stammte er ursprünglich aus der Villa der toten Schauspielerin, lag ein dickes schwarzes Buch, das Brasch für die Bibel hielt, doch es war nur in schwarzes Papier eingeschlagen, anscheinend, um Titel und Autor unkenntlich zu machen. *Fjodor Dostojewski, Der Idiot*, las Brasch, als er das Buch aufschlug. Keine leichte Kost, besonders nicht für jemanden, der in einer Anstalt saß, aber auch keine verbotene Literatur, mit der man sich nicht sehen lassen durfte. Dann fand er einen Zettel, den Linda Brühl offenkundig als Lesezeichen benutzt hatte. *»Was hat er mit der Chinesin gemacht?«*, stand da in großen, geschwungenen Buchstaben, die für ihn eindeutig von der Hand einer Frau stammten.

Sie war nicht zu finden, weder auf der Station noch im Garten oder in der Cafeteria. Die Krankenschwestern schienen nicht zu begreifen, warum Brasch über die Abwesenheit ihrer Patientin plötzlich so beunruhigt war. Es kam gelegentlich vor, dass Linda Brühl auch tagsüber verschwand. Einmal hatte sie sich sogar zum Schlafen in einem Wäscheschrank verkrochen. Sie war keine gewöhnliche Patientin, niemand, der auf Heilung und Entlassung hoffte. Im Gegenteil, sie hatte sich in der Klinik wie in einem Kloster eingerichtet, nur dass sie selbst bestimmte, wann sie an Mahlzeiten, Therapiestunden und dergleichen teilnahm.

»Sie will gar kein Leben mehr draußen führen«, sagte die Krankenschwester mit den rot gefärbten Haaren. »Sie will nur noch Ausflüge in die Stadt unternehmen. Ohne ein Wort zu sagen, läuft sie herum und steht dann nach ein paar Stunden wieder vor der Tür. Vielleicht hat der Tod ihrer Mutter sie doch ein wenig aufgeregt, obwohl man ihr nichts angemerkt hat.«

»Spricht sie mit Ihnen?«, fragte Brasch.

»Nein, kaum«, erwiderte die Schwester, »und wenn, dann Zeug aus ihrer Kindheit oder von ihrer kleinen Tochter.«

Brasch hatte den Zettel eingesteckt und bat darum, sofort verständigt zu werden, wenn Linda Brühl wieder auftauchte. *Was hat er mit der Chinesin gemacht?* Wenn er sich recht erinnerte, kam in Dostojewskis Roman keine Chinesin vor. Also hatte diese Notiz nichts mit dem Buch zu tun. Konnte Linda Brühl etwas von der toten Chinesin wissen, die Mehler um den Schlaf brachte? Gab es da einen Zusammenhang?

Dieser Er ist Bruno Lebig gewesen, dachte Brasch. Ging er zu Prostituierten, nachdem er seine Fallen aufgestellt und Tiere getötet hatte? War er so an die Chinesin geraten und hatte Linda Brühl davon erzählt, als sie einmal nachts bei ihm aufgetaucht war?

Es waren wilde Vermutungen, die nicht zusammenpassten, aber zum ersten Mal, seit die Schauspielerin ermordet worden war, glaubte Brasch auf eine vage Spur gestoßen zu sein.

Er erfuhr, dass es keinen Beleg dafür gab, dass Linda Brühl in der Mordnacht tatsächlich mit dem Taxi unterwegs gewesen war. »Es liegt nichts vor, keine Rechnung«, teilte Amelie Kramer, die bereits in der Verwaltung des Krankenhauses nachgefragt hatte, ihm am Telefon mit. Aber man hatte etwas anderes herausgefunden: Bruno war, als man ihn ermordet hatte, sturzbetrunken gewesen, 2,8 Promille, ein leichtes Opfer. Genau wie die Schauspielerin.

16

Nachdem Brasch die Klinik verlassen hatte und seinen Wagen startete, rief Langhuth an.

»Ich habe bewundert, wie ruhig und gelassen Sie den Stand der Ermittlungen vorgetragen haben«, sagte er, »vor allem, weil die Materiallage noch immer so dürftig ist.« Beflissenheit und die Drohung, dass sich mit seinem Erscheinen einiges ändern würde, schwangen in seiner Stimme.

»Ein paar Dinge beginnen sich zu klären«, erwiderte Brasch. Er musste sich nicht einmal anstrengen, vollkommen gleichgültig zu klingen. Bisher hatte er noch nie ernsthafte Schwierigkeiten mit einem Vorgesetzten gehabt. Wie es aussah, würde Michael Langhuth der Erste werden.

»Vielleicht könnten Sie mich morgen über die Einzelheiten unterrichten. Ich möchte mir ein möglichst lückenloses Bild verschaffen. Morgen früh um neun Uhr wäre mir sehr recht.« Mit einem Hüsteln versuchte Langhuth seinen Worten Nachdruck zu verleihen.

»Kein Problem«, sagte Brasch und unterbrach die Verbindung.

Statt zurück ins Präsidium fuhr er ins Domhotel. Er musste Alina Brühl sprechen, um von ihr mehr über ihre sonderbare Mutter zu erfahren, redete er sich ein, aber in Wahrheit wollte er in aller Ruhe an der Bar sitzen und einen Cocktail trinken, obschon es erst Nachmittag war.

Die Bar war noch leer. Leise Musik perlte aus einem Lautsprecher über dem Eingang, in die man sich hineinlauschen musste, um Einzelheiten wahrzunehmen. Eine Frau sang eine Arie. Mozart oder Verdi. Brasch kannte sich da nicht so aus, aber die Musik wirkte wie ein sanfter Vorhang, als würde man eine andere Welt betreten, in der ganz andere Regeln und Gesetze galten.

Nur ein einzelner, dunkel gekleideter Mann hockte am Tresen und starrte nachdenklich auf seine Hände. Vor ihm stand ein Glas mit einer gelben Flüssigkeit. Brasch rutschte auf den Hocker neben Mehler.

»Habe mir fast gedacht, dass ich dich hier finde.« Brasch nickte dem Barkeeper zu, der ihn freundlich anlächelte und gleich einen Drink zubereitete. Er hieß Schmitz und war eine Institution im Hotel, ein gutmütiger Schnauzbart, der die besten Cocktails der Stadt mixte und den perfekten Zuhörer abgab, gleichgültig, wann man ihn aufsuchte, ob morgens um elf oder nachts um halb drei.

Mehler schaute Brasch an, ohne eine Miene zu verziehen. »Zwei Schiffbrüchige auf einer einsamen Insel mitten in der Stadt«, sagte er. »Wie passend.« Er schien der Sängerin zu lauschen. Ihre Stimme stieg immer höher und höher. Als wäre jeder Ton ein Vogel, der irgendwo im Blau des Himmels verschwinden will, dachte Brasch.

Auf dem Platz vor dem Dom waren ein paar Skateboarder

zu sehen, und ein Mann führte ein Kamel spazieren. Offenbar sammelte er für einen Zirkus.

Schmitz stellte ein Glas vor ihn hin, Wodka, Orangensaft und noch ein paar Zutaten, die er niemandem verriet.

»Ich habe in den letzten Tagen mit einer Menge Huren geredet«, sagte Mehler unvermittelt. »Manche waren so schön, dass es einem richtig den Atem nahm. Frauen wie aus einem Film, die in winzigen, schmutzigen Apartments hocken. Und weißt du, wovon sie alle träumen, während sie auf Freier warten? Von einem Ehemann und einem Kind. So sieht ihr kleines Glück aus. Seltsam, nicht wahr?«

Er sitzt gar nicht wegen Langhuth hier, dachte Brasch. Er weiß, dass Pia den Dienst quittieren will. Sie hat es ihm erzählt, und es wirft ihn aus der Bahn. Vorsichtig trank er einen Schluck, diesmal hatte Schmitz für seinen Cocktail die alkoholische Variante gewählt, und dann bemerkte er, dass Mehler drei Fotos von seiner toten Chinesin wie Spielkarten auf den Tresen gelegt hatte, die sich nur durch eine geringfügig andere Perspektive unterschieden. Hohlwangig, mit schwarzen Augen blickte sie unter halb gesenkten Lidern auf, aber eigentlich starrte man nur auf ihren Hals, auf die dunklen Würgemale, die ahnen ließen, was mit ihr passiert war. Sie war nicht mehr lebendig; das war das Problem mit diesen Fotos. Die Chinesin wirkte leblos, eine schlecht modellierte Wachspuppe. Deshalb hatte sie kein Mensch wiedererkannt. Plötzlich kam Brasch der Gedanke absurd vor, dass er noch vor einer halben Stunde geglaubt hatte, Bruno Lebig könnte ihr Freier gewesen sein. Dann aber dachte er erneut an den Zettel, das Lesezeichen, das er im Buch von Linda Brühl gefunden hatte.

»Hast du herausbekommen, wie viele Chinesinnen in Köln als Prostituierte arbeiten?«, fragte Brasch.

Mehler trank sein Glas in einem Zug aus und gab Schmitz ein Zeichen, ihm einen zweiten Cocktail zu bringen. Nach zwei solcher Gläser sollte man sich nicht mehr ans Steuer setzen. Brasch unterließ jedoch eine Warnung.

»Das ist es ja«, sagte Mehler. »Wir haben hier keine chinesischen Prostituierten. In Düsseldorf gibt es ein paar, weil dort immer mehr chinesische Firmen ansässig sind, aber bei uns in der Stadt sind nur zwei Japanerinnen und ein paar Eurasierinnen offiziell gemeldet. Diese Frau war ein Geist.«

»Angenommen, sie war keine Prostituierte, sondern soeben angekommen, eine Frau auf der Suche nach einer Bleibe, dann muss sie einen bestimmten Grund gehabt haben, hier eine Wohnung zu mieten.«

Mehler legte seine Stirn in Falten, als würde er einen tiefen Schmerz empfinden, und steckte sich eine Zigarette an. »Wir haben schon ein paar Szenarios durchgespielt, alles scheint möglich. Für nichts gibt es einen Anhaltspunkt. Wir glauben lediglich zu wissen, dass sie kurz vor ihrem Tod keinen Geschlechtsverkehr gehabt hat. Wenn alles ein Zufall war und sie ihren Täter gar nicht gekannt hat, werden wir ihn wahrscheinlich niemals finden.« Sein Mobiltelefon klingelte. Mit einer widerwilligen Bewegung zog Mehler es aus seiner Jackentasche hervor und nahm das Gespräch nach einem missmutigen Blick auf das Display entgegen.

Brasch verstand nicht, was er genau sagte, aber er konnte Langhuths beflissene, hastige Stimme hören. Wahrscheinlich bestellte er Mehler ebenfalls zum Rapport ein.

»Ich komme sofort«, sagte Mehler tonlos. Dann schob er das Handy in seine Jackentasche zurück und erhob sich. »Ich glaube, Langhuth ist ein ziemliches Arschloch, aber vielleicht hat er uns das Glück zurückgebracht. Wir haben einen Koffer gefunden, der möglicherweise unserer Chinesin gehört hat. Er war in einem Schließfach in der Unterführung am Neumarkt, das vorgestern abgelaufen ist.«

»Vorgestern? Dann hat der Mörder den Koffer erst vor ein paar Tagen dorthin gebracht?«

Mehler nickte und legte einen Geldschein auf den Tisch. »Oder der Koffer ist die ganze Zeit seit dem Mord in dem Schließfach gewesen, und nun hat der Mörder aus irgendeinem Grund vergessen nachzulösen.«

Oder dem Mörder selbst ist etwas passiert, dachte Brasch. Seltsam, wie alle seine Gedanken und Vermutungen bei Bruno Lebig endeten.

Mehler verschwand, ohne die Fotos seiner Chinesin vom Bartresen zu nehmen. Plötzlich kam Brasch ihr toter Blick wie eine Anklage vor.

Er sah, wie Alina Brühl in einem weißen Bademantel durch die Halle stolzierte. Keine Trauernde, keine, die sich über irgendetwas zu sorgen schien. Ihre Großmutter war ermordet worden, und die Polizei tappte im Dunkeln, aber sie ging in die Sauna oder ließ sich massieren. Ein junger Mann hatte sich bei ihr eingehakt. Nicht der Wahrsager, wie man auf den ersten Blick bemerken konnte. Brasch rief ihren Namen, doch viel zu leise und unentschlossen, sodass sie sich nicht umdrehte, sondern ihr Gespräch mit ihrem Begleiter fortsetzte. Statt ihnen zu folgen, trat Brasch auf den Domplatz hinaus. Vom Nordturm des Doms klang Glockengeläut herab. Wie ein Gewitter aus Tönen, das die Luft zerriss. Für ein paar Momente blieb Brasch stehen und lauschte. Allein jeden Tag den mächtigen Dom sehen und seine Glocken hören zu können war Grund genug, in Köln zu leben, selbst wenn man gar nicht religiös war. Wie verrückt war es, über sechshundert Jahre lang an einer Kirche zu bauen! Nein, hatte Leonie ihm einmal erklärt, eine Kathedrale war ein Stück des Himmels, also hatten die Menschen in Wahrheit einen winzigen Teil des Himmelreichs auf die Erde herabgeholt.

Brasch überlegte, in den Dom hineinzugehen, auch wenn noch zahllose Touristen durch die Gänge wandeln würden, aber dann schrillte sein Telefon. Linda Brühl war zurückgekehrt. Barfuß und vollkommen durchgefroren hatte sie an der Pforte gestanden.

»Sie schläft jetzt«, erklärte die rothaarige Krankenschwester beflissen. »Sie wirkte sehr verwirrt. Wir haben ihr ein Schlafmittel geben müssen.«

»Wissen Sie, ob Frau Brühl einmal Besuch von einer Chinesin bekommen hat?«, fragte Brasch.

»Chinesin?«

»Oder von einem rothaarigen Mann mit verstümmelten Händen?«

»Nein«, erwiderte die Schwester, verwirrt über diese Fragen. »Ich glaube nicht. Eine Chinesin wäre uns aufgefallen. Sie hat überhaupt wenig Besuch bekommen. Manchmal war ihre Tochter da.«

Brasch bat darum, sofort informiert zu werden, wenn Linda Brühl wieder aufwachte. Dann rief er Leonie an, ohne nachzudenken, ohne sich vorher die Worte zurechtzulegen.

»Wie wäre es, wenn wir ein wenig spazieren gingen? Musst du nicht den Hund ausführen?«

Leonie zögerte einen Moment. »Warum hast du mir nicht Bescheid gesagt?« Sie war atemlos und irgendwie schwankend zwischen Zorn und Bitterkeit. »Du hättest mich anrufen können. Was geht hier vor? Wer tut so etwas – ermordet einen harmlosen Menschen wie Bruno?«

»Bruno war nicht ganz so harmlos, wie ihr gedacht habt«,

erwiderte Brasch, während er in seinen Wagen stieg. Er sagte nicht, dass er vergeblich versucht hatte, sie zu erreichen, weil es dann aussehen könnte, als würde er sie kontrollieren. Er war sogar am Abend zuvor noch an ihrem Haus vorbeigegangen, aber da war alles dunkel und verlassen gewesen.

Leonie wurde so still, dass er schon glaubte, sie hätte aufgelegt. Nach einem langen Moment flüsterte sie: »Ja, komm vorbei, in einer Stunde, wenn du willst.«

Er durfte sich keinen Illusionen hingeben – es war der Schrecken, der sie seine Nähe suchen ließ. Zwei ungeklärte Morde in ihrer Straße.

Licht stand über dem Rhein. Ein matter Schein, der aus dunklen Wolken zu fallen schien, vielleicht ein halber Mond oder Scheinwerfer, die irgendwo reflektierten. Sie gingen nebeneinander, ohne sich zu berühren. Leonie trug einen dunklen Mantel. Es war kühl am Fluss. Sie redeten kaum, sahen lediglich dem Hund zu, der vor ihnen auf dem Deich entlanglief und dann und wann im Dunkel der Böschung verschwand.

»Gernot hat es mir erzählt«, sagte Leonie unvermittelt. »Wie er Bruno auf dem Deich gefunden hat.« Sie steckte sich eine Zigarette an, nahm einen Zug und warf sie dann mit einer ruckhaften Bewegung ins nasse Gras. »Ihr müsst den Mörder finden.«

»Wir tun alles, was wir können«, sagte Brasch, »aber wir haben noch einen anderen Fall: eine tote Chinesin.«

Für einen Moment dachte er daran, die Fotos, die Mehler liegen gelassen hatte, hervorzuziehen und von seinem Verdacht zu erzählen, dass Bruno Lebig etwas mit dem Tod der Chinesin zu tun haben könnte, doch plötzlich blieb Leonie stehen und lehnte sich an ihn, kraftlos und müde. Brasch roch ihr Haar und hatte das Gefühl, einen besonderen Moment zu erleben. Als würde sie plötzlich Abbitte leisten wollen, als hätte sie auf einmal erkannt, dass es wichtig war, was er tat. Vorsichtig legte er den Arm um sie. Er sah ihren Atem, ein zartes Wölkchen, das aus ihrem Mund aufstieg. So kalt war es geworden.

»Ich verstehe nicht, was Menschen anderen Menschen antun«, sagte sie, und es klang so endgültig und verzweifelt, dass es darauf gar keine Antwort geben konnte.

Dann gingen sie zurück, und ohne ein Wort darüber zu verlieren, schloss Leonie ihre Haustür auf und ließ ihn eintreten. Sie bereitete in der Küche Tee, während er vor dem Fenster stand und auf den dunklen Deich hinaussah. Als sein Telefon klingelte, zog er es lediglich hervor und schaute auf das Display. Mehler versuchte ihn zu erreichen, vermutlich, weil ihm inzwischen aufgefallen war, dass er seine Fotos in der Bar vergessen hatte, oder vielleicht hatte die Entdeckung des Koffers ihn doch weitergebracht. Brasch schaltete sein Handy aus, und im selben Moment nahm er eine Gestalt auf der Böschung wahr, geduckt, mit blonden Haaren unter einer Kapuze. Thea war ihnen nachgeschlichen. Reglos stand sie da und starrte zu ihm herüber, doch im nächsten Moment, als er kurz abgelenkt war, weil Leonie ins Zimmer kam, war sie verschwunden.

»Warum gehst du nicht an dein Telefon?« Leonie hielt ein Tablett in den Händen.

»Es ist nichts Wichtiges. Mehler hat mir Fotos seiner Chinesin gezeigt und dann vergessen, sie wieder einzustecken. Wahrscheinlich wollte er sich vergewissern, ob ich die Fotos mitgenommen habe.«

»Und warum sagst du es ihm nicht?«

»Weil ich jetzt mit niemandem telefonieren will.«

Leonie stellte zwei Teetassen und eine Kanne auf den Tisch, eine alltägliche Handlung, die Brasch oft gesehen hatte, und doch war sie ihm nun vertraut und fremd zugleich. Ihre schlanken, ein wenig zu groß geratenen Hände strichen flüchtig, gewissermaßen im Zurückgleiten noch über das grüne Tischtuch, und mit derselben beiläufigen Eleganz zündete sie eine Kerze an. Für sie gehörten Kerzen zu einem ruhigen Abend und hatten nichts mit einer aufgesetzten Romantik zu tun.

Sie schaltete die Lampe aus, die über dem Tisch hing, und setzte sich. »Weißt du noch, wie wir einmal in der Eifel in der Talsperre geschwommen sind?«, fragte sie über das Kerzenlicht hinweg. »Das Wasser war lauwarm, weil der Sommer so heiß gewesen war, und du hast mir erzählt, dass tief unter uns früher Menschen gelebt hatten, in einem Dorf mit kleinen Fachwerkhäusern und einer Kirche. Da wäre ich jetzt gerne – weit weg, in einem Dorf unter Wasser.«

Ihre Augen leuchteten voller Ernst. So hatte er sie kennen gelernt, wie abwesend, mit funkelnden Augen an einem Klavier sitzend. Es war eine Ewigkeit her, sieben Jahre, und doch kam es ihm plötzlich vor, als hätte er diese Zeit übersprungen, als ständen sie wieder an einem neuen, anderen Anfang.

»Es gab noch einen anderen Grund, warum ich dich verlassen habe«, sagte sie, den Blick fest auf ihn gerichtet. »Es war nicht nur wegen des Kindes und der Fehlgeburt. Ich habe es nie jemandem erzählt, und eigentlich ist es auch nicht wichtig. Oder anders gesagt: Es war nur für mich wichtig. Niemand hätte es verstanden.«

»Vielleicht hätte ich es verstanden«, sagte Brasch. Er wusste, dass sie nicht von einem anderen Mann sprechen würde. Auch wenn er es einmal geglaubt und sich davor gefürchtet hatte – es gab keinen anderen Mann in ihrem Leben, jedenfalls niemanden, der tatsächlich eine ganze Nacht in ihrem Bett verbringen würde.

Leonie lächelte, als müsse sie eine bittersüße Erinnerung zurückholen. »Nachdem ich von meiner Schwangerschaft wusste, habe ich dich abholen wollen. Ich habe vor dem Präsidium auf dich gewartet, und dann kamst du, mit Pia. Sie ging neben dir, und ihr habt gelacht. Ich glaube, du hast einen Scherz gemacht. Ihr saht vertraut aus, nicht wie ein Paar, das meine ich nicht, sondern wie richtige Freunde. Du warst gelöst und so heiter, wie ich dich schon wochenlang nicht mehr gesehen hatte. Wieso kann er hier lachen und zu Hause nicht?, dachte ich mir. Meine Stimmung sank auf den Nullpunkt. Ich bin zu meinem Wagen gegangen, ohne dass ihr mich bemerkt habt, und bin nach Hause gefahren. Als du kamst, war es schon weit nach Mitternacht. Du warst müde und schlecht gelaunt und rochst nach bitterem Kaffee, und ich habe so getan, als schliefe ich schon. Dabei habe ich die ganze Nacht nicht schlafen können.«

Du musst dich irren, wollte Brasch erwidern, Pia und ich waren uns nicht vertraut, zu der Zeit haben wir uns noch nicht einmal geduzt, aber er begriff, dass es gar nicht um Pia ging. Es ging um ihn und um die Dunkelheit, die sich auf sie beide gelegt hatte, sobald er nach Hause zurückgekehrt war.

»Ich habe ein paar Dinge gelernt.« Er spürte, dass er sich an seiner Teetasse festhielt und sie viel zu heftig umklammerte. »Zum Beispiel, dass man immer wissen sollte, was das Wichtigste in seinem Leben ist.«

Der Hund hatte sich unter dem Tisch zusammengerollt und jaulte leise.

»Benny träumt«, flüsterte Leonie und lächelte zärtlich, mit Blick auf den schlafenden Hund. Dann schaute sie ihn an, und ihr Lächeln erlosch. Sie sah kraftlos aus, ausgezehrt von Schlaflosigkeit und Einsamkeit. »Und was ist das Wichtigste in deinem Leben?«

»Ich weiß es wieder«, sagte er und begegnete ihrem Blick. »Dass ich dich zurückgewinne.«

Er hörte sie atmen, gleichmäßig, voller Seelenfrieden, so als habe sie endlich wieder ein wenig Ruhe gefunden. Am liebsten hätte er sich umgedreht, um ihr schlafendes Gesicht zu sehen, aber dann wäre sie vielleicht aufgewacht. Wie sehr hatte er sich in den letzten acht Monaten gewünscht, sie im Schlaf anschauen zu können! Bei dem Gedanken daran traten ihm Tränen in die Augen.

Es war wie ein Traum – als würde er sich alles nur einbilden. Aber nein, sie lag neben ihm, er roch die Wärme ihrer Haut, spürte ihren heißen, regelmäßigen Atem an seinem Ohr.

Die Kerze war längst heruntergebrannt. Durch ein Dachfenster in ihrem Schlafzimmer sickerte ein schwacher Lichtschein herein, sodass er zumindest ein paar Umrisse im Raum erkennen konnte. Leonie hatte ein Bild aufgehängt, das sie gemalt hatte – eine gelbe Landschaft unter einer schwarzen Sonne. Auf dem Bild war alles umgekehrt gewesen; was sonst hell war, hatte sie dunkel gemalt, und das Helle war bei ihr beinahe schwarz und furchterregend geworden.

Die Dinge waren aus dem Lot, aber nun haben wir sie wieder zusammengebracht, dachte er. Ein Wunder! Ein anderes Wort gab es nicht dafür.

Manchmal genügte es nicht, ein Polizist zu sein, da wäre es besser, man wäre ein Dichter oder ein Musiker und könnte irgendetwas schaffen, das noch nie da gewesen war.

Ein Satz aus einem Buch fiel ihm ein: »Es war, als wäre ein Engel durch das Zimmer gegangen ...« Oder waren das Leonies Worte gewesen?

»Sind tatsächlich wir das?«, hatte sie ihn gefragt, nachdem sie miteinander geschlafen hatten. »Wo sind wir?«

»Woanders«, hatte er zurückgeflüstert. »In einem Dorf unter Wasser.« Jedenfalls weit weg von einer Dorfstraße, in der unlängst zwei Menschen getötet worden waren.

Eine helle Wolke zog über das Dachfenster hinweg. Brasch sah, dass mit der Wolke ein Flugzeug eine Schleife flog. Von unten tappte der Hund die Holztreppe herauf und ließ sich auf der Türschwelle nieder. Ein schönes, friedvolles Geräusch. Leonie drückte sich an ihn und hauchte ihm einen Kuss auf die Wange. Dann summte sie im Halbschlaf etwas, das wie sein Name klang. Selbst aus seinem Namen konnte man ein Lied machen.

Brasch hatte das Gefühl, dass ihm die Brust weit wurde. Als würde ein unsichtbarer Vogel aus ihm aufsteigen und davonschweben. Der Sehnsuchtsvogel hatte sich erhoben und verließ ihn. Erstaunlich, wie seltsam glückliche Gedanken sein konnten. Er wusste genau, dass er noch nie einen glücklicheren Moment in seinem Leben gehabt hatte. Leonie war zu ihm zurückgekehrt – zumindest für eine Nacht.

Bevor ihn sein Glück ängstigen konnte, hörte er, wie Leonie noch einmal seinen Namen murmelte, und schloss seine Augen. Als er sie wieder öffnete, lag eine große graue Wolke auf dem Dachfenster. Der Radiowecker, der auf einem Stuhl vor dem Bett stand, zeigte neun Uhr vierzehn. Das Bett neben ihm war leer. Einen Moment lauschte Brasch auf ein Geräusch im Haus. War Leonie im Bad? Wusch sie sich ihr Haar? Doch nichts war zu hören. Nur auf der Straße fuhr ein Auto in die Stille davon.

183

Ich habe tief wie ein Kind geschlafen, dachte er voller Sanftmut und drückte sein Gesicht in das Kissen, wo noch Leonies Geruch hing, doch dann fielen ihm Langhuth und ihre Besprechung ein. Hastig suchte er seine Kleider zusammen und zog sich an.

Wo war Leonie? Er suchte das Haus nach einer Nachricht ab, ohne etwas zu entdecken. War sie zur Arbeit in die Schule gefahren und hatte den Hund mitgenommen? Hatte sie ihm nicht gesagt, dass sie sich wegen des Mordes an Lebig krankmelden wollte?

Schade, dass wir aus unserem Dorf unter Wasser wieder auftauchen mussten, schrieb er auf ein Stück Papier. *Ich liebe Dich, Matthias.*

Draußen vor der Tür fragte er sich, ob Leonie vielleicht eine Putzfrau hatte, die seine Nachricht finden konnte, aber eigentlich war es gleichgültig. Er fühlte sich so gelöst und heiter, dass ihm nicht einmal ein ewig hüstelnder, dienstbeflissener Langhuth etwas anhaben könnte.

17

Als er im Wagen sein Mobiltelefon anschaltete, sah er, dass sechs Anrufe eingegangen waren. Drei von Mehler, zwei von Pia, und einmal hatte sein Bruder ihn erreichen wollen.

Brasch widerstand der Versuchung, das Telefon einfach aus dem Fenster zu werfen. Er hatte das Gefühl, einen schwerwiegenden Fehler zu begehen. Warum fuhr er ins Präsidium? Er hätte auf Leonie warten sollen, vermutlich war sie nur kurz mit dem Hund zum Rhein gegangen, und dann hätten sie eine Reise buchen sollen, irgendetwas tun, das nur für sie einen Sinn ergab. Gemeinsam wegfahren – irgendwo im Meer schwimmen. Stattdessen kroch er in sein altes Leben zurück, als hätte es diese letzte wunderbare Nacht gar nicht gegeben.

Er hatte Leonie von dem letzten Satz seines Vaters erzählt, obgleich er ihr eigentlich ganz andere Dinge hatte sagen wollen, aber diese Worte waren wie ein Vermächtnis, das er nicht loswurde, das ihm wie ein zu großer Stein um den Hals hing. Als wäre dieser Satz eine Losung, war Leonie plötzlich aufgestanden und hatte ihre Hand auf sein Gesicht gelegt, eine tröstende Geste, die ihn zuerst vollkommen verstört hatte. Nie hätte er gewagt, sie zu küssen, wenn diese Geste nicht gewesen wäre. Nein, sie hatte ihn zuerst geküsst, nicht auf die Lippen, sondern auf die Stirn, als wäre er ein krankes, fieberndes Kind. Er hatte nach ihrer Hand gegriffen. Ihre Hand war ihm vertraut, weich lag sie in seiner.

Dann hatte Leonie gesagt: »Heute Nacht musst du bei mir bleiben.«

Er wählte ihre Nummer, als er auf den Hof des Präsidiums einbog. Niemand hob ab. Warum hatte sie nicht einmal einen Anrufbeantworter?

Es war fast zehn Uhr, als Brasch den Besprechungsraum betrat. Noch nie zuvor war er eine Stunde zu spät gekommen. Der Raum war leer. Lediglich ein paar Stühle, die kreuz und quer standen, verrieten, dass hier bereits eine Versammlung stattgefunden hatte.

Pia saß in ihrem winzigen Büro am Computer und schrieb. An ihren hektischen Bewegungen war abzulesen, dass sie verärgert war. Sie drehte sich um, als sie Brasch hinter sich spürte.

»Seid ihr beide verrückt geworden?«, fragte sie und legte ihre perfekte Stirn in Falten.

»Wieso wir beide?« Brasch wischte sich über das Gesicht. Er spürte seinen Dreitagebart und fragte sich, ob er sich überhaupt gekämmt hatte.

»Habt ihr euch abgesprochen? Frank ist auch nicht gekommen.« Ihre Augen schienen ihn abzutasten und nach Spuren zu suchen, ob etwas an ihm verändert war.

»Ich war bei Leonie«, sagte Brasch, als würde das alles erklären. »Sie war nach dem Mord an Lebig ziemlich aufgeregt.«

Pia nickte, ohne Erstaunen zu zeigen. »Langhuth hat sich nach euch erkundigt und uns dann zu unserer Motivation befragt. Was uns antreibt, diese Arbeit zu tun. War sehr merkwürdig, aber vielleicht hat er auch sein Programm geändert, weil ihr nicht da wart. Er hat versprochen, dass sie neue Leute einstellen werden, mindestens zehn, um die alten zu entlasten. Jetzt sitzt er bei Balk. Er hat es sich nicht anmerken lassen, aber ich glaube, er war richtig wütend. Sein Feuermal am Hals hat geglüht, dass man schon denken konnte, gleich würden da Flammen herausschlagen.«

Brasch musste unwillkürlich lächeln.

»Vielleicht ist Langhuth gar nicht so übel«, fuhr Pia fort. »Jemand hat mir erzählt, dass er Klarinette spielt und jeden Montagabend mit seiner Band in einer Kneipe am Alten Markt auf der Bühne steht.«

»Großartig«, sagte er, »ein Musiker als Chef.« Einen Moment später fiel ihm auf, wie hohl und dumm seine Bemerkung klang. Er kannte Langhuth gar nicht und tat schon so, als habe er eine feste Meinung über ihn.

Amelie Kramer lehnte in der Tür. Sie musterte Brasch, als müsste sie fürchten, er hätte sich über Nacht eine ansteckende Krankheit eingefangen. »Du siehst aus, als hättest du auf einer Parkbank übernachtet«, sagte sie, was ihr einen vorwurfsvollen Blick von Pia eintrug. Für gewöhnlich spielte Amelie eher die behutsame, höfliche Novizin. »Die Enkelin der toten Schauspielerin hat mehrmals angerufen und nach dem Termin für die Testamentseröffnung gefragt. Außerdem wollte die Klinik in Merheim wissen, ob Linda Brühl das Gelände verlassen darf.«

»Nein, darf sie nicht«, sagte Brasch. »Nicht, bevor ich mit ihr gesprochen habe. Ich fahre gleich in die Klinik. Was machst du?«, fragte er Pia.

»Ich gehe noch immer die Liste durch, wem Marlene Brühl alles Geld geliehen hat. Bisher ist kein wirklich Tatverdächtiger darunter, wenn man von Barbara Lind einmal absieht.« Sie klang noch immer wütend.

Brasch wandte sich zum Gehen. »Gegen dreizehn Uhr bin ich zurück«, sagte er.

Amelie hielt ihm mit ihren hübsch manikürten Fingern einen Zettel hin. »Frank hat auch von sich hören lassen. Er ist wegen des Koffers unterwegs, den sie gestern sichergestellt haben. Du sollst ihm die Fotos der Chinesin auf seinen Schreibtisch legen.«

Brasch griff in seine Jacke, aber da waren die Fotos nicht mehr. »Tut mir leid. Muss die Fotos wohl in der Nacht auf meiner Parkbank vergessen haben.«

Es war wie ein altes Uhrwerk, das plötzlich, nach langer Zeit wieder angesprungen war. Ein Gedanke tickte los, zog einen anderen mit sich, eine lange Kette voller wunderbarer Gedanken. Er begann Pläne zu machen – für Leonie und sich. Würde sie wieder in ihr Haus zurückziehen? Nein, vermutlich nicht. Sie mussten wirklich neu anfangen und sich etwas anderes suchen. Vielleicht ein Stück weiter den Rhein hinunter. Er würde dafür sorgen, dass sie ein richtiges Atelier haben würde, so groß, dass sie auch ihr Klavier hineinstellen konnte. Oder nein, sie würden sich wie Pia auch eine Weile beurlauben lassen und auf Wanderschaft gehen, zu Fuß in Richtung Alpen, jeden Tag in einer anderen Stadt, einem anderen Bett, ohne Telefon und ohne in eine Zeitung zu blicken. Nur den Hund würden sie natürlich mitnehmen. Hunden gefiel es, wenn sie den ganzen Tag durch die Gegend laufen konnten.

Man konnte sich eine Menge vorstellen, wenn die Gedankenmaschine einmal Fahrt aufnahm. Doch zuvor musste er die beiden Morde in ihrer Straße aufklären. Leonie würde darauf bestehen, auch wenn sie in der Nacht kein Wort mehr über Lebig und die Schauspielerin verloren hatten.

Brasch hielt vor einem Blumengeschäft und suchte zwanzig rote Rosen aus, die er ihr schicken ließ. Expresszustellung, damit die Blumen auch in der nächsten Stunde ankamen. Mochte Leonie überhaupt Rosen? Er wusste es nicht genau, aber er fühlte sich so leicht, dass es ihm gleichgültig war.

Einen Moment überlegte er, zu Rosa an den Chlodwigplatz zu fahren, einen Milchkaffee zu trinken und ihr von Leonie zu erzählen, der sie noch niemals begegnet war, doch dann bog er auf die Autobahn nach Merheim ein.

Die rothaarige Krankenschwester war schon wieder im Dienst.

»Heute habe ich Frühschicht«, sagte sie, als sie seinen verwunderten Blick bemerkte. Dann deutete sie den Gang hinunter. »Sie ist wach und schreibt – schon den ganzen Morgen.«

Brasch klopfte an und wartete einen Moment. Als niemand antwortete, öffnete er vorsichtig die Tür. Er vernahm ein Geräusch, das wie das leise Plätschern von Wasser klang, ein Zimmerspringbrunnen, dann erkannte er, dass es eine Orgel war, aus der leise Töne sanft dahinflossen. Linda Brühl rührte sich nicht. Mit dem Gesicht zur Wand hockte sie auf ihrem Bett.

Immerhin ist sie da, dachte Brasch, die Irre, das Gespenst, das nachts umherirrt. Er räusperte sich und nannte seinen Namen. »Tut mir leid, dass ich hier so eindringe«, fügte er hinzu, »aber Sie können sich denken, dass wir Sie dringend sprechen müssen.«

Linda Brühl schien ihn gar nicht zu registrieren. Mit keiner Geste, keiner Bewegung gab sie zu verstehen, dass sie ihn bemerkt hatte. Als Brasch näher kam, sah er, dass sie einen Laptop im Schoß hielt und langsam, jeden Buchstaben suchend, schrieb. Ihre dünnen blonden Haare hingen ihr in die Stirn, sodass er ihr Gesicht nicht erkennen konnte. Sie war mager wie eine Drogensüchtige. Blasse, knochige Hände lugten aus den Ärmeln eines weiten weißen Hemdes hervor, das erstaunlich modisch wirkte. Sie hatte keine Ähnlichkeit mit der harten, geschäftstüchtigen Alina, eher mit ihrer Mutter, aber das war Brasch schon in der Nacht aufgefallen, als er Linda Brühl im verwilderten Garten der Villa entdeckt hatte.

»Ich muss Ihnen einige Fragen stellen. Glauben Sie, dass Sie sich ein paar Minuten konzentrieren können?« Er trat so nah an ihr Bett heran, dass er ihren Geruch wahrnehmen konnte. Sie roch nach frischer Seife, ein heller, freundlicher Geruch. Fahrig glitten ihre Finger über die Tasten. *Verlassen lassen*, stand da auf dem Bildschirm in einer winzigen Computerschrift.

Einen Moment geriet Brasch aus dem Takt. Was tat sie da? Hatte sie ihn nicht längst bemerkt und spielte ein lächerliches Spiel mit ihm?

»Frau Brühl«, sagte er, »können Sie mich verstehen? Es ist sehr wichtig, dass Sie mit mir reden. Es geht um Ihre Mutter. Sie wissen, dass Ihre Mutter getötet worden ist. Ihre Tochter hat es Ihnen mitgeteilt ...« Er sprach wie zu einem schwachsinnigen Kind und beobachtete, wie ihre rechte Hand über der Tastatur kreiste, den Zeigefinger vorgereckt. Dann sank er auf ein R hinab, und die anderen Finger folgten ihm mit rasender Geschwindigkeit. *Rate mal was ich Dir rat ...*

Ich hätte einen Arzt mitbringen müssen, dachte Brasch. Er hatte unterschätzt, dass er es mit der Insassin einer Klinik zu tun hatte. Dabei hatte Pia ihn bereits gewarnt. Sie hatte aus Linda Brühl auch nichts herausbekommen.

Brasch spürte, dass er wütend wurde, auf sich selbst, weil er so unvorbereitet gekommen war, und auf die Frau vor ihm. Er widerstand dem Impuls, seine Hände auszustrecken und sie wie eine Puppe durchzuschütteln.

Plötzlich seufzte Linda Brühl auf und scrollte den Bildschirm hoch. Andere Sätze standen da, in vielen unterschiedlichen Schriften. *Was tut man um nichts zu tun,* las Brasch, und: *Es ist ein Meister von der Erde gefallen / Der Tod ist ein einsamer Engel / Der Himmel könnte auch das Meer sein / Wenn Robben hinter Robben robben robben Robben robben nach / Was Hänschen nicht lernt lernt Hans nimmermehr / Mädchen nähen Jungen schreinern ...*

Dann verebbten sogar diese sinnlosen Sätze, und es standen nur noch zusammenhanglose Wörter da, bis sich schließlich einzelne Buchstaben auf dem Bildschirm verloren.

Brasch setzte sich auf die Bettkante. Für einen Moment schloss er die Augen. Ihm fiel auf, wie warm es im Zimmer war. Zusammen mit der leisen Orgelmusik hatte diese Wärme eine einschläfernde Wirkung. Müdigkeit übermannte ihn. Wenn er es zusammenzählte, hatte er in den letzten Nächten allenfalls drei, vier Stunden geschlafen.

Er dachte kurz an seinen toten Vater, hörte, wie Linda Brühl abermals seufzte, und schlug die Augen wieder auf. Der Bildschirm war nun leer.

Als habe sie mir etwas zeigen wollen, überlegte Brasch. Von einer weißen leeren Seite bis hin zu einzelnen seltsamen Sätzen, die wohl nur für sie einen Sinn ergaben. Ein Gang durch die Sprache einer Verrückten.

Unverändert starrte Linda Brühl auf den Bildschirm. Er sah, wie ihre flache Brust sich hob und senkte, als würde sie sich anstrengen. Sie schürzte die Lippen, zog sie dann zurück und entblößte ihre makellos weißen Zähne. Ihre Wangen waren überraschend rau und großporig. Eine Ader an ihrem Hals schlug heftig.

Es hatte keinen Sinn. Sie mussten die übliche Prozedur in Gang setzen. Bericht des behandelnden Arztes anfordern, Vernehmungsfähigkeit prüfen, gegebenenfalls Vorladung zu einem vom Gericht bestellten Gutachter, das ganze zeitraubende Programm. Als Mörderin kam Linda Brühl ohnehin nicht in Frage. Wie sollte eine so magere Frau zwei Menschen erdrosseln? Allenfalls könnten sie etwas über ihre Mutter herauskriegen und über ihr Verhältnis zu Lebig. *Was hat er mit der Chinesin gemacht?* Vielleicht war das auch nur einer dieser sinnlosen Sätze, die Linda Brühl in ihren Computer geschrieben hatte.

Er schaute sich nach dem Buch um, das er bei seinem ersten Besuch entdeckt hatte. *Der Idiot.* Es lag aufgeschlagen auf der Fensterbank. Ein, zwei lange Sätze waren gelb markiert worden. Er hätte gern gewusst, um was es in dem Buch ging, aber er konnte sich nicht einmal erinnern, wann er das letzte Mal einen Roman gelesen hatte. Ihm ging es wie den meisten: so leben, als müsste man unentwegt mit vermeintlich wichtigen Dingen beschäftigt sein.

Sein Telefon klingelte, und Brasch erhob sich. Gleichzeitig begann Linda Brühl wieder zu schreiben. Ein neuer sinnloser Satz.

Was wollen Sie, leuchtete auf dem Bildschirm auf.

Brasch brauchte einen Moment, um zu begreifen, dass dieser Satz ihm galt. Sie sprach nicht mit ihm, sondern schrieb ihm, als würde er ganz woanders am Computer sitzen.

Sein Mobiltelefon verstummte nach dem dritten Klingeln, und während sie sich zurücklehnte, blickte sie ihn zum ersten Mal auffordernd an. Ihre Augen wirkten schläfrig, wie hinter einem grauen Schleier verborgen. Aber irgendwie glaubte Brasch zu wissen, dass sie wach war, tief in ihrem Innern war sie gesund, vielleicht weil sie sich so sehr von aller Welt abschottete.

Er beugte sich vor, roch erneut ihren hellen, frischen Duft, der so anders war als diese Umgebung, sah ein Stück weiße Haut, da, wo der Kragen ihres Hemds ein wenig zurückgeschlagen war, und begann zu tippen. Während er nach den Buchstaben suchte, beobachtete er, dass Linda Brühl lächelte. Langsam wie eine Welle, die gemächlich heranrollte, glitt dieses Lächeln über ihr hageres Gesicht. Plötzlich sah sie wie ein gealtertes ehemaliges Fotomodell aus, eine zerbrechliche, bedrohte Schönheit.

Brasch setzte sich erneut auf die Bettkante und schrieb seinen Namen, als hätte er sich noch nicht vorgestellt. *Ich habe Sie vorgestern am Haus Ihrer Mutter gesehen*, fuhr er fort. *Waren Sie auch in der Nacht da, als sie getötet wurde?*

Wächsern verharrte das Lächeln auf ihrem Gesicht. Brasch wich zurück, und sie schrieb: *Nein.*

Wann haben Sie Ihre Mutter zuletzt gesehen?

Ich weiß nicht. Vor einer Woche vielleicht. Zeit bedeutet mir nichts. Zeit ist nur für andere wichtig.

War Ihre Mutter allein? Hat sie mit Ihnen geredet?

Sie war betrunken. Der Fernseher lief. Sie guckte sich einen alten Film an, in dem sie eine junge Mutter gespielt hat. Fand ich lustig! Früher war sie eine so gute Schauspielerin, dass sie sogar eine gute Mutter spielen konnte.

Sie hat also nichts zu Ihnen gesagt.

Doch. Erst hat sie mir Vorwürfe gemacht, dann hat sie nur noch rumgelallt.

Brasch begann das Spiel zu gefallen. Als er sich erneut über den Laptop beugte, wurde die Tür einen Spalt geöffnet, die rothaarige Krankenschwester blickte schüchtern herein und zog sich sogleich verwundert zurück.

Was genau hat sie gesagt?

Ich weiß nicht. Ich bin nicht lange geblieben. Ich habe das Taxi warten lassen. Ich war aus alter Gewohnheit gekommen. Außerdem werde ich schnell müde, wenn ich draußen bin.

Sie lehnte sich zurück, doch als Brasch übernehmen wollte, griff sie kurz nach seinem Arm und fügte hinzu: *Sie hat davon geredet, dass sich jemand im Rhein ersäufen würde, von ihren Vögeln und von einer Chinesin.*

Brasch zögerte. Plötzlich kam es ihm vor, als hätte er ihre Privatsphäre verletzt, indem er den Zettel eingesteckt hatte. Dann entschied er sich, alles so zu schreiben, wie es sich zugetragen hatte. Er hatte den Zettel gefunden, an Bruno Lebig und den anderen Mordfall gedacht und ihn deshalb mitgenommen.

Sie brauchte einige Zeit, um seine Zeilen zu lesen. Auf einmal wirkte sie müde, als würde ihre Energie immer nur für wenige Minuten reichen, dann war sie so leer, dass sie nichts mehr verstand und in sich versank. Ein paarmal kreiste ihre rechte knöcherne Hand über den Tasten, ohne etwas zu tippen.

Voller Ungeduld blickte Brasch sie an und suchte nach einem Mittel, sie anzutreiben, aber er wusste, dass es keines gab. Er hatte sich auf dieses Spiel eingelassen und konnte lediglich abwarten.

Dass die Orgelmusik verklungen war, fiel ihm erst auf, als er Motorengeräusch wahrnahm und eine dumpfe Stimme vom Gang herüberdrang.

Wo ist der Zettel?, schrieb Linda Brühl vorsichtig mit nur einem Finger.

Brasch holte ihn hervor und legte ihn auf die Tastatur des Laptops. Wie ein ausgehungerter Bettler nach einem Stück Brot griff sie danach und schob das Papier hinter den Bund ihrer Hose.

Sie hat es gesagt. Es war der letzte Satz, den ich je von ihr gehört habe.

Ihre Hände wichen nicht zurück, sondern verharrten auf den Tasten. Es war, als hätte der Tod ihrer Mutter sie plötzlich eingeholt. Brasch wartete, ob sie noch etwas schreiben wollte, doch eigentlich war er sicher, dass sie nun nichts mehr aussagen würde. Die Hitze machte ihm auf einmal zu schaffen, oder vielleicht war es auch diese merkwürdige Art der Befragung.

»Mein Vater ist vor drei Tagen gestorben«, sagte er laut, als würde er damit einen Trost aussprechen. »Seinen letzten Satz schleppe ich auch die ganze Zeit mit mir herum.« Leonie kam ihm in den Sinn. Sie würde längst wieder zu Hause sein. Vielleicht stellte sie in diesem Augenblick seine Blumen in eine Vase.

Linda Brühl schaute ihn nicht an. Sie tat, als hätte sie ihn gar nicht gehört. Worte, die man aussprach, galten in diesem Zimmer nicht, weil sie viel zu nah und direkt waren. Ihre grauen Augen starrten ins Leere. Die Ader an ihrem Hals schlug wieder heftiger. Wenn er noch etwas hätte schreiben wollen, hätte er sie zur Seite schieben müssen, aber damit hätte er im Nachhinein die Nähe zerstört, die vielleicht ein paar Momente lang zwischen ihnen geherrscht hatte.

Er stand auf und ging zum Fenster, das in einem schmalen Erker lag, zwei Schritte neben dem Bett. Man blickte in einen kleinen Park, auf zwei Bäume, die ihre Blätter noch nicht verloren hatten. Mitten auf einer Rasenfläche lag ein roter Ball. Wie eine Idylle wirkte dieses Bild, der Park eines kleinen Provinzfürsten vor ein paar hundert Jahren. Plötzlich meinte Brasch zu begreifen, warum Linda Brühl sich hierher zurückgezogen hatte. Hier stellte niemand irgendeine Anforderung, sie hockte, ohne zu reden, in ihrem Zimmer, machte ihre nächtlichen Ausflüge und musste sich nicht einmal darum kümmern, wer all das bezahlte. Ihre Mutter hatte alle Rechnungen beglichen und damit vielleicht auch eine alte Schuld, dass sie sich früher nie um ihre Tochter gekümmert hatte. Nicht selten hörte man davon, dass den Kindern von Filmstars ihr erwachsenes Leben völlig entglitt.

Auch Bruno Lebig hatte sich so ein merkwürdiges Paradies gesucht, einen schmutzigen Bauwagen am Rande der Stadt, und wenn man es recht betrachtete, war selbst die Villa der toten Schauspielerin nichts anderes gewesen als ein Refugium mit Vogelgezwitscher, Überwachungskameras und alten Filmen.

Zumindest eine Frage würde er Linda Brühl noch stellen

müssen: Hatte sie Bruno Lebig gekannt, vielleicht sogar besser, als alle Welt es vermutete?

Dann fiel ihm ein, dass er einen großen Fehler begangen hatte. Wusste sie überhaupt, dass der Hilfsgärtner ihrer Mutter tot war?

Er drehte sich um. Linda Brühl saß unverändert da, den Laptop im Schoß. Er konnte ihr Gesicht nicht genau erkennen, doch nun schien sie die Augen geschlossen zu haben. Wie eine hellhäutige Indianerin sah sie aus, tief versunken, auf irgendeiner einsamen Seelenreise.

Brasch nahm sich vor, mit dem Arzt zu sprechen. Er musste mehr über sie erfahren. Warum genau war sie hier? Wie war ihr Verhältnis zu ihrer Mutter gewesen? Und musste sie sich Sorgen machen, dass man sie aus der Klinik vertrieb, nun, wo ihre Mutter tot war?

Er trat auf Linda Brühl zu. Ihr Gesicht war eine starre, alterslose Maske, nicht einmal die Ader an ihrem Hals zuckte mehr. Er legte ihr eine Hand auf den Unterarm, ohne damit eine Regung hervorzurufen.

Auf dem Bildschirm leuchteten sieben neue Worte auf, ein eigentümlicher Abschiedsgruß: *Ich mag Sie*, stand da. *Kommen Sie bald wieder.*

18

Ich muss meine gute Stimmung wiederfinden, dachte Brasch, als er die Klinik verließ. Die letzte Nacht konnte sich nicht einfach so in Luft auflösen und binnen zwei, drei Stunden zu einer angenehmen Erinnerung herabsinken. Er war in seinen Ermittlungen nicht weitergekommen, aber was spielte das für eine Rolle? Wenn sie tatsächlich neue Leute holten, konnte er den Fall vielleicht noch in den nächsten Tagen abgeben.

Als er seine Mailbox abhörte, vernahm er ein tiefes Räuspern und dann eine schnarrende Stimme. »Was bist du für ein Scheißkerl! Ich stehe hier vor dem Grab. Die Blumen und Kränze sind schon verwelkt und werden heute Abend abgeräumt. Bist du einmal hier gewesen, ein einziges Mal? Hast du dich um Agnes gekümmert? Wenn du kommst, musst du aufpassen, dass ich dir nicht eins auf die Fresse gebe.« Dann hatte sein Bruder die Verbindung abgebrochen.

Brasch blickte auf die Uhr. Es war zwanzig Minuten nach zwölf. In gut einer Stunde hätte er in der Eifel sein können, um einen Blick auf das Grab seines Vaters zu werfen. Er wählte die Nummer seiner Mutter. Robert war ein sentimentaler Trinker, ein Gescheiterter, unfair und selbstgerecht, aber Agnes würde ihn verstehen. Vielleicht sollte er ihr auch sagen, dass er eine Nacht bei Leonie verbracht hatte. Den Rest würde sie sich selbst zusammenreimen. Darin hatte sie Übung.

Das Telefon läutete. Es war ein intimes Läuten, das bereits Bilder und Gerüche aus dem Elternhaus herübertrug. Er sah das Telefon in der Diele, ein alter Apparat mit Wählscheibe, er hörte die Schritte der Mutter, sah ihre Beine, die in schwarzen Trauerstrümpfen steckten, hörte ihr Seufzen, bevor sie abnahm und ihren Namen nannte, immer in demselben nüchternen Tonfall.

Aber es hob niemand ab. Sie war nicht zu Hause. Brasch unterdrückte seinen Ärger, der keinesfalls gerecht war. Vielleicht stand sie neben dem Bruder am Grab und blickte auf die welken Blumen. Oder sie saß bei einem Steinmetz im Dorf und überlegte, ob sie auch schon ihren Namen mit auf den Grabstein schreiben lassen sollte.

Leonie war ebenfalls nicht in ihrem Haus. Für einen Moment fühlte Brasch sich verloren. Ratlos fuhr er in die Stadt hinein. Leonie musste seine Rosen längst bekommen haben. Warum rief sie ihn nicht an, wenn er sie doch nicht erreichen konnte? Oder hatte er da etwas missverstanden? War ihre Versöhnung nur eine kleine Schwäche gewesen, die Verirrung einer Nacht nach einem Tag voller Katastrophen, und nun schämte sie sich dafür, ihm ihr Schlafzimmer geöffnet zu haben?

Brasch dachte daran, wie kaltherzig sie einmal ihren Exfreund vor die Tür gesetzt hatte, einen Kunstmaler, der es zu nichts brachte und dem man schließlich sein Atelier gekündigt hatte. Da hatte er zum ersten Mal die harte, konsequente Seite an ihr gesehen. Andererseits konnte es auch sein, dass irgendein Schüler vor ihrer Tür gestanden hatte, weil er dringend ihre Hilfe brauchte. Leonie half schwangeren Schülerinnen, besorgte Lehrstellen und machte Behördengänge mit, eine Samariterin des Alltags.

Er fuhr zu Rosa am Chlodwigplatz, auch wenn man da wegen der Baustellen, die offenbar niemals fertig wurden, kaum einen Parkplatz bekam.

Alterslos, in einem weißen Kittel, unter dem sich ihr üppiger Busen spannte, thronte Rosa hinter der Theke in ihrem Stehcafé. Brasch hatte sie noch nie schlecht gelaunt oder besorgt erlebt. Sie war eine echte Kölnerin. Wahrscheinlich würde sie auch einem Weltuntergang heiter und gelassen entgegensehen. Dabei war sie Witwe, wie sie ihm einmal verraten hatte. Sechzehn Jahre lang hatte kein Mann einen Schritt in ihre Wohnung gesetzt, die sich über ihrem Café befand. Brasch ahnte, wie es dort aussah: Sie sammelte Engel aus Porzellan und Schneekugeln und hatte eine Vorliebe für ausgefallene Hüte, die sie aber niemals trug, in denen sie sich aber bei einem Fotografen um die Ecke aufnehmen ließ. Manchmal, wenn nichts zu tun war, zeigte sie ihm die Fotos. Wie eine mondäne Dame aus dem 19. Jahrhundert sah sie dann aus.

Ohne dass er überhaupt etwas sagen musste, brachte sie ihm einen Milchkaffee mit einem Croissant. »Geht aufs Haus«, erklärte sie mit starkem kölschem Einschlag. »Siehst müde aus, Jung.« Brasch nickte. Wie oft hatte er diesen Satz schon aus ihrem Mund gehört? Im Vorbeigehen berührte sie seinen Arm. »Mein Beileid. Hab mitbekommen, dass dein Vater tot ist.«

Brasch hatte keine Ahnung, woher sie das wusste. Nachrichten schienen ihr zuzufliegen, dafür musste sie keinen Schritt aus ihrem Laden tun oder irgendwelche Leute aushorchen.

»Wir sollten dich undercover einsetzen«, sagte Brasch. »Du erfährst immer alles.«

Wenn Rosa lachte, schüttelte es sie derart durch, dass ihr Busen auf und ab wogte und ihr ganzer Körper ins Zittern geriet. »Dein Kollege war hier. Brauchte ein paar Streicheleinheiten und warme Worte. Hat auch keine Glückssträhne, der Arme.«

»Nein, weiß Gott nicht.« Brasch biss von seinem Croissant ab und trank einen Schluck Milchkaffee. Nirgendwo in der Stadt gab es einen besseren. »Mehler läuft einer toten Chinesin hinterher und kommt nicht weiter.«

Obwohl es eigentlich verboten war, begann Brasch von seinem Fall zu erzählen; zwei Tote: eine alternde Schauspielerin, die sich in ihrem Haus verkrochen hatte und ihre Straße drangsalierte, und ein halb tauber Tierquäler, der in einem Bauwagen hockte. Dazu eine knappe Hand voll Verdächtige, die zumindest für den ersten Mord ein Motiv gehabt haben könnten: eine Enkelin, die durch den Tod der Großmutter der Pleite entging, eine Blumenhändlerin, die der Toten auf Gedeih und Verderb ausgeliefert war, ihre seltsamen Kinder, die von der Toten in ihr Haus gelockt worden waren, und ein undurchsichtiger Wahrsager, der anscheinend eine Art Hausfreund gewesen war.

»Ich hab die Schauspielerin gekannt«, sagte Rosa und strich ihm wieder über den Arm. »Mary hat früher die Männer reihenweise flachgelegt. So schnell konnte man gar nicht gucken.«

Ein Mann kam herein. Grußlos schlurfte er an den letzten Tisch und nahm sich eine Zeitung. Er sah aus wie achtzig, hatte die langen weißen Haare streng zurückgekämmt und kam jeden Tag, um den Stadtanzeiger mit einer Lupe von hinten nach vorne zu lesen, jede Seite, eine Prozedur, die zwei Stunden in Anspruch nahm. Rosa nannte ihn nur den Philosophen; genau hieß es bei ihr »Filosof vom Veddel«. Brasch hatte den Alten schon häufiger gesehen, aber noch nie ein Wort sagen hören.

Rosa grüßte den Philosophen mit lauter Stimme, worauf der nun abwesend nickte, und machte seinen Kaffee zurecht, keinen Milchkaffee, sondern einen doppelten Espresso.

»Woher hast du sie gekannt?«, fragte Brasch.

Rosa lächelte hinter ihrer Espressomaschine. »Ich war nicht immer das dicke blonde Mädchen vom Chlodwigplatz.«

»Nein«, sagte Brasch, »bestimmt warst du das nicht.« Dabei hatte er Schwierigkeiten, sich Rosa als eine junge, womöglich schlanke blonde Frau vorzustellen.

»Meine ältere Schwester versuchte sich als Schauspielerin, und ich war Aushilfe in der Kantine am Theater, und manchmal habe ich bei Dreharbeiten ausgeholfen, wenn man jemanden brauchte, der Kaffee kochte und Brote schmierte.« Sie lächelte, während sie dem Alten seinen Espresso brachte. Milch und Honig lagen in ihrem Blick, als könnte es überhaupt keine Probleme auf der Welt geben, die man nicht mit einem guten Kaffee und ein paar warmen Worten lösen könnte. »Als ich sie traf, war sie noch verheiratet, mit diesem Regisseur, einem baumlangen Kerl mit einem riesigen Adamsapfel, der kaum noch Haare hatte und der alles immer komplizierter machte, als es eigentlich war. Am Abend vor dem letzten Drehtag hat sie ihm ein Messer in den Bauch gestoßen. Er ist fast verblutet, aber passiert ist Mary nichts. Das Ganze wurde als ein bedauerlicher Unfall deklariert, obwohl jeder in ihrer Nähe wusste, dass sie ihn sich vom Hals hatte halten wollen. Er hatte nicht kapiert, dass sie längst nur noch auf dem Papier ein Ehepaar waren. Die letzten Aufnahmen haben sie ohne Regisseur gedreht. War für Mary kein Thema.«

»Wie lange ist das her?«, fragte Brasch. Von dieser Geschichte hatte er noch nie etwas gehört.

»Großer Gott!« Ganz mädchenhaft hielt Rosa sich ihre linke Hand vor den Mund, als wäre sie bei einer Peinlichkeit erwischt worden. »Ich möchte die Jahre gar nicht zusammenzählen. Ich hatte damals gerade eine Lehre als Verkäuferin hinter mir, und Marys Tochter war vielleicht sechzehn oder siebzehn Jahre alt. Sie hat den Notarzt gerufen und ihrem Vater ein Handtuch auf den Bauch gepresst, bis der Krankenwagen kam. Gab am nächsten Tag ein Foto davon in der Zeitung. Danach sah es eine Weile so aus, als wäre die Kleine nicht mehr ganz richtig im Kopf.«

»Du hast auch die Tochter gekannt?«

Rosa nickte. »Die Kleine war auch die ganze Zeit dabei

gewesen, hatte sogar eine kleinere Rolle in dem Film. Manchmal habe ich sie auch später noch gesehen.«

»Was ist mit dem Mann passiert?«, fragte Brasch. »Warum hat er seine Frau nicht vor Gericht gebracht?«

»He, mien Jung«, sagte Rosa und lehnte sich an seinen Tisch. »Ihr habt wohl noch nicht richtig recherchiert. Marlene Brühl war zu der Zeit keine Frau, sie war eine Göttin. Wenn es damals überhaupt einen Filmstar gab, dann war sie es. Die Illustrierten waren voll von ihr, besonders nach dem Unfall. Erste Seite, groß in Farbe.«

Der Philosoph schaute von seiner Zeitung auf und machte ein vages Handzeichen, das Rosa sofort für sich übersetzte. Schon war der zweite Kaffee für ihn fällig. Sie stolzierte langsam hinter ihre Theke zurück.

»Und weißt du, was das Tragische war?«, fragte Rosa, während sie wieder an der Espressomaschine hantierte. »Der Kerl ist ein paar Jahre später tatsächlich gestorben, angeblich an den Spätfolgen des Messerstichs. Irgendwelche inneren Organe arbeiteten bei ihm danach nicht mehr richtig. Jedenfalls gab es auf der Beerdigung einen mächtigen Zoff zwischen Mutter und Tochter.«

Brasch dachte an die schweigsame, sonderbare Frau in der Klinik, bei der er vor einer Stunde noch gewesen war. Konnten sich die Dinge plötzlich so drehen? Hatte auch Linda Brühl ein Motiv, ihre Mutter zu töten, wegen etwas, das viele Jahre zurücklag – der Tod des eigenen Vaters, den sie der Mutter zuschieben wollte? Nein, es war höchst unwahrscheinlich, wenn auch nicht vollkommen ausgeschlossen.

Rosa brachte dem Philosophen den Kaffee an den Tisch. Abrupt schaute er von seiner Zeitung auf, ein Auge noch hinter der Lupe verborgen, das vergrößert wie bei einem alten Elefanten in den Raum blickte. »Du solltest nicht so schlecht von deinen Geschlechtsgenossinnen reden, Rosa«, sagte er krächzend, als würde er seine Stimme tatsächlich nicht sonderlich oft gebrauchen.

Wenn Rosa überrascht war, dass er sprach, so zeigte sie es nicht. »Nee«, meinte sie in einem herausfordernden Tonfall, »und warum nicht?«

»Marlene Brühl war das schönste Gesicht, das es jemals im Kino gegeben hat«, erwiderte der Alte. »Und wenn jemand sie bedrängen und sie vielleicht sogar vergewaltigen wollte, hatte sie jedes Recht, sich zu verteidigen. Selbst wenn es der eigene Ehemann war. Außerdem kann es sich auch ganz anders abgespielt haben.«

»Philosophen sehen die Welt nicht immer richtig«, erwiderte Rosa, aber der Alte hatte sich schon wieder weggedreht und ließ die Lupe über die Todesanzeigen seiner Zeitung gleiten. »Mary war eine Teufelin«, fuhr Rosa fort. »Ich glaube, sie hat mit niemandem, nicht mal mit sich selbst, in Frieden leben können.«

»Was ist aus der Tochter geworden? Weißt du etwas darüber?«, fragte Brasch.

»Sie hat später ein Kind bekommen. Komischerweise sah ihr Mann so ähnlich wie ihr Vater aus. Als Schauspielerin ist nie etwas aus ihr geworden. Konnte wohl auch nicht, weil sie ständig mit ihrer Mutter verglichen wurde.« Rosa seufzte, was bei ihr klang, als litte sie plötzlich an Atemnot.

»Ich habe mit ihr geredet«, sagte Brasch. »Sie hat sich in einer psychiatrischen Klinik einquartiert wie in einem Hotel.« Er wurde immer misstrauischer. Hatte Linda Brühls Schweigen einen ganz bestimmten Grund gehabt und war gar nicht das Spiel einer Verrückten gewesen, sondern eine Taktik, um nichts aussagen zu müssen?

Als sein Telefon klingelte, zeigte die große silberne Uhr

über der Eingangstür halb zwei an. Er hatte sich eine schöne Auszeit gegönnt. Leonie, dachte er voller Hoffnung, endlich versuchte sie ihn zu erreichen, doch die Nummer, die auf seinem Display erschien, kannte er nicht. Ein Mobiltelefon, kein Festnetzanschluss.

»Ich bin traurig«, sagte eine leise Stimme und kicherte dann, als wollte sie sich Lügen strafen. »Sie haben mir nicht zum Geburtstag gratuliert.«

Brasch brauchte einen Moment, um zu begreifen. »Tut mir leid, dass ich nicht mehr daran gedacht habe«, sagte er nach kurzem Zögern. »Herzlichen Glückwunsch, Thea. Wenn ich beim nächsten Mal vorbeikomme, bringe ich dir ein Geschenk mit.«

»Keine Blumen, bitte«, sagte sie und lachte wieder, als wäre sie betrunken. »Davon haben wir mehr als genug.«

»Musst du nicht in der Schule sein?«, fragte Brasch.

»Wir hatten nur fünf Stunden«, erwiderte sie nun ernster. »Tobias ist hingegangen, aber ich nicht. Schule ist öde. Außerdem musste ich meiner Mutter bei einem großen Kranz aus Sonnenblumen helfen.«

»Ist deine Mutter zu Hause? Kann ich sie sprechen?«

Thea atmete tief ins Telefon, dann hörte es sich an, als würde sie einen Schluck aus einer Flasche nehmen.

Ja, sie trinkt schon den ganzen Vormittag, dachte Brasch, nichts Hartes, sondern Wein oder Sekt, und dann hat sie beschlossen, den Polizisten anzurufen und ein wenig zum Narren zu halten.

»Nee, jetzt ist sie bei der Bank oder bei einem Anwalt. Keine Ahnung«, sagte das Mädchen. Nun missriet ihr Kichern, und es klang beinahe, als würde sie schluchzen.

»Seit wann trinkst du schon, Thea?«, fragte Brasch. Er spürte, dass Rosa ihn besorgt ansah. Selbst der Philosoph hatte den Kopf gehoben und war auf sein Telefonat aufmerksam geworden.

»Gar nicht lange«, sagte sie. »Ich war spazieren, und da war etwas ganz komisch. Soll ich Ihnen das verraten?«

Brasch hörte, wie sie wieder einen Schluck nahm. Er holte seine Geldbörse hervor, um zu bezahlen, doch Rosa lächelte und winkte ab. »Klar, Thea«, sagte er. »Erzähl mir, was komisch war.« Er würde zu ihr fahren und ihr den Alkohol wegnehmen, und dann würde er mit ihrer Mutter sprechen. Dreizehnjährige Mädchen sollten sich an ihrem Geburtstag nicht betrinken. Sie sollten an solch einem Tag am besten gar nicht allein zu Hause sein.

»Ich bin am Haus Ihrer Freundin vorbeigegangen, vor ein paar Minuten, und dann habe ich es gehört ...« Sie verschluckte sich, als hätte sie versucht, wieder zu trinken. Dann hörte Brasch, wie im Hintergrund etwas zu Boden fiel.

»Was hast du gehört?«, fragte Brasch. Plötzlich war er alarmiert.

»Der Hund«, sagte Thea, »ich meine, Benny ... Er hat die ganze Zeit gejault und gewinselt wie ein Wolf. So habe ich ihn noch nie gehört.«

Es muss eine ganz einfache Erklärung geben, redete Brasch sich ein. Leonie ist zu einem Notfall gerufen worden, irgendein Schüler auf dem Dach eines Parkhauses, der sich in die Tiefe stürzen wollte. So etwas war schon einmal vorgekommen. Da war sie zehn Stunden später vollkommen erschöpft und den Tränen nahe mit dem Taxi nach Hause zurückgekehrt, weil sie nicht einmal mehr Auto fahren konnte. Aber Brasch wusste, dass diese Erklärung nicht stimmte. Sie würde ihren Hund nicht vergessen, nicht einmal, wenn ein Notfall eingetreten war.

Während er nach Langel fuhr, wählte er ihre Nummer, ließ es zwanzigmal klingeln, ohne dass jemand abnahm, und probierte es erneut. Es gab eine Regel, gegen die er schon früher einmal verstoßen hatte: Man sollte in keinem Fall ermitteln, in den ein naher Angehöriger verwickelt war. Nein, sagte er sich, bisher war Leonie nur eine Nachbarin gewesen, eine Figur am Rande des Geschehens.

Er verbot sich den Gedanken, sich vorzustellen, dass in der Straße ein dritter Mord geschehen sein könnte. Aber warum auch? Wo hätte das Motiv sein können?

Die Wahrheit war, dass sie kein Motiv ermittelt hatten, nicht für den ersten Mord, nicht für den zweiten.

Er rief Pia an und erfuhr, dass sie sich um die genauen Vermögensverhältnisse von Marlene Brühl gekümmert hatte. Es hatte einiger Überredungskunst bedurft, bis der Rechtsanwalt ihr alle Details erklärt hatte. Die Tote besaß drei Mietshäuser in bester Kölner Lage, eine halbe Filmfirma, die sogar internationale Kinofilme produzierte und mit der ihre Enkelin nichts zu tun hatte, und Aktien in einem Wert von ungefähr drei Millionen Euro. Dazu eine halbe Million Euro auf diversen Konten.

»Sie hat jedenfalls genug Geld, um den halben Ort zu kaufen«, sagte Pia. »Außerdem habe ich herausbekommen, dass dieser Wahrsager in der letzten Woche einen Scheck über fünfundzwanzigtausend Euro von ihr eingelöst hat. Nicht schlecht für ein paar Sitzungen, nicht wahr?«

Brasch spürte, dass ihn all diese Zahlen überhaupt nicht interessierten. »Ich fahre nach Langel, um noch einmal mit der Blumenhändlerin zu sprechen«, log er und hoffte, dass Pia ihn nicht nach Einzelheiten fragte.

»Übrigens hat Langhuth sich schon wieder nach dir erkundigt.« Erneut schlich sich ein gereizter Tonfall in Pias

Stimme. »Ich verstehe gar nicht, warum er dich nicht selbst anruft.«

»Ich muss auflegen«, sagte Brasch. Er wurde immer nervöser. Als er die Dorfstraße in Langel hinunterfuhr, meinte er von weitem Leonie vor dem Blumengeschäft stehen zu sehen. Ein Gefühl der Erleichterung durchflutete ihn, bis er erkannte, dass die Frau viel älter war und ihre langen schwarzen Haare gefärbt waren.

Er hielt am Straßenrand und eilte über den Innenhof zu Leonies Haus. Nichts war zu hören. Die Stille eines frühen Nachmittags in einem Kölner Vorort.

Thea wollte sich wichtigmachen, eine betrunkene frühreife Göre, die sich wahrscheinlich irgendwo versteckte und amüsiert zusah, wie er panisch umherlief.

Doch als er sich auf drei Schritte der Haustür genähert hatte, begann der Hund hinter der Tür zu heulen. Die markerschütternde Klage eines allein gelassenen Tieres.

Brasch pochte gegen die Tür und rief Leonies Namen. Dann entdeckte er, ein Stück neben der Tür, ordentlich auf einen größeren Backstein drapiert, die Rosen, die er Leonie am Morgen hatte schicken lassen. Groß, mit schönen geschwungenen Buchstaben war auf dem Kuvert ihr Name zu lesen.

Panik erfüllte ihn. Nie hatte er sich vorstellen können, dass ihn der Anblick eines Blumenstraußes so erschrecken könnte.

»Haben Sie ihr die Blumen geschickt?«, fragte eine Stimme hinter ihm beinahe vorwurfsvoll.

Thea wirkte ein wenig verlegen. Ihre Augen waren glasig und an den Rändern gerötet, aber sonst sah sie nicht aus, als wäre sie betrunken. Sie lächelte fragend.

»Ja«, sagte Brasch. »Heute Morgen, als ich zufällig an einem Blumengeschäft vorbeigefahren bin.« Es klang beinahe wie eine Entschuldigung.

Das Winseln des Hundes schraubte sich noch höher, als würde er hyperventilieren.

»So geht das schon die ganze Zeit«, sagte Thea.

»Habt ihr keinen Schlüssel?«, fragte Brasch.

»Keine Ahnung.« Sie zuckte mit den Schultern. »Aber hinten, zum Deich hin, ist ein Fenster ein wenig gekippt. Wenn man da hineingreift, kann man die Terrassentür vielleicht aufmachen.«

Sie liefen um das Haus herum, verfolgt von dem Winseln des Hundes. Sie mussten über einen Zaun steigen, und Brasch wäre fast gestürzt. Er fühlte sich plötzlich schwach, sein Herz raste, als hätte er sich bereits über Gebühr angestrengt. Er würde das nicht schaffen – nach Leonie zu suchen, und wenn ihr tatsächlich etwas passiert war …

Thea streckte ihm eine Hand entgegen, wie einem alten, gebrechlichen Mann. Sie lächelte unter ihren blonden Haaren, und ihre Augen funkelten, als würde sie irgendein fröhliches, aufregendes Spiel mit ihm spielen.

»Hast du wirklich heute Geburtstag?«, fragte er.

Sie nickte und fuhr sich dann verlegen durch ihr langes Haar, eine Geste, die ihre Bestätigung wieder aufhob.

Leonies Garten war klein. Zwei Metallstühle auf einer quadratischen Rasenfläche mit einem schmalen, überwucherten Beet an den Seiten, mehr nicht. Ein Fenster war tatsächlich gekippt. Brasch trat an die Terrassentür und spähte hinein. Eine letzte vage Hoffnung stieg in ihm auf, dass sie doch auftauchen könnte, ein Schatten aus einem Nebenraum, der mit überraschtem Gesicht auf sie zutrat, doch nur der Hund kam angetrottet, nun nicht mehr winselnd, weil er spürte, dass ihn jemand befreien würde.

Thea gelang es, durch das halb geöffnete Fenster den Hebel an der Terrassentür zu erreichen und umzulegen, dann konnte Brasch die Tür aufdrücken. Ein Kinderspiel! Einbrecher würden dafür keine drei Sekunden brauchen.

Der Hund stürmte gleich an ihnen vorbei ins Freie und erleichterte sich auf dem Beet. Thea sah ihm mitleidig nach, und Brasch nahm wahr, wie eine widerwärtige Duftwolke zu ihnen herüberzog.

Er rief Leonies Namen, und für einen flüchtigen Moment lief ein ganz anderer Film vor seinen Augen ab, von dem er beinahe hoffte, dass er wahr werden würde. Ein fremder Mann lief barfuß die Treppe herunter, mit nacktem Oberkörper, nur mit Boxershorts bekleidet, und ihm folgte Leonie in einem langen weißen T-Shirt, erstaunt und entsetzt zugleich, weil ihr alter Freund sie mit ihrem neuen ertappt hatte.

»Sie hat etwas gefeiert«, sagte Thea und deutete auf zwei Gläser und eine leere Flasche auf dem Tisch am Sofa. Völlig ernst schaute sie Brasch an. Nun war jede Trunkenheit von ihr gewichen.

Brasch erschrak einmal mehr. »Ja«, sagte er, mehr zu sich, als könnte er es selbst nicht glauben. »Sie hat mit mir Sekt getrunken, mitten in der Nacht, nachdem wir …« Er verstummte und betrachtete seine eigenen Spuren: ein zerdrücktes Kissen auf dem Boden neben dem neuen Ledersofa, einen schwarzen Socken, den er am Morgen nicht wiedergefunden hatte, eine leere Zigarettenschachtel und die Flasche mit den beiden Gläsern, an denen die Fingerabdrücke deutlich im Gegenlicht zu sehen waren.

Leonie hatte nicht einmal aufgeräumt, als hätte sie überstürzt das Haus verlassen.

Der Hund kam wieder angelaufen, nun freudig bereit, sich streicheln zu lassen.

Brasch machte ein paar weitere stille Schritte in die Wohnung. Ein anderer Gedanke jagte ihm durch den Kopf. Leonie hatte das Haus nach ihrem morgendlichen Spaziergang mit dem Hund gar nicht verlassen, sondern hatte Besuch erhalten, jemand war unbeobachtet zu ihr gekommen, hatte sie an der Tür überrascht und sie zurückgedrängt.

Die Küche war unverändert, genauso der Flur und das Arbeitszimmer neben der Gästetoilette, in dem ein Bild hing, das sie gemalt hatte, kurz bevor sie ihn verlassen hatte. An Thea vorbei stürmte Brasch die Treppe hinauf. Andere, noch dunklere Gedanken bedrängten ihn immer mehr.

»Nichts anfassen!«, rief er ihr zu, als wüsste er schon genau, dass er sich einen Tatort anschaute. Im Gehen zog er sich Plastikhandschuhe über. Man würde ihm vorwerfen, dass er viel zu spät daran gedacht hatte, die letzte, schlimmste Erklärung für ihr Schweigen, ihr scheinbares Verschwinden verdrängt hatte … Nein, man würde ihm noch ganz andere Dinge vorwerfen, aber das war nichts gegen die Vorwürfe, die er sich selbst machen würde.

Er schaute erst ins Bad, dann in eine Art Abstellkammer, auf deren Tür seltsamerweise in goldenen Lettern »Kinderzimmer« stand. Vor ihrem Schlafzimmer wappnete er sich und rief ein letztes Mal ihren Namen. »Leonie, bist du da?« Thea stand plötzlich hinter ihm. Er schob sie ein Stück zurück, als könnte in dem Raum hinter der Tür eine wirkliche Gefahr lauern, aber für diese Vorsicht gab es auch einen triftigen Grund. Der Anblick einer schwer verwundeten oder ermordeten Frau würde sie ihr Leben lang begleiten.

Mit einer heftigen, ungeschickten Bewegung stieß Brasch die Tür auf. Das Bett war zerwühlt, aber leer. Ein weißes T-Shirt lag da, achtlos beiseitegeworfen, auf dem Boden der hellblaue Slip, den er Leonie in der Nacht abgestreift hatte.

Brasch war für einen Moment so erleichtert, keine Leiche vorzufinden, dass er in die Knie ging und sich über die Augen wischte.

Thea setzte sich zu ihm auf den Boden und schaute ihn an. Dann nickte sie ihm zu. »Alles in Ordnung?«, flüsterte sie.

»Ja«, erwiderte er leise. Dann zog er sein Telefon hervor und rief Pia an.

Nun hatten sie zwei Tote und eine Vermisste.

19

Leonies alter Volvo stand im Innenhof, ordentlich in einer Ecke geparkt. Sie musste das Haus zu Fuß verlassen haben. Oder sie war abgeholt worden, doch von wem? Hedwig, ihre Schwester, die eigentlich am besten über Leonie Bescheid wusste, hatte seit Tagen nicht mehr mit ihr gesprochen.

»Sie hat mir heute Morgen eine SMS geschickt«, sagte Hedwig am Telefon. »»Matthias war da.««

»Nichts sonst?«, fragte Brasch.

»Nein, aber ich habe mir schon denken können, was das heißt. Habt ihr euch wieder versöhnt?«

»Ich weiß es nicht«, erwiderte er wahrheitsgemäß. Dann ließ er sich von Hedwig die Nummer von Leonies Mobiltelefon geben, die er noch nicht kannte. Nachdem er sie gewählt hatte und voller Spannung lauschte, war wenig später oben im Badezimmer ein schrilles melodisches Läuten zu hören. Sie hatte nicht einmal ihr Handy eingesteckt. Vergessen lag es im Badezimmer unter einem Handtuch auf der schmalen Fensterbank. Das Display verriet, dass sie zuletzt Brasch angerufen hatte, aber vor der letzten Ziffer hatte sie den Anruf abgebrochen.

Der Spürhund, den Pia angefordert hatte, traf ein, als ein grauer, hässlicher Regen einsetzte. Brasch sperrte Benny in den Abstellraum, wo der Labrador sofort wieder zu winseln begann, und dann machte der Schäferhund sich an die Arbeit.

»Was versprichst du dir davon?«, fragte Pia. »Glaubst du, Leonie ist irgendwo in der Nähe?«

»Wenn ihr Verschwinden etwas mit den beiden Morden zu tun hat, ist sie vermutlich nicht weit. Vielleicht ist ihr etwas aufgefallen, oder sie hat irgendetwas nachschauen wollen.« Er wusste selbst, dass es nicht viel mehr als eine Verzweiflungstat war, einen Hund auf ihre Fährte zu schicken.

Trotz des Regens hetzte der Schäferhund sofort los, sein Führer konnte ihn kaum halten. Er untersuchte in beinahe panischer Eile den Innenhof und jagte dann auf die Straße. Für einen Moment glaubte Brasch, er würde auf das Blumengeschäft und die Gärtnerei zusteuern, aber dann wandte der Hund sich in die andere Richtung, die Straße hinauf.

Es begann heftiger zu regnen. Den Hund schien der Regen jedoch nicht zu stören. Brasch beobachtete ihn und spürte kaum, wie ihm einzelne, empfindlich kalte Tropfen in den Kragen rannen. Er hatte die ganze Zeit das Gefühl, dass er etwas übersehen hatte. Wo konnte Leonie hingegangen sein? Hatte sie ein Wort darüber verloren, dass sie vielleicht doch einen Verdacht gehabt hatte? Nein, sie hatten überhaupt nicht viel gesprochen, und schon gar nicht über die Morde. Leonie hatte nicht einmal nach Bruno gefragt. Eigentlich hatten sie gemeinsam, ohne viele Worte über ihr unerfülltes Leben nachgedacht, über die Dinge, die sie gemeinsam nie getan hatten. Es gab so viel davon … und dann hatten sie sich plötzlich umarmt. Er hatte seinen Kopf an ihren Hals gelegt und die Stelle an ihrem Ohr geküsst, wo Leonie ganz wie ein kleines wildes Kind roch, das niemals erwachsen werden würde.

Als sein Mobiltelefon klingelte, zog Brasch es so schnell hervor, dass es ihm beinahe aus der Hand gefallen wäre.

»Niemand weiß etwas«, sagte eine Stimme, die er zunächst für Leonies hielt, aber es war ihre Schwester. »Ich habe alle möglichen Leute angerufen«, fuhr Hedwig fort. »Keiner hat in den letzten zwei Tagen etwas von Leonie gehört.«

»Danke«, sagte Brasch. Er versuchte weiter, den Hund im Auge zu behalten.

»Vorgestern hat sie mich gefragt, ob ich Benny eine Weile nehmen könnte.« Hedwigs Stimme zitterte. So aufgelöst hatte Brasch sie noch nie erlebt. »Sie wollte verreisen.«

»Verreisen? Hat sie gesagt, wohin sie wollte?«

»Sie meinte, ihr würdet wieder zusammenkommen und bräuchtet ein paar Tage Zeit für euch.«

Vorgestern waren wir noch gar nicht wieder zusammen, wollte Brasch erwidern, da hat es unsere gemeinsame Nacht noch gar nicht gegeben, doch dann fiel ihm ein, dass Leonie wieder einmal weiter gedacht hatte als er.

»Soll ich vorbeikommen?«, fragte Hedwig.

»Nein«, sagte Brasch. »Ich halte dich auf dem Laufenden.« Er unterbrach die Verbindung. Der Hund war auf die Villa der toten Schauspielerin zugestürmt und jagte laut kläffend in den Eingang hinein.

Brasch rannte die Straße hinunter. Plötzlich meinte er, dass sich im nächsten Moment alles klären würde, sie würden Leonie finden, und als würde sich ein dunkler Vorhang heben, träten Dinge zutage, die sie bisher nicht gesehen hatten.

Auch Pia war durch das Bellen herangelockt worden. Seite an Seite liefen sie auf das Haus zu. Im nächsten Moment verstummte der Hund, wahrscheinlich weil er von seinem Führer einen Befehl erhalten hatte.

»Sie haben etwas gefunden«, rief Pia ihm zu.

Brasch nickte. Sie hatten sich geirrt, der Hund war nicht zum Eingang der Villa gehetzt, sondern zur Kellertür, die nach dem Einbruch immer noch lediglich notdürftig gesichert war.

Reglos hockte der Schäferhund am Fuß der Treppe und starrte zu einer orangefarbenen Regenjacke, die an der Kellertür hing.

Es sah wie ein Stillleben aus, das Bild eines Malers, der es mit den kleinen Dingen des Lebens hielt, doch Brasch begriff sofort, dass sie eine Botschaft empfingen, die alles andere als harmlos war. Leonie befand sich in größter Gefahr. Jemand, der geahnt hatte, was die Polizei tun würde, hatte ihre Jacke an die Tür gehängt.

Langsam ging Brasch die Treppen hinunter. Er bemerkte zum ersten Mal, dass er bis auf die Haut nass war und fror.

»Hier ist noch etwas«, sagte der Hundeführer, dann entdeckte Brasch es selbst. Über der Jacke hing eine Drahtschlinge, wie Bruno sie benutzt hatte, um Tiere zu fangen und zu töten.

Brasch stand am Fenster und beobachtete, wie über dem Fluss die Dunkelheit heraufzog wie eine große tiefgraue Wolke, die sich unheilvoll näherte. Er kam sich fremd in Leonies Haus vor, aber es gab keinen anderen Ort, an dem er sein konnte. Sie hatten keine weitere Spur von ihr gefunden, nichts, kein Lebenszeichen, obwohl sie noch zehn Beamte angefordert hatten, die den Ort absuchten und Nachbarn befragten. Es war, als wäre Leonie aus ihrem Leben getreten. Brasch spürte, wie Mutlosigkeit ihn übermannte. Er räumte die leere Sektflasche und die Gläser in die Küche, dann nahm er die Socke, die er in der letzten Nacht vergessen hatte, und streifte sie über, als könnte er damit ein Stück Ordnung wiederherstellen. Kein Fall in den letzten Jahren hatte ihn so verwirrt. Sie hatten nichts, nicht den Ansatz eines Motivs, keinen einzigen wirklich Verdächtigen. Was hatten sie übersehen? Welche Verbindungen zwischen den beiden Toten gab es, die sie noch nicht betrachtet hatten? Vielleicht hatte Marlene Brühl gar kein Abenteuerspiel mit den Zwillingen gespielt, sondern tatsächlich ein gefährliches Geheimnis gehabt, das sie am Strand vergraben hatte, und Bruno hatte sie dabei beobachtet, hatte das silberne Rohr hervorgeholt und … Alle Gedanken endeten im Nichts. Vor allem eine Frage konnte Brasch nicht beantworten: Wenn Leonie glaubte, den Mörder zu kennen, warum hatte sie dann kein Wort darüber verloren?

Als er die Stille des Hauses nicht mehr aushielt, schaltete er den CD-Spieler an. Die letzte CD, die Leonie gehört hatte, war eine Oper von Dvořák gewesen, Rusalka. Das Lied an den Mond erklang. »Du lieber Mond, so silberzart …«

Brasch verstand nicht viel von Musik, besonders in die Oper hatte er Leonie nur widerwillig begleitet, aber nun kam ihm das Lied der Nixe, die sich in einen Prinzen verliebt hatte, wie das Wehmütigste und Traurigste vor, was er jemals gehört hatte.

Bevor die Arie zu Ende war, stellte er den CD-Spieler wieder ab, weil er spürte, dass ihm Tränen in die Augen traten. Er rief seine Mutter an, schuldbewusst, aber eigentlich voller Gleichgültigkeit. Dass sein Vater gestorben war, gehörte in eine andere Zeit, lag bereits tief in seiner Erinnerung vergraben.

»Was ist bei euch los?«, fragte seine Mutter sanft, als müsse sie ihn trösten. »Vorhin habe ich ein Foto von Leonie in den Lokalnachrichten gesehen.«

Pia hatte also prompt gearbeitet; statt wie er in Apathie zu verfallen, hatte sie Langhuth überzeugt, eine Suchmeldung herauszugeben.

»Sie ist verschwunden«, sagte Brasch. »Kann sein, dass sie eine wichtige Zeugin ist.« Der Hund kam und legte sich zu seinen Füßen. Auch er schien Leonie zu vermissen.

»Ich glaube nicht, dass ihr etwas passiert. Leonie ist nicht so, sie hat etwas um sich, das sie beschützt.« Eigentlich war seine Mutter eine Spezialistin darin, immer mit dem Schlimmsten zu rechnen, aber nun tat es ihm gut, ihren Optimismus zu hören.

Er fragte sie nach dem Grab, und sie erklärte ihm ganz sachlich, welchen Stein sie ausgesucht hatte.

»Schlichter Marmor mit einem silbernen Kreuz. Dein Vater war zwar nicht religiös. Trotzdem hätte es ihm gefallen«, sagte sie in einem Tonfall, als hätte sie ihrem Mann nur einen neuen Anzug gekauft. »Ich hätte vorher mit ihm darüber reden müssen, doch ich habe mich nicht getraut. Soll man einen Sterbenden fragen, welchen Grabstein er haben möchte?«

»Eher nicht«, sagte Brasch. Er konnte sich nicht auf das Gespräch konzentrieren, sondern wanderte durch das Haus. Im Bad war Leonies Duft am intensivsten zu spüren, so als wäre sie soeben erst aus dem Zimmer gegangen.

»Weißt du, was mir passiert ist?« Plötzlich kicherte Agnes. Ein Hauch echter Heiterkeit war zu spüren. »Gestern Morgen ist mir eine Katze zugelaufen, ein kleines, mageres Ding, saß genau vor der Tür und schrie. Als ich die Tür aufgemacht habe, ist sie reingelaufen und hat sich in der Küche in der hintersten Ecke versteckt. Erst als ich eine Schale mit Milch auf den Boden gestellt habe, ist sie langsam herausgekommen.«

»Vielleicht war ihr kalt, oder sie ist krank«, sagte Brasch, aber dann kamen ihm seine Bedenken unpassend vor.

»Sie ist weiß wie Schnee. Darum habe ich sie ›weiße Prinzessin‹ getauft.« Seine Mutter lachte wieder leise. Früher hatte sie sich nie etwas aus Tieren gemacht. »Ich glaube, er hat sie geschickt. Kannst du dir das vorstellen? Ich bin sicher, er wollte nicht, dass ich so allein bin.«

»Klar«, sagte Brasch. Nichts konnte er sich weniger vorstellen, als dass sein toter Vater eine Katze schickte, um seine Frau zu trösten, aber Agnes schien dieser Gedanke zu gefallen.

Der Hund schreckte plötzlich auf und trabte ins Wohnzimmer zurück. Als Brasch ihm folgte, bemerkte er eine Gestalt, die sich durch den Garten der Terrassentür näherte. Er versprach seiner Mutter, wieder anzurufen, und legte auf.

Speitel schritt auf ihn zu. Pia hatte ihn vor zwei oder drei Stunden befragt. Da hatte er behauptet, Leonie vorgestern zum letzten Mal gesehen zu haben.

Wie Speitel vor der Tür stand, eine Silhouette in einem weiten, unmodernen Trainingsanzug und mit zerzausten Haaren, begriff Brasch, dass er ihn vor ihrer ersten Begegnung bereits einmal gesehen hatte. Speitel hatte Leonie besucht, er war der Mann gewesen, den Brasch vom Deich aus in ihrem Wohnzimmer beobachtet hatte.

Voller Argwohn öffnete Brasch die Terrassentür. Der Hund drückte sich an ihm vorbei und jagte freudig ins Freie.

Speitel begrüßte ihn kurz, indem er seinen Namen sagte, und dann schaute er Brasch verlegen lächelnd an. Hohlwangig sah er aus, mit Schatten unter den Augen, die verrieten, dass er auch nicht mehr besonders gut schlief, seit er den toten Aushilfsgärtner entdeckt hatte.

»Ich habe gesehen, dass Sie im Haus sind«, sagte er beinahe entschuldigend, »und dachte, dass Sie vielleicht Hunger haben. Ich hatte ein Brot im Backofen, voll ökologisch, Dinkel. Es gibt nichts Besseres.«

Überrascht winkte Brasch ihn herein. »Kommen Sie«, sagte er.

Speitel trat sich die Schuhe ab, obwohl da gar keine Fußmatte war. Das Brot hielt er mit beiden Händen, wie eine Opfergabe. Ein würziger Duft von Kräutern wehte Brasch entgegen.

»Ich wusste nicht, dass Sie mit Frau Stiller bekannt sind«, sagte Speitel. Als wäre es nichts Ungewöhnliches für ihn, ging er in die Küche voraus. Benny sprang ihm nach, wohl in der Hoffnung, dass ein Stück Brot auch für ihn abfallen würde. »Ich hoffe, Sie haben Butter da. Solch ein Brot darf man nur mit Butter essen. Oder mit dem besten französischen Käse.«

»Ich weiß nicht, ob ich überhaupt einen Bissen herunterbekomme«, sagte Brasch. Gleichwohl holte er zwei Teller und stellte sie auf den Tisch.

»Es hilft nichts. Man muss essen und trinken, selbst wenn man in der tiefsten Krise steckt. Glauben Sie mir, ich weiß, wovon ich spreche.« Speitel schnitt zwei große Scheiben von dem Brot ab und legte eine davon Brasch auf den Teller. »Haben Sie schon eine Ahnung, was passiert sein könnte? Die Leute sind alle vollkommen schockiert, dass Bruno die Tiere getötet haben soll. Gibt es vielleicht schon Beweise, dass er auch Mary umgebracht hat?«

»Wir sind dabei, ein paar Möglichkeiten durchzuspielen«, erwiderte Brasch. Einen Moment später kamen ihm seine

Worte aberwitzig vor. Ihn hatte Leonies Verschwinden ge-
lähmt, er hatte in den letzten Stunden nichts anderes getan,
als darauf zu warten, dass irgendetwas passierte.

Speitel deutete auf das Brot. »Ein Geheimrezept. Dinkel
hilft sogar gegen Liebeskummer. Seit ich mich ökologisch
ernähre, am Tag mindestens drei Liter Wasser trinke und
zwanzig Kilometer laufe, habe ich mein Gleichgewicht wiedergefunden. Man darf sich nicht verrückt machen lassen,
von nichts und niemandem.«

Vorsichtig brach Brasch ein Stück Brot ab und schob es
sich in den Mund. Es war noch warm und erinnerte ihn an
seine Kindheit, an die seltenen Tage, wenn seine Mutter Brot
oder Kuchen gebacken hatte.

»Was ist mit Ihrer Frau passiert?«, fragte Brasch.

Speitel hatte sich auch gesetzt. »Haben Sie Wein?«, fragte er. »Manchmal bin ich einem Glas Rotwein nicht abge-
neigt.«

Brasch zuckte mit den Schultern, doch Speitel hatte auf
dem Kühlschrank bereits eine Flasche entdeckt, die er nach
einem kurzen, fragenden Blick entkorkte.

»Meine Frau hat mich von einem Tag auf den anderen verlassen. Nicht einmal einen Zettel hat sie geschrieben.«

Sie prosteten sich zu. Der Hund hatte sich zu ihren Füßen
zusammengerollt.

Wir sind wie zwei Leidensgenossen, dachte Brasch. Dabei
war Leonie ja zu ihm zurückgekehrt, zumindest für eine
Nacht.

»Und Sie haben keine Ahnung, warum Ihre Frau gegangen ist?«

»Wir haben uns ein paarmal gestritten, nichts Ernstes, habe ich jedenfalls gedacht. Dann war sie weg. Ein paar
Kleider fehlten, nichts sonst. Ihr Leben, das sie mitgenom-

men hat, hat in einen kleinen Lederkoffer gepasst. Ich rede nicht gerne darüber.«

Brasch nickte. Auch wenn Leonie ihm in keiner Sekunde aus dem Kopf gegangen war, hatte er kaum jemandem sagen können, dass sie ihn verlassen hatte. »Und dann haben Sie Ihre Arbeit verloren und haben angefangen, Marlene Brühl kleine Gefälligkeiten zu erweisen?«

Speitel trank sein Glas aus. »Ich weiß, dass die meisten in der Straße Angst vor ihr hatten, aber mich hat das nie gekümmert. Wahrscheinlich hat Mary das gefallen. Sie mochte keine Feiglinge.«

»Haben Sie auch ihre Tochter getroffen?«

»Die bleiche Linda? Ich habe sie nachts manchmal gesehen, wenn sie aus dem Taxi sprang und die Straße entlanglief. Ein Bild wie aus einem alten Gruselfilm, fehlte nur der Nebel, der ums Haus waberte. Auch Mary hat sich köstlich darüber amüsiert. Ich glaube, deswegen hat sie überhaupt diese ganzen Kameras installieren lassen. Um ihre Tochter zu sehen, wie sie um das Haus schlich.«

»Aber Sie haben nie mit ihr gesprochen?«

»Nein. Hat Linda überhaupt geredet? Mary hat mir einmal erzählt, dass ihre Tochter sie meistens nur schweigend anstarrte. Bei einem ihrer nächtlichen Besuche aber hat Linda ihr einen Kuss gegeben. Mary hat geweint, als sie es mir erzählt hat.«

»Wer hat sie umgebracht?«, fragte Brasch.

Speitel zögerte einen Moment, dann schenkte er sich Rotwein nach. »Soll ich Ihnen etwas sagen, Herr Kommissar? Als ich erfuhr, dass Mary tot war, habe ich zuerst an Selbstmord gedacht, an eine Inszenierung, die ihren Tod wie Mord aussehen ließ. Etwas in dieser Art. Mary konnte auf viele merkwürdige Gedanken kommen.«

»Wieso glauben Sie, Marlene Brühl hätte sich umbringen wollen?«

»Sie war mitunter sehr depressiv. Haben Sie die Scherben in ihrem Ballettraum gesehen? Da hat sie früher noch trainiert, aber an manchen Tagen hat sie es nicht ausgehalten, sich ins Gesicht zu sehen. Sie war früher eine sehr schöne Frau, doch nun war sie weit über siebzig. Da war von ihrer Schönheit nicht viel übrig geblieben.«

»Sie hat sich aber nicht umgebracht«, sagte Brasch.

»Nein, wohl nicht.«

Der Hund zu ihren Füßen gab winselnde Geräusche von sich, er schien zu träumen.

»Wollen Sie die ganze Nacht hierbleiben?«, fragte Speitel.

»Ja«, sagte Brasch. »Solange wir keine heiße Spur haben, wird immer jemand im Haus bleiben müssen.«

Speitel erhob sich. »Wenn Sie etwas brauchen, melden Sie sich einfach. Wenn ich nicht gerade laufe, sitze ich meistens in meiner Küche. Ich habe im Moment nicht viel zu tun. Vielleicht sollte ich wieder anfangen, Bewerbungen zu schreiben.« Er zuckte die Achseln und lächelte.

Plötzlich stellte Brasch sich die Frage, ob Leonie sich in einen Mann wie Speitel verlieben könnte, ein drahtiger Typ, der bestimmt kein Gramm Fett auf den Hüften hatte und wahrscheinlich den perfekten Gärtner und Heimwerker darstellte. Nein, dachte er dann, Speitel mochte Marathonläufe unter vier Stunden absolvieren können, aber er verstand wahrscheinlich nichts von Kunst und Musik, Dingen, die Leonie wichtig waren.

Als Speitel schon wieder an der Terrassentür war, klingelte das Mobiltelefon.

»Bist du noch bei Leonie?«, fragte Pia.

»Ja«, erwiderte Brasch und schloss hinter Speitel die Tür.

»Schalte den Fernseher an, diesen Heimatsender, den es neuerdings in Köln gibt. Da sitzt Meyerbier und verkündet, dass er der Polizei im Mordfall Marlene Brühl helfen wolle.«

Brasch blickte sich nach der Fernbedienung um und suchte dann nach dem Lokalsender. Meyerbier tauchte auf dem Bildschirm auf, er trug eine große schwarze Sonnenbrille und wirkte wie ein Filmstar.

»Hast du ihn?«, fragte Pia.

»Ich sehe ihn«, sagte Brasch.

»Er sitzt im Hyatt und hält eine Pressekonferenz ab. Ich habe die Bilder vorhin schon gesehen, der Sender wiederholt sie jede halbe Stunde.«

Brasch drückte den Ton lauter.

»Die Polizei hat sich als unfähig erwiesen, den Tod meiner Klientin und verehrten Freundin Marlene Brühl aufzuklären«, erklärte Meyerbier mit erhobener Stimme. »Heute Nacht habe ich eine Nachricht der Toten erhalten, die besagt, dass ich mich um den Fall kümmern soll. Daher werde ich mich morgen Vormittag selbst in Trance versetzen, um mit der Toten Kontakt aufzunehmen und Hinweise zu geben, wer sie ermordet hat.« Ein Raunen ging durch den Raum, dann erklangen Blitzlichter. »Wenn Sie mögen, können Sie gerne dabei sein. Es wird eine öffentliche Sitzung hier im Hyatt geben. Einladungen erhalten Sie bei meinem Assistenten am Ausgang.«

»Was für ein Unfug!« Brasch stellte den Ton wieder leiser und beobachtete, wie Meyerbier lächelnd das Podium verließ. »Können wir ihm diesen großen Auftritt irgendwie verbieten?«

»Langhuth lässt das gerade prüfen«, erwiderte Pia. »Es wäre gut, wenn du einmal selbst mit ihm sprechen würdest. Ich schicke dir eine SMS mit seiner Handynummer.«

»Hat ihm jemand gesagt, dass ich hier bei Leonie sitze?«

»Nein.« Pia klang nun müde und gereizt. »Ich habe ihm gesagt, du wärest zu deiner Mutter gefahren. Wenn er wüsste, wie du zu Leonie stehst, würde er dich sofort aus dem Verkehr ziehen.«

Brasch hatte keine Ahnung, was er tun sollte. Er lief von einem Raum in den nächsten, setzte sich im Wohnzimmer auf die Kante eines Stuhls und starrte in die Dunkelheit hinaus, aber nach ein paar Momenten trieb ihn die Unruhe wieder. Er ging zum Telefon, hob es an sein Ohr, als könnte es gestört sein, als wäre das der Grund, warum Leonie sich nicht meldete.

Der Hund strich um ihn herum. Er schien die Unruhe zu spüren. Brasch machte sich nichts aus Tieren, aber auch er bemerkte, wie bekümmert der Hund war.

Es wurde so still im Haus, dass er den CD-Spieler erneut anstellte. Wieder Dvořák. Das Lied an den Mond. Er begriff es nicht, er konnte sich das Hirn zermartern, seinen Kopf gegen die Wand schlagen. Wo war sie? Wohin konnte sie gegangen sein, ohne jemandem ein Wort zu sagen?

Hedwig rief wieder an. Sie klang nun viel ängstlicher als am Nachmittag. Da hatte sie anscheinend die Gewissheit gehabt, dass sich alles aufklären würde. Ihre Schwester war noch nie leichtsinnig gewesen, sie würde sich nicht auf irgendwelche Abenteuer einlassen.

»Kann ich vorbeikommen?«, fragte sie, nicht, um Hilfe anzubieten, sondern weil sie selbst Rückhalt brauchte.

»Ich weiß nicht«, sagte Brasch. »Vielleicht versucht sie ja, dich anzurufen. Wir sollten dafür sorgen, dass unsere Telefone immer erreichbar sind.«

Traurig legte Hedwig auf, und Brasch kam sich für ein

paar Momente schuldig vor. Dann fiel ihm Brunos Bauwagen ein. Leonie hatte den Volvo stehen lassen; ein Taxi hatte sie ebenfalls nicht genommen. Amelie hatte sofort die Taxizentralen überprüft. Also konnte es bedeuten, dass Leonie irgendwo in der Nähe war. Oder sie war abgeholt worden.

Er nahm die Leine und legte sie dem Hund an, der sofort schwanzwedelnd um ihn herumsprang.

Es war fast Mitternacht. Der Ort war wie ausgestorben. Niemand war auf der Straße. Nur in einem Fenster über dem Blumengeschäft brannte noch Licht. Brasch lief auf den Bungalow der Schauspielerin zu und behielt den Hund im Auge. Verhielt er sich irgendwie auffällig? Witterte er Leonie irgendwo? Aber das Tier schnüffelte lediglich interessiert an einigen Laternen und Hausecken. Benny würde keine Hilfe sein, Leonie zu finden.

Der Bauwagen lag wie ein riesiger Stein da, selbst der Hund schien für einen Moment irritiert zu sein.

Vielleicht riecht er das Blut, dachte Brasch, die Felle der Tiere, die Bruno getötet hatte.

Als er näher herantrat, sah er, dass jemand in schwarzer Farbe »Tierquäler« an den Bauwagen gesprüht hatte. Das Fenster war eingeschlagen worden. Alles machte den Eindruck, als wäre der Wagen schon vor langer Zeit verlassen worden. Wie schnell alles verfiel, dabei war Bruno noch nicht einmal beerdigt.

Brasch lauschte einen Moment, dann begriff er, dass er sich geirrt hatte. Wieso sollte Leonie hierhergekommen sein? Aber sie hatte etwas gewusst; etwas, das sie überprüfen wollte, hatte sie aus dem Haus getrieben.

Er übersah einen wichtigen Punkt, da war er sich ganz sicher, aber die Sperre in seinem Kopf, hinter der alles lag, was er suchte, vermochte er nicht zu überwinden. In Gedanken versuchte er, seine letzten Stunden mit Leonie durchzugehen, doch statt Klarheit brachte es ihm nur Verzweiflung.

Langsam ging er zurück, der Hund trottete gemächlich neben ihm her. In Speitels Haus sah er eine Gestalt im Fenster stehen, die langsam die Hand hob und ihm zuwinkte. Auch Speitel konnte nicht schlafen. Wahrscheinlich waren die schwarzen Fenster in der Straße ohnehin nur Tarnung. Überall lagen die Menschen wach, fürchteten sich und warteten vergeblich auf den Schlaf.

Kaum hatte er das Haus mit dem Ersatzschlüssel betreten, der bei Leonie ordentlich an einem Schlüsselbrett gehangen hatte, klingelte sein Mobiltelefon wieder. Hoffnungsfroh nahm er das Gespräch an, doch es war nur Mehler, der genauso müde klang wie Brasch.

»Etwas Neues von Leonie?«, fragte Mehler.

»Nichts«, sagte Brasch. »Ich sitze hier und warte. Wir haben eine Fahndung nach ihr herausgegeben. Bisher ohne Resultat.«

Mehler seufzte. Wahrscheinlich hockte er in der Bar im Domhotel. Brasch fragte ihn nicht danach. »Was war mit dem Koffer der Chinesin?«, sagte er stattdessen.

»Unterwäsche, made in China, drei Kleider aus billigem Plastik, gelbe Stoffschuhe, ein Reiseführer über Deutschland, in Schanghai gedruckt, und ein riesiger brauner Teddybär. Nichts sonst.«

»Sieht aus, als wäre sie gerade erst angekommen gewesen.« Brasch setzte sich wieder ans Fenster und blickte auf den Deich hinaus. Er spürte, dass er nun doch müde wurde und einschlafen würde, sobald er das Gespräch beendet hatte.

»Aber was wollte sie hier?«, fragte Mehler. »Warum kommt eine Chinesin nach Deutschland, quartiert sich bei einer Hure ein, die ihre Wohnung für ein paar Wochen nicht braucht ...« Er verstummte abrupt, vermutlich, weil er an seinem Cocktail nippte.

Brasch schloss die Augen und spürte, wie es ihn ganz weit davontrieb, so als wäre er ein beinahe ohnmächtiger Schiffbrüchiger, der sich im Meer mit letzter Kraft an einem Stück Holz festhielt.

»Ich hätte Leonie heiraten sollen«, dachte er laut vor sich hin. »Gestern Nacht hätte ich ihr sagen sollen, dass wir unbedingt heiraten müssen. So schnell wie möglich, heiraten und eine Reise machen ... Und Kinder ... Kinder gehören doch dazu ...«

»Was redest du da?«, fragte Mehler. Zumindest er schien nun wieder hellwach zu sein.

»Ich weiß nicht«, erwiderte Brasch und öffnete die Augen wieder. »Ich weiß nur, dass ich wahnsinnig werde, wenn Leonie etwas passiert ist.«

Mehler atmete heftig ein und aus, dann trank er wieder einen Schluck. »Du bist müde, Matthias«, sagte er dann. »Hast du die Fotos von der Chinesin noch? Bring sie morgen mit ins Präsidium.« Er unterbrach die Verbindung, ohne sich zu verabschieden.

Brasch legte das Mobiltelefon vor sich auf den Tisch. Dann rollte er sich auf dem Sofa zusammen, ohne das Licht zu löschen.

Die Fotos, dachte er, wo waren die Fotos? Aber er war viel zu müde, um noch einmal aufzustehen und sich umzuschauen.

20

Mehrmals in der Nacht erwachte er, einmal, weil der Hund mit fragenden Augen vor ihm stand und jaulte. Ein anderes Mal hatte er das Gefühl, Leonie wäre durch das Zimmer gelaufen, aber sie bewegte sich langsam und war bleich wie ein Geist – die weiße Frau, die in alten Gruselfilmen über die Friedhöfe zog.

Gegen halb sieben rief Brasch im Präsidium an. Amelie war schon in ihrem Büro. Es gab nichts Neues. Zwei Leute glaubten eine Frau, auf die Leonies Beschreibung passte, an der holländischen Grenze gesehen zu haben. Ansonsten waren keine Hinweise eingegangen.

»Es ist beängstigend still«, sagte Amelie. »Nicht einmal die Wichtigtuer, die sonst immer anrufen und irgendwelche obskuren Mitteilungen machen, haben sich gemeldet. Langhuth ist auch schon da«, fuhr sie fort. »Willst du ihn sprechen?«

»Nein«, sagte Brasch.

»Ich glaube, er macht sich Sorgen wegen dieses Wahrsagers. Im Hyatt wird eine Menge los sein, wenn Meyerbier da auftaucht und seine Show abzieht. Langhuth fürchtet wohl, dass er die ganze Kölner Polizei lächerlich machen könnte.«

An den Wahrsager und seine hochtrabende Ankündigung, der überforderten Polizei helfen zu wollen, hatte Brasch gar nicht mehr gedacht. Was hatte Meyerbier vor: sich auf ein Podest zu setzen und vor zwanzig, dreißig Pressevertretern in einer Kristallkugel nach dem Täter zu fahnden? Was sollten sie dagegen ausrichten? Fast hätte Brasch sich doch mit Langhuth verbinden lassen. Dieses Katz-und-Maus-Spiel mit seinem neuen Vorgesetzten konnte er ohnehin nicht mehr lange durchhalten.

»Richte Langhuth bitte aus, dass ich schon auf dem Weg ins Präsidium bin«, sagte Brasch.

»Alles klar«, sagte Amelie. »Pia wird auch gleich da sein. Ihr war gestern Abend vor Erschöpfung übel, sodass sie nach Hause fahren musste.«

»Wir müssen dafür sorgen, dass Leonies Telefon überwacht wird. Ich will sofort wissen, wenn hier jemand anruft.«

»Ich werde mich darum kümmern«, sagte Amelie, obwohl sie wusste, dass es nicht einfach werden würde, kurzfristig eine Telefonüberwachung hinzubekommen.

Nachdem er das Gespräch beendet hatte, ging Brasch ins Bad und wusch sich kurz. Hier schien alles noch intensiver nach Leonie zu riechen als am Abend. Er nahm ein Shampoo, ein paar Cremedöschen in die Hand und sog den Duft wie ein Süchtiger ein. Wieder überkam ihn Sehnsucht und zugleich Zorn, dass sich das Schicksal so gegen ihn verschworen hatte. Nach der glücklichsten Nacht seines Lebens war die dunkelste und bitterste gefolgt. So ratlos und verloren hatte er sich noch nie gefühlt, nicht einmal, als er vor neun Monaten aus dem Präsidium in das leere, ausgeräumte Haus gekommen war.

In der Küche kochte er sich einen Kaffee und rief seine Mutter an. Agnes klang hellwach und ausgeruht.

»Ist Leonie wieder da?«, fragte sie.

»Nein«, erwiderte Brasch. »Wir suchen sie. Wenn es richtig hell ist, werden wir eine ganze Polizeieinheit losschicken, um sie zu finden.« Er war nicht sicher, was Langhuth von dieser Idee halten würde, aber zur Not würde er auf eigene Faust handeln.

»Ich bin sicher, dass alles gut werden wird. So viel Unglück kann es gar nicht geben, dass nach dem Tod deines Vaters noch etwas passiert.«

Seine Mutter als Mutmacherin – das war eine ganz neue Rolle für sie, aber vielleicht gewöhnte sie sich schon daran, dass sie nun als Witwe ein anderes Leben führen musste.

Brasch versprach, sich sofort zu melden, wenn Leonie wieder aufgetaucht war.

Dann nahm er den Hund an die Leine und verließ das Haus. Was sollte er mit Benny tun? Ihn mit ins Präsidium nehmen? Auch dort würde er sich kaum um den Hund kümmern können.

Der Blumenladen war noch dunkel, aber die Fensterreihe darüber war bereits erleuchtet. Brasch gönnte Benny ein paar Momente, um in Ruhe einen Flecken Rasen auszuschnüffeln, dann zog er den Hund mit sich auf die andere Straßenseite. Es war kurz vor sieben. Da würde er niemanden mehr aus dem Schlaf reißen.

Thea öffnete ihm die Tür, bevor er auf den Klingelknopf gedrückt hatte. Wortlos nickte sie ihm zu.

»Kann ich deine Mutter sprechen? Könnt ihr euch um den Hund kümmern?«

»Sie hat die ganze Nacht nicht geschlafen, hat sich nur ein Video angeschaut – den vierzigsten Geburtstag meines Vaters. Das war eine Art Straßenfest.« Sie trug einen Trainingsanzug und war barfuß. Als wäre sie sicher, dass Brasch ihr folgte, tänzelte sie wieder die Treppe hinauf.

»Tut mir leid, dass du keinen so besonderen Geburtstag hattest«, sagte Brasch. Neugierig sprang der Hund Thea nach, als würde sie ein Spiel mit ihm spielen.

In der Wohnung roch es nach kaltem Zigarettenrauch. In der Küche saß Tobias vor einer Schale Müsli. Er hielt einen Löffel in der Hand und blickte Brasch feindselig an. Thea machte eine Handbewegung, als wolle sie Brasch zum Bleiben auffordern.

»Möchten Sie einen Kaffee?«

»Nein«, sagte Brasch. »Ich möchte nur den Hund bei euch abgeben. Wo ist deine Mutter?«

»Sie schläft auf dem Sofa«, sagte Tobias voller Verachtung.

»Meine Mutter hat gestern erfahren, dass Mary unser Haus gekauft hat. Jetzt ist sie richtig durcheinander.« Thea goss Brasch eine Tasse Kaffee ein und hielt sie ihm hin.

Zögernd nahm er sie entgegen. Benny begann, sich in der Küche umzusehen. Dann trabte er wieder auf den Flur, und einen Moment später hörte Brasch eine schläfrige Stimme.

»Was ist los?«, rief Barbara Lind. »Was macht der Hund hier?«

»Sie weiß noch nicht, dass Ihre Freundin verschwunden ist«, flüsterte Thea. »Vielleicht ist es besser, wenn Sie es ihr noch nicht sagen.«

Brasch nickte. Er wollte sich davonstehlen, doch da entdeckte Barbara Lind ihn. Sie saß auf ihrem Sofa, fuhr sich durch das Haar und starrte vor sich hin.

»Was machen Sie hier?«, fragte sie heiser und strich sich über ihren zerknitterten weißen Kittel, eine hilflose Geste, als könnte sie so ihren erbarmungswürdigen Zustand überspielen.

»Es geht um den Hund«, sagte Brasch. »Könnte er heute tagsüber bei Ihnen bleiben?«

Benny stieß Barbara Lind mit der Schnauze an. Abwesend streichelte sie ihn. »Ich weiß nicht. Ich muss eigentlich ins Geschäft.«

Brasch bemerkte, dass der Fernseher noch lief. Marlene Brühl lief durchs Bild. Sie trug ein weißes, wallendes Kleid. Ihre Haare wurden durch ein breites Tuch zurückgehalten. Eine riesige Sonnenbrille verdeckte ihr halbes Gesicht.

Wie eine Königin sieht sie aus, dachte Brasch, als würde ihr die Straße gehören.

Die Kamera folgte ihr ein wenig zittrig, wie sie auf eine kleine Bühne zustolzierte und ein paar Stufen hinaufging. Thea stand oben und neben ihr ein verlegen lächelnder Mann in einem dunklen Anzug, wahrscheinlich ihr Vater.

»Der vierzigste Geburtstag meines Mannes«, sagte Barbara Lind, als sie Braschs Blick registriert hatte. »Schaue ich mir manchmal an, wenn … wenn ich nachts wachliege. Wir haben ein schönes Video gemacht, sollte zur Erinnerung sein, für später …« Sie geriet ins Stottern und griff nach der Fernbedienung, um den Apparat abzuschalten.

Marlene Brühl hatte das Podest erreicht. Huldvoll breitete sie die Arme aus und gebot den Menschen vor ihr zu schweigen. Sie war eine Schauspielerin durch und durch. Selbst eine kleine Geste wie das Zurückstreifen einer Haarsträhne wirkte wie fürs Theater gemacht.

Die Kamera fuhr über die Menschenmenge vor der Bühne. Lachende, freundliche Gesichter. Brasch erkannte Bruno, den Wirt vom Fährhaus, Speitel. Dann stockte ihm der Atem. Das Bild einer Frau tauchte auf, ganz flüchtig, und er spürte, wie es ihm einen schmerzhaften Stich versetzte. Im nächsten Moment erlosch das Bild. Barbara Lind hatte den Rekorder ausgeschaltet.

Brasch riss ihr die Fernbedienung aus Hand. »Von wann stammt diese Aufnahme?«, fragte er und versuchte, das Gerät wieder anzuschalten.

»Manfred wäre dieses Jahr zweiundvierzig geworden«, erwiderte Barbara Lind. Sie war aufgesprungen, erschreckt über die Heftigkeit, die Brasch in seine Stimme gelegt hatte.

Auch Thea stand nun in der Tür. »Was ist?«, fragte sie, eher an Brasch als an ihre Mutter gewandt.

»Ich muss das Band noch einmal sehen«, sagte Brasch. Endlich gelang es ihm, das Gerät wieder zu starten, aber der Kameraschwenk war nun vorüber. Marlene Brühl begann ihre Rede und erhob ihre Stimme. »Sehr geehrte Damen und Herren …« Hatte er sich geirrt? Er spulte kurz zurück, und dann hatte er sie eingefangen: eine Frau, die aus der Menge herausstach: Sie war klein, schwarzhaarig und unscheinbar und eindeutig eine Chinesin.

»Wer ist diese Frau?«, fragte Brasch und warf Thea einen Blick zu.

»Das ist Anni, Speitels Frau«, sagte Thea, und als würde sie begreifen, warum Brasch plötzlich so aufgeregt war, fügte sie hinzu: »Ein paar Monate nach der Feier hat sie ihn verlassen.«

Er durfte keine Fehler mehr machen. Zwei Menschen waren getötet worden, vielleicht sogar drei, wenn seine Vermutung richtig war. Und Leonie … Einen klaren Gedanken über sie konnte er gar nicht mehr fassen. Aber bevor er etwas unternahm, musste er ganz sicher sein. Mit dem Band fuhr er ins Präsidium, jagte über die Autobahn nach Köln und über die Zoobrücke.

Thea sollte Speitels Haus im Auge behalten. Eine Dreizehnjährige als Aushilfspolizistin, keine Aktion fürs Lehrbuch, aber etwas anderes war ihm auf die Schnelle nicht eingefallen. Noch fühlte Speitel sich wahrscheinlich sicher, auch wenn er vor Argwohn die Straße im Blick behielt. Deshalb lief er auch nachts umher, weil er unruhig war – und weil Leonie sich noch in seinem Haus befand.

Ja, an diesen Gedanken klammerte Brasch sich: Leonie lebte noch. Speitel hielt sie gefangen, weil er nicht wusste, was er tun sollte. Sie hatte das Foto der Chinesin gesehen, das Brasch bei ihr vergessen hatte, und war zu ihm gegangen. Sie wusste nicht genau, wie Speitels verschwundene Frau ausgesehen hatte, aber in der Diele hing ein Foto von ihr, das zwar nie ihr Gesicht, aber ihre Gestalt von der Seite zeigte. Ein Anhaltspunkt für einen Verdacht, dem sie möglicherweise nachgehen wollte. Vielleicht hatte sie auch von Nachbarn gehört, dass Speitels Frau eine Chinesin gewesen war.

Brasch rief Mehler, Pia und Amelie zusammen. Auch Langhuth sollte sich einfinden. Das war gewissermaßen ein Friedensangebot. Außerdem sollte Amelie eine Spezialeinheit anfordern.

»Ich glaube, ich weiß, wo Leonie ist«, erklärte Brasch, als er sein Gespräch mit Pia unterbrach und zum Präsidium einbog.

Er rannte die Treppen hinauf. In ihrem kleinen Besprechungsraum war der Videorekorder bereits eingeschaltet. Mehler stand in der Tür und kaute auf einem Streichholz herum. Er sah aus, als hätte er in seinem Büro übernachtet und wäre gerade wach geworden. Langhuth war der Einzige, der auf einem Stuhl saß. Er trug einen Anzug, der teuer aussah, und eine Krawatte.

Brasch nickte ihm zu. Dann gab er Amelie die Kassette.

»Zufällig habe ich dieses Band bei der Blumenhändlerin entdeckt, eine Nachbarin der toten Schauspielerin. Sie hat es sich die halbe Nacht über angesehen. Es zeigt den vierzigsten Geburtstag ihres Mannes vor ungefähr zwei Jahren. Die ganze Straße war da. Auch Gernot Speitel und seine Frau.« Brasch gab Amelie ein Zeichen, und sie startete das Band.

Der Kameraschwenk setzte ein. Als die Chinesin ins Blickfeld kam, ließ Brasch das Band stoppen.

Mehler stöhnte auf, bevor Brasch ein weiteres Wort von sich gegeben hatte. »Eine Chinesin«, sagte er.

»Das ist Anni, die Frau von Speitel«, erklärte Brasch. »Kurz nach der Feier hat sie ihn angeblich verlassen. Ist ohne ein Wort verschwunden, behauptet Speitel zumindest. Ich habe allerdings einen anderen Verdacht, der mit unserem Fall zu tun haben könnte.«

»Er hat sie umgebracht«, sagte Mehler. »Und dann die Leiche irgendwo vergraben oder in den Rhein geworfen.«

»Aber die Schauspielerin hat ihn beobachtet. Sie hat überall ihre Kameras hängen. Wahrscheinlich hat sie gesehen, wie er versucht hat, seine Frau aus dem Haus zu schaffen«, fuhr Brasch fort.

»Gehen diese Spekulationen nicht ein wenig weit?«, wandte Langhuth ein. Er war aufgestanden und näherte sich nun dem Bildschirm. »Hat diese Frau eine Ähnlichkeit mit unserer toten Chinesin?«

»Chinesinnen sehen sich alle ähnlich«, sagte Pia, und es klang beinahe aufsässig.

»Wir müssen wissen, wer Speitels Frau war und ob sie Verwandte in China hatte«, sagte Brasch an Amelie gewandt. »Ich glaube, dass unsere tote Chinesin eine Schwester oder vielleicht eine Kusine war. Sie ist nach Deutschland gereist, weil ihr etwas merkwürdig vorgekommen war. Seit Monaten schon hatten sie nichts mehr von ihrer Anni gehört, keine Karte, kein Anruf, und ihr deutscher Ehemann erzählte nur merkwürdiges Zeug. Also setzte sie sich ins Flugzeug, um selbst nach dem Rechten zu sehen.«

»Eine unbedarfte Touristin, die sich von der Erstbesten, die sie traf, eine Unterkunft aufschwatzen ließ, weil sie ja ihrem undurchsichtigen Schwager nicht zur Last fallen wollte«, übernahm nun Mehler.

»Könnte eine Erklärung sein«, sagte Langhuth. Zum ersten Mal sah man ihn lächeln. »Zumindest sollte man sich diesen Speitel einmal genau ansehen. Und wie kommt die verschwundene Nachbarin da ins Spiel?«

Brasch zögerte einen Moment, und bevor er etwas sagen konnte, kam Pia ihm zuvor. »Wahrscheinlich hat sie unser neuestes Foto gesehen und beschlossen, sich bei Speitel einmal unverfänglich nach dessen verschwundener Frau zu erkundigen. Leider hat er Verdacht geschöpft.«

Langhuth nickte. »Das bedeutet, dass diese Frau in höchster Lebensgefahr schwebt – wenn sie überhaupt noch am Leben ist.«

Brasch nickte, dann begann er, auf ein Blatt Papier die Straße mit Speitels Haus einzuzeichnen. »Wir müssen irgendwie in sein Haus kommen«, sagte er, »und ohne dass er Verdacht schöpft. Ich möchte, dass eine Spezialeinheit jenseits der Dorfstraße wartet. Ich werde mit Pia zu ihm gehen, zwei müde Polizisten, die eine Routinebefragung durchführen. Dann werden wir versuchen, ihn zu überwältigen.«

Langhuth schaute Brasch an. Sein rotes Feuermal leuchtete auf. »Eine riskante Angelegenheit«, sagte er nachdenklich, »aber Sie haben Recht. Sie müssen es versuchen.«

21

Zwanzig Minuten hatte ihre Besprechung gedauert, dann fuhr Brasch zurück. Er hatte darauf bestanden, dass Pia ihren eigenen Wagen nahm. Es sah nach Regen aus, die Temperaturen waren abermals gesunken, doch Brasch spürte, dass in ihm ein Fieber stieg. Die Angst um Leonie breitete sich aus und infizierte ihn. Hatte er einen Fehler gemacht? Hatte er kostbare Zeit vergeudet, weil er noch ins Präsidium gefahren war, statt sofort zu Speitel hinüberzulaufen? Er wusste es nicht. Wenn ihre Vermutungen stimmten, hatte Speitel vier Menschen getötet; seine Frau, die Chinesin, die vermutlich eine Verwandte des ersten Opfers gewesen war, Marlene Brühl und Bruno, der offenbar auch etwas mitbekommen hatte. Vielleicht hatte der Aushilfsgärtner die Botschaft gefunden, die Marlene Brühl mit den Kindern in den Sand eingegraben hatte. Keine Spielerei, sondern ihr Vermächtnis: Speitel war ein Mörder.

Kaum hatte er die Zoobrücke erreicht, rief Brasch Thea an. Zum Glück hatte auch jede Dreizehnjährige heutzutage ein Mobiltelefon.

»Ja?«, hauchte sie in den Apparat.

Brasch hörte Motorenlärm im Hintergrund. Sofort war er aus irgendeinem Grund beunruhigt.

»Wo bist du?«

»Ich gehe mit dem Hund am Deich lang. Benny läuft die Böschung rauf und runter.«

»Ist bei Speitel etwas zu sehen?«

»Nichts.«

»Geh auf keinen Fall näher heran«, sagte Brasch. »Ich bin gleich wieder da.«

Er warf einen Blick in den Spiegel und registrierte, wie furchtbar er aussah; unrasiert, übermüdet und voller Angst. Wie sollte er da zu Speitel hinübergehen und den arglosen Polizisten spielen?

Sein Telefon klingelte.

Amelie gab ein paar Daten durch. »Speitel hat keinen Waffenschein. Da ist nichts registriert. Er hat am 14. April 2001 Anni Wang geheiratet. Sie wurde am 7. August 1973 in Schanghai geboren und war chinesische Staatsbürgerin. Mehr wissen wir nicht. Eine Anfrage an die chinesische Botschaft haben wir soeben herausgeschickt, aber da erwarte ich keine schnelle Antwort, wenn sie da überhaupt reagieren. Das Sonderkommando ist bereits auf dem Weg. Es wird aber noch vierzig Minuten dauern, bis es vor Ort ist. Langhuth will es selbst einweisen.«

»Alles klar«, sagte Brasch. Er bog vor der Autobahn ab. Im Rückspiegel hatte er zwischendurch Pias Passat gesehen, aber nun hatte er sie verloren.

»Auf jeden Fall sollt ihr warten, bis das SEK eingetroffen ist, hat Langhuth gesagt. Ich glaube, er ahnt, dass du etwas mit Leonie zu tun hast.«

Brasch unterbrach die Verbindung. Er wollte nun nicht über Langhuth und dessen Ahnungen nachdenken.

Über die Neusser Straße fuhr er durch Fühlingen und bog dann in Richtung Rhein ab. Er musste sich zwingen, langsamer zu fahren.

Sie hatten keine Pläne vom Haus, hatten keine Ahnung, wie es da genau aussah, ob es einen Keller gab oder irgendwelche Abstellräume, aber wenn Speitel ihnen öffnete, würde er ihnen den Zugang nicht verwehren. Wenn nicht, würden sie dem Spezialeinsatzkommando den Vortritt lassen, aber dann würde Leonie ernsthaft in Gefahr geraten.

Er wollte nicht an Leonie denken, aber irgendwie hatte sich eine Geruchserinnerung in ihm festgesetzt; der Duft ihres Haars, als er neben ihr aufgewacht war, die Erinnerung an einen heißen Sommer, an den Geruch von trockenem Stroh …

Als Brasch in die Dorfstraße hineinrollte, war Pia wieder hinter ihm. Mehler saß auf dem Beifahrersitz, worüber Brasch sich sofort ärgerte. Was sollte das? Sie durften kein

Aufsehen erregen. Für Speitel musste es aussehen, als würden sie noch einmal routinemäßig die Anwohner befragen.

Vor dem Blumengeschäft parkte er. Von Thea und dem Hund war nichts zu entdecken. Barbara Lind und Tobias standen reglos hinter der Glastür und schauten ihn beinahe feindselig an. Er nickte ihnen zu und lief dann die Hauptstraße hinunter. Alles sah friedlich und still aus, und doch hatte der Ort sich für ihn auf eine fürchterliche Weise verändert.

Leonie lebt, redete er sich ein. Sie würden wieder ein Paar werden. Er würde sie befreien. Ein schrecklicher Albtraum würde in wenigen Minuten zu Ende sein.

Er hatte vergessen, seine Waffe zu kontrollieren, fiel ihm dann ein, aber wahrscheinlich würden sie Speitel ohnehin auf eine andere Art überwältigen müssen.

Pia stieg aus und kam auf ihn zu. Sie hatte sich unauffällig verkabelt, ein winziges Mikrofon in der Jacke und eine Muschel in ihrem Ohr. Mit Mehler würde sie in ständiger Verbindung stehen. Also war es doch gut, dass Frank mitgekommen war.

»Wir müssen davon ausgehen, dass Speitel unentwegt die Straße beobachtet«, sagte Brasch. »Ich schlage vor, Frank geht die Straße hinunter und tut so, als würde er Anwohner auf der rechten Straßenseite befragen. Wir nehmen uns die linke vor.«

Pia nickte. »Aber das Spezialeinsatzkommando ist noch nicht da. Wir können nicht bei Speitel anfangen.«

»Wir warten noch«, entschied Brasch. Er spürte, dass ihm heiß und kalt wurde und Schwindel ihn erfasste. Er würde es nicht schaffen. Er musste den Einsatz abbrechen und Mehler die Sache überlassen. Mehler ging die Straße hinunter, von der anderen Seite sahen sie Thea mit dem Hund herankommen. Es wirkte beinahe idyllisch, wie sie ihnen entgegenkam, ein unsicheres Lächeln im Gesicht. Sogar der Hund schien sich zu freuen. Er zog ein wenig kräftiger an der Leine, als er Brasch entdeckte.

»Alles in Ordnung?«, fragte Brasch.

Thea nickte. »Ich habe immer zu Speitels Haus hinübergeschaut und aufgepasst, aber niemanden gesehen. Nur einmal für ein paar Minuten ist Benny zum Rhein gelaufen. Ich glaube, er hat ein Kaninchen gejagt, und da musste ich ihn suchen.«

»Hast du gut gemacht«, sagte Brasch und rang sich ein Lächeln ab. »Kannst du noch ein wenig länger auf den Hund aufpassen und ihn mitnehmen?« Er nickte Thea auffordernd zu.

»Hat Speitel etwas verbrochen?«, fragte Thea mit zittriger Stimme, weil sie die Antwort eigentlich kannte. »Unten in dem Wäldchen, da, wo Benny hinter einem Kaninchen hergelaufen ist, hat jemand ein tiefes Loch gegraben. Es sieht fast wie ein Grab aus.«

Brasch ließ sich die Stelle zeigen, während Pia zu der Villa der toten Schauspielerin ging, um auf das Einsatzkommando zu warten. Benny lief voraus. Der Hund wirkte fröhlich und schien schon wieder Kaninchen zu wittern.

Thea schwieg und machte ein ernstes Gesicht. Brasch wusste, dass er ein paar aufmunternde Worte sagen sollte, um der Situation ihre Schwere zu nehmen, aber als er noch nach Worten suchte, sagte sie mit Flüsterstimme, dass er sie kaum verstehen konnte: »Meine Mutter glaubt, dass Speitel seine Frau umgebracht hat, dass darum alles passiert ist. Denken Sie das auch?«

Brasch zögerte. Sollte er Thea belügen? »Ja«, sagte er dann. »Das denke ich auch.«

»Aber er ist immer so freundlich. Er war auch zu seiner Frau immer nett. Sie haben viel gelacht. Anni hat dann immer ihre Hand vor den Mund gehalten und wie ein kleines Kind gekichert. Sie sprach kaum Deutsch, und einmal habe ich gesehen, wie sie in ihrem Fenster stand und geweint hat, aber dann ist Speitel gekommen und hat sie in den Arm genommen.«

Sie gingen auf den Wald zu. Im Hintergrund sah man ein mächtiges Containerschiff den Fluss hinauffahren. Unwirklich sah es aus, so als würde sich ein Tier aus grauem Stahl einen unsichtbaren Weg hinaufschieben.

»Wo genau ist es?«, fragte Brasch.

Thea deutete nach vorn. Ein paar hohe Pappeln standen da, zwischen ihnen erstreckte sich düsteres Dickicht.

»Man muss aufpassen, weil die Büsche ziemlich viele Dornen haben.«

Sie verließen den schmalen Pfad, der zu dem kleinen Sandstrand führte. Benny kläffte aufgeregt vor ihnen.

»Hier kommt wohl selten jemand her«, sagte Brasch.

Thea nickte.

Zwischen den Pappeln war es überraschend dunkel. Brasch wäre beinahe über eine Wurzel gestürzt, die weit aus dem Boden ragte. Es roch nach Moder und feuchtem Holz. Wie in einem Urwald konnte man sich hier vorkommen. Ein Zeitsprung zurück, als es noch tiefe, unwegsame Wälder in dieser Gegend gegeben hatte.

Das Grab lag mitten zwischen Dornenbüschen. Speitel hatte ganze Arbeit geleistet. Er hatte das Dickicht beiseitegeschafft und ein schwarzes Loch ausgehoben, das gut einen Meter tief war. Voller Entsetzen blickte Brasch hinein. Er spürte, wie sich sein Magen zusammenkrampfte.

»Benny hat hier vor einem Kaninchenloch gesessen«, sagte Thea leise. »Deshalb bin ich überhaupt hier hineingelaufen.«

»Das hast du großartig gemacht«, erwiderte Brasch, ohne den Blick von dem Loch abwenden zu können. Das war Leonies Grab, hier wollte Speitel sie verscharren. Für einen Moment dachte er an seinen Vater zurück. An dessen Grab war ihm beklommen zumute gewesen, aber es war ein gewöhnliches Grab gewesen, ein gewöhnlicher Tod. Dieses Loch hingegen hatte ein Mörder ausgehoben. Am liebsten hätte Brasch es mit bloßen Händen wieder zugeschüttet.

Nur mit Mühe konnte er einen Gedanken fassen und schaute sich um. Durch die Bäume war in etwa zwanzig Meter Entfernung der Fluss zu sehen. Ansonsten war man hier von der Welt vollkommen abgeschnitten. Ein beinahe idealer Ort für ein geheimes Grab – wenn man es mit seinem Opfer ungesehen bis hierher schaffte.

»Können wir zurückgehen?«, fragte Thea zaghaft. Benny tauchte hechelnd vor ihnen auf und schaute sie auffordernd an. Anscheinend war er wieder hinter einem Kaninchen hergelaufen und schien alles für ein großes Spiel zu halten.

»Gleich«, sagte Brasch. Er machte ein paar Schritte auf den Fluss zu. Warum genau hatte Speitel diesen Ort ausgesucht? Er schloss die Augen, versuchte, ruhig zu werden und seine Angst und seinen Zorn zu vertreiben. Warum ausgerechnet hier? Wie wollte Speitel mit Leonie hierhergelangen? Wollte er sie in der Nacht hierherführen? Vielleicht gefesselt und mit einem Knebel im Mund?

Als Brasch zwischen den Bäumen hervortrat, lag der Rhein unmittelbar vor ihm. Grau zog der Fluss an ihm vorbei. Leonie hatte es geliebt, am Wasser zu sitzen und den Schiffen nachzuschauen. Der Gedanke löste noch mehr Beklemmungen in ihm aus. Dann sah Brasch die Fußspuren im

Sand, tiefe, kräftige Abdrücke, die aus dem Wasser zu kommen schienen, als wäre da ein Wesen aus den Fluten gestiegen und in Richtung Wäldchen gegangen. Aber wie konnte das sein?

Thea folgte ihm. Er hörte sie hinter sich atmen, und als er sich umwandte, kam sie ihm zum ersten Mal wie ein kleines ängstliches Mädchen vor. Er hatte ihr viel zu viel zugemutet.

Brasch legte ihr den Arm um die Schulter, und sie drückte sich an ihn. »Lass uns zurückgehen«, sagte er.

Sie nickte, dann deutete sie auf die Abdrücke im Sand. »Er ist mit dem Boot gekommen«, sagte sie. »Das Boot, das unten an der Gloria liegt.«

»Gloria?« Brasch starrte sie an.

»Unten, an der Flussbiegung. Das alte Schiff, wo ich neulich mit Tobias gewesen bin, als Sie uns gesucht haben.«

Brasch begann zu begreifen. »Da gibt es ein Boot?«

Thea nickte. Mit düsteren Augen blickte sie auf den Fluss hinaus.

Konnte man mit einem Ruderboot den Fluss hinaufgelangen, gegen die Strömung? Möglicherweise, dachte Brasch. Speitel war austrainiert. Auf jeden Fall konnte das die Erklärung sein, warum er diesen Ort ausgesucht hatte. Er musste sich gar nicht über den Deich nähern; nachts den Fluss herauf würde ihn niemand bemerken.

»Wie weit ist es zu diesem Schiff?«, fragte er.

»Fünf Minuten«, sagte Thea. »Vielleicht zehn.«

»Kannst du es mir zeigen?«

Sie sagte nichts, sondern nahm seine Hand und zog ihn durch den Wald zurück. Als sie das Loch passiert hatten, klingelte sein Mobiltelefon.

»Wo bleibst du?«, fragte Pia. »Das Einsatzkommando ist

eingetroffen. Langhuth hat sich eine Karte besorgt und weist sie ein.«

»Ich bin noch am Rhein«, sagte Brasch. »Wir haben das Grab gefunden, das Speitel ausgehoben hat.«

»Sollen wir warten?«, fragte Pia. »Oder soll ich zuerst mit Frank reingehen?«

Brasch hörte, wie sie atmete, aufgeregt und angespannt. Er begriff, dass sie sich wohler fühlte, wenn nicht er, sondern Mehler neben ihr war. Vielleicht, weil sie sich davor fürchtete, was er tun würde, wenn sie Leonie tot vorfinden würden.

»In Ordnung«, sagte er. »Nimm Frank mit!« Dann unterbrach er die Verbindung. Er war sicher, dass sie nichts finden würden. Leonie war nicht im Haus. Speitel hatte sie auf das Schiff geschafft, kein perfektes Versteck, aber besser, als sie im Haus zu haben. In der letzten Nacht hatte er das Grab ausgehoben, zu mehr war er nicht gekommen, und nun wartete er darauf, dass die Dunkelheit wieder hereinbrach.

»Kann man sich dem Schiff nähern, ohne dass man gesehen wird?«, fragte Brasch.

Thea sah ihn an, sie verstand sofort und nickte. »Es liegt hinter ein paar Bäumen. Deshalb wollte Tobias ja unbedingt dahin, weil man nicht gefunden wird.«

Auf dem Deich war niemand unterwegs. Eine gespenstische Oktoberstille lag über der Landschaft. Auch von den Häusern hinter dem Deich drang kein Geräusch herüber. Das Einzige, was man hörte, waren das Tuckern der Dieselmotoren vom Fluss und dann und wann der Schrei eines Vogels. Nichts wies darauf hin, dass sich allenfalls dreihundert Meter entfernt ein Spezialeinsatzkommando bereitmachte, um einen Mörder zu fassen.

Wie lange würde Pia bei Speitel brauchen? Wenn er nicht

öffnete, würden sie sich gewaltsam Zugang verschaffen. Mehr als dreißig Sekunden benötigte das SEK in der Regel nicht, um in ein Haus zu gelangen.

»Vielleicht hat sich Mary doch vor Speitel gefürchtet«, sagte Thea plötzlich und in einem Tonfall, als hätte sie schon länger darüber nachgedacht. »Sie hat einmal gesagt: Wir sollten nicht zu ihm gehen. Da wäre alles schmutzig und voller Bakterien, und außerdem wäre Speitel manchmal ziemlich durcheinander.« Sie zögerte. »Aber zu den Vögeln bei Mary war er immer gut. Er hat sogar mit ihnen geredet, hat ihnen etwas vorgesummt.«

Brasch sah, wie die Fähre ablegte und über den Rhein tuckerte. Sie war beinahe leer, nur ein weißer Lieferwagen war an Bord. Menschen waren nicht zu sehen. Alles sah harmlos aus, ein normaler, langweiliger Herbsttag am Rhein.

»Wie weit ist es noch?«, fragte er.

Thea machte eine vage Handbewegung. »Ein Stück hinter der Fähre liegt das Schiff.«

»Gut«, sagte Brasch. »Nimm Benny an die Leine und geh zurück. Ich will nur kurz etwas nachschauen.«

Thea nickte, drehte sich schließlich um und ging den Uferweg hinunter. Die Schultern hatte sie eingezogen. Sie schien zu frieren, oder da saß eine übergroße Angst in ihr, die sie ganz klein werden ließ. Er wartete einen Moment, ob sie sich umwandte, doch das tat sie nicht. Nur der Hund verharrte einen Moment unschlüssig und drehte dann gleichfalls ab, als hätte er Thea als neue Herrin bereits anerkannt.

Brasch passierte die Anlegestelle. Ein Linienbus stand mit eingeschaltetem Motor in einer Kehre, offenbar der Endstation. Der Fahrer blickte ihn nur kurz uninteressiert an und wandte sich anschließend wieder seiner Zeitung zu. Brasch sah das Bild der toten Schauspielerin auf der Titelseite.

Dazu in roten Lettern: »Der Wahrsager und die tote Diva!« An den merkwürdigen Termin im Hyatt hatte Brasch gar nicht mehr gedacht. Zumindest waren die meisten Journalisten nun beschäftigt und würden ihnen nicht hier auflauern.

Ein paar Schwäne trieben auf dem Wasser. Plötzlich glaubte Brasch, Musik zu hören. Klaviermusik hing in der Luft. So ähnlich hatte Leonie immer gespielt, wenn sie einfach so vor sich hin geklimpert hatte, anscheinend gedankenlos, tief versunken auf der Suche nach irgendwelchen Melodien. Verlor er nun den Verstand? Was bildete er sich da ein? Dann begriff er, dass es zu regnen begonnen hatte. Dicke Tropfen prasselten auf die Blätter der Bäume. Es hörte sich tatsächlich beinahe wie Musik an.

Ein paar Momente später entdeckte er das Schiff. Es lag hinter Gebüsch, das allenfalls mannshoch war. Thea hatte sich getäuscht. So ohne weiteres konnte man sich dem Schiff nicht ungesehen nähern. Es machte einen weit besseren Eindruck, als Brasch erwartet hatte, kein Wrack mit Schlagseite, das man hier verbotenerweise abseits der Fahrrinne für die Verschrottung geparkt hatte, eher ein in die Jahre gekommenes größeres Boot, mit dem früher Kaffeefahrten auf dem Rhein veranstaltet worden waren. Der weiße Anstrich wirkte an manchen Stellen rostig, aber die Scheiben waren noch intakt.

Als Brasch glaubte, einen Schatten hinter einem der Fenster wahrzunehmen, wandte er sich ab und kehrte um. Er versuchte, den Anschein eines ziellosen Spaziergängers zu erwecken. Falls Speitel an Bord war, durfte er ihn nicht hier auf dem Deich sehen. Möglichst unauffällig zog Brasch sein Telefon hervor und rief Amelie im Präsidium an. Sie musste auf dem Laufenden sein und mithören, was bei Speitel ablief.

»Ist Pia schon im Haus?«, fragte er.

»Das SEK ist an der Arbeit. Der Vogel ist ausgeflogen. Es hat niemand aufgemacht«, erwiderte sie.

»Sie werden nichts finden«, sagte Brasch. »Ich glaube, ich weiß, wo Leonie ist. Ein Stück den Fluss hinauf ... auf dem alten Schiff, da, wo die Kinder ...«

Etwas ließ ihn zögern. Vernahm er eine Warnung – einen kurzen, seltsamen Moment der Stille, den Geruch von Benzin?

Einen Herzschlag später hörte er einen lauten Knall, dann zerbarst ein Fenster mit lautem Klirren, und er sah eine Stichflamme, die aus dem Schiff hervorleckte wie die gigantische Zunge eines Drachen.

Instinktiv rannte er auf das Schiff zu. Das Telefon warf er beiseite. Jemand schrie, aber das konnte er selbst sein – oder Speitel, der ihn entdeckt hatte und sich nun voller Wut in die Luft jagte. Nur ein schmales, morsches Holzbrett führte auf das Schiff, nicht wirklich ein Zugang, sondern eher eine Warnung, gar nicht erst zu versuchen, an Bord zu kommen. Als Brasch stürzte, bekam er eine rostige Kette zu fassen, an der das Schiff festgebunden war. Es gelang ihm, sich die Kette hinaufzuhangeln und sich dann über die Reling zu werfen. Flammen loderten im vorderen Teil des Schiffs, aber nicht mehr wie nach einer Explosion, sondern wie bei einem gewöhnlichen Brand. Rauch quoll ihm entgegen, doch für einen Moment stand er Speitel gegenüber, der sich etwa zehn Meter entfernt auf der anderen Seite des Schiffes befand. Abgehetzt und wirr sah er aus. Speitel verzog den Mund, beinahe wie ein Hund, der ein Knurren von sich geben wollte, aber schon viel zu geschwächt war, dann schob er die Tür auf und verschwand, stürzte offenbar in den Rhein hinab.

Brasch wollte ihm nachsetzen, doch dann dachte er an

Leonie. Er hatte keine Schreie gehört. War sie noch an Bord, oder hatte Speitel sie schon ins Wasser gestoßen?

Brasch stürzte in den vorderen Raum. Hier wurde es unerträglich heiß. Der Rauch hüllte ihn ein. Offenbar hatte man hier alles ausgeräumt, doch dann meinte er Polstersitze wahrzunehmen, das übliche Mobiliar eines alten Rheinschiffs. Er hielt sich die Decke vor das Gesicht und lief weiter. Ein Benzinkanister lag mitten im Weg, und plötzlich entdeckte er eine Gestalt auf dem Boden. Flammen züngelten um sie herum. Leonies Hose brannte bereits. Sie hatte die Augen geschlossen und rührte sich nicht. Er packte sie an den Schultern, zerrte sie ein Stück weiter und wickelte sie dann in die Decke ein. Er konnte nicht erkennen, ob sie noch lebte, aber zumindest blutete sie nicht. Auch an ihrem Hals war keine Wunde auszumachen.

Als er sie hochheben wollte, spürte er, dass sein Körper nicht mehr funktionierte. Da war kein Rest Sauerstoff mehr in der Luft, den er einatmen konnte. Er sog Feuer ein, graues, rauchiges Feuer, das sich durch eine wunde Kehle in seine Lungen fraß.

Ein paar Meter nur, dachte er, ein paar Meter in Richtung Ausgang. Dabei wusste er gar nicht mehr, wo sich der Ausgang befand. Irgendwo waren die Flammen, und irgendwo war der Qualm.

Er versuchte, einen Schritt rückwärts zu machen, zog und zerrte die leblose Leonie, die in dem Qualm zu versinken drohte. Ich habe sie geliebt, dachte er einen seltsam klaren Gedanken, der plötzlich wie ein letztes Licht in seinem Kopf aufleuchtete. Dann bekam er noch mit, wie sie ihm entglitt. Ein dumpfes Geräusch schmerzte in seinen Ohren, bis er in dem grauen, heißen Rauch versank, der wie eine tödliche Welle über ihn hinwegschwappte.

EPILOG

Brasch stand am Fenster. Jeder Atemzug tat so weh, als wäre jemand mit einer Rasierklinge seine Luftröhre auf und ab gefahren. Er fühlte sich, als wäre er um Jahrzehnte gealtert. Pia hatte ihn gerettet. Wäre sie nicht mit Mehler sofort zum Schiff gerast, nachdem Amelie seine Meldung weitergegeben hatte, wäre er erstickt. Mit den beiden Feuerlöschern, die sie in ihrem Wagen hatte, waren sie in den Raum gestürmt und hatten ihn und Leonie herausgezogen. Er hatte ein gutes Team, das beste, das man sich vorstellen konnte. Und doch wäre sein Leben zerstört, wenn Leonie sterben würde.

Die Ärzte hatten ihm nichts gesagt, keine Prognose. Sie hatten nur ernste Gesichter gemacht. Man müsse abwarten.

Zwei Tage waren seit der Explosion auf dem Schiff vergangen. Speitel hatte zwei Kanister Benzin angesteckt, als er Brasch kommen sah. Dann war er über Bord gesprungen. Eine Großfahndung hatte nichts erbracht. Keine Spur. Er konnte irgendwo in Holland sein – oder auf dem Grund des Flusses.

Mit zwei kleinen Baggern hatte man seinen Garten freigelegt und die Leiche einer Frau gefunden – Anni Speitel, geborene Wang, vor zwei Jahren mit einem stumpfen Gegenstand erschlagen. Damit war eine Kette der Gewalt in Gang gesetzt worden. Anscheinend hatte Marlene Brühl alles mit angesehen und ihn erpresst – oder er hatte geglaubt, dass sie ihn an die Polizei ausliefern wollte. Vielleicht daher der Zeitpunkt des Mordes. Mit einer Polizistin hatte Brasch bei ihr nach den Kindern gefragt, und er hatte geglaubt, sie habe die Polizei zu sich gerufen, um ihn zu verraten. Genaueres würde man nur erfahren, wenn man ihn fasste.

Dunkelheit zog über Köln auf. Ein Nachthimmel kündigte sich an. Brasch hatte sich in einen Winkel der Universitätsklinik verzogen, abseits des geschäftigen Hin und Hers. Man hatte ihm sogar ein Bett angeboten, aber er wusste, dass er keinen Schlaf bekommen würde. Nur das Wasser, das man ihm gereicht hatte, hatte er dankbar angenommen.

Als sein Telefon klingelte, wollte er es abschalten, weil es vermutlich wieder nur Hedwig war, Leonies besorgte Schwester, aber dann erkannte er eine fremde Nummer auf dem Display.

»Sie sind noch im Krankenhaus?«, fragte eine sachliche Stimme.

»Ja«, erwiderte Brasch heiser.

»Nichts Neues?«, fragte Langhuth, und nun schwang doch Mitgefühl in seinem Tonfall mit. Sie hatten das Kriegsbeil begraben, als man Brasch aus dem Krankenhaus entlassen hatte.

»Ich warte einfach ab«, sagte Brasch.

»Wir haben Speitel«, sagte Langhuth. Eine Portion Stolz schwang in seiner Stimme mit. »Ich wollte es Ihnen gleich sagen. Er ist ertrunken. Die Wasserschutzpolizei hat ihn kurz vor Düsseldorf tot aus dem Rhein gefischt.«

Der Fluss lässt niemanden entkommen, dachte Brasch. Er spürte kein Gefühl der Erleichterung oder Genugtuung.

»Danke für die Nachricht«, sagte er.

»Bleiben Sie so lange bei Ihrer Frau, wie Sie müssen«, erwiderte Langhuth und legte auf.

Bei Ihrer Frau! Hatte Pia ihm also doch alle Hintergründe erklärt.

Was bleibt von einem Menschen übrig?, überlegte Brasch. Er hatte diesen Gedanken oft gehabt in den letzten Wochen. Von seinem toten Vater würde nicht viel bleiben, hatte er geglaubt, ein paar Fotos und Erinnerungen, aber dann hatte er von ihm geträumt. Er war ihm im Traum erschienen, Alfons Brasch, ein paar Jahre jünger, aber keinesfalls wirklich jung. Er hatte nichts getan, nur dagestanden und gelacht, sein typisches kurzes Lachen, das auch eine Art Husten sein konnte, und da hatte Brasch begriffen, dass doch einiges von seinem Vater bleiben würde, dass bei allen Unterschieden doch ein Stück von ihm auch in Brasch selbst war. Eine simple Erkenntnis, die ihn gleichwohl tief erfüllt hatte.

In den nächsten Tagen würde er zum Grab fahren, aber vorher musste er genauer wissen, wie es um Leonie stand.

Das nächste Klingeln seines Telefons ignorierte er. Es war Pia, die wahrscheinlich in ihrer Wohnung saß und sich Sorgen machte. Sie hatte nicht gekündigt, und Brasch war sicher, dass sie es auch nicht tun würde, zumindest nicht in absehbarer Zeit. Vielleicht würde sie Mehler endlich eine Gelegenheit geben, sie auszuführen, mit ihm tanzen gehen und herausfinden, ob sie nicht mehr als nur Kollegen sein könnten.

Als ihn jemand ansprach, registrierte er es nicht sofort. Die Krankenschwester musste ihn erst an seinem Jackett zupfen, damit er sie bemerkte. Sie hatte feuerrote Haare und sah eher wie eine schrille Artistin aus, die sich verkleidet hat.

»Sie ist wach«, sagte sie. »Wenn Sie wollen, können Sie hineingehen.«

Hatte er jemals einen schöneren Satz gehört?

Er ging hinein, vorsichtig, als würde er über eine polierte Eisfläche laufen.

Leonie lag fast unsichtbar in den Kissen. Ihr Gesicht war fahl, ohne jede Farbe, aber sie schaute ihn an. Die Brandwunden an ihrem Körper sah man nicht. Sie lag unter einem dünnen weißen Tuch.

Als hätte sie Mühe zu sehen, runzelte sie die Stirn. Dann erfasste ein Lächeln sie, und sie wurde sich wieder ein wenig ähnlich.

Brasch spürte, wie Tränen in ihm aufstiegen, aus einer Tiefe, wo er selbst noch nie gewesen war. Er zitterte vor Glück und Unglück zugleich.

Wie eine Hundertjährige bewegte Leonie ihren rechten Arm, dann sagte sie: »Wir haben ein paar Dummheiten gemacht«, hauchte sie, »aber weißt du was?«

Er konnte nichts sagen und schüttelte den Kopf. Nun sah er ihre Wunde am Kopf, den tiefen Kratzer auf ihrer Wange.

»Ich habe immer gewusst, dass ich dich wiedersehe, dass es so nicht zu Ende gehen kann.«

»Ja«, sagte er. Er beugte sich über sie. Er wollte nun gar nicht wissen, was Speitel mit ihr angestellt hatte, was für ein Martyrium sie durchlitten hatte.

»Speitel ist tot«, sagte er. »Es war mein Fehler. Die Fotos, die ich vergessen ...«

Leonie schloss die Augen und schüttelte den Kopf. Ihre Lippen waren trocken und aufgesprungen. »Ich habe immer an das Dorf gedacht, an das Dorf tief unten in dem Stausee, erinnerst du dich?«

Er nickte wieder und tastete vorsichtig nach ihrer Hand.

Robert Wilson bei Goldmann

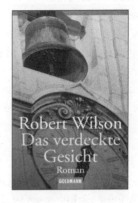
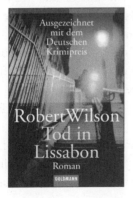

„Eindeutig einer
der besten Autoren im
internationalen Krimi-
und Thriller-Genre."

New York Times

Mehr Informationen unter www.goldmann-verlag.de

Frank Schätzing bei Goldmann

Der Mann, der selbst Hollywood schwärmen lässt!

„So gleich bleibend spannend und bildhaft, kompositorisch meisterhaft wie Frank Schätzing hat in Deutschland schon lange keiner mehr erzählt."

Focus

Mehr Informationen unter www.goldmann-verlag.de

GOLDMANN

Ian Rankin bei Goldmann

Mehr Informationen unter www.goldmann-verlag.de

GOLDMANN

*Das Gesamtverzeichnis aller lieferbaren Titel erhalten Sie
im Buchhandel oder direkt beim Verlag.
Nähere Informationen über unser Programm erhalten Sie auch im Internet unter:*
www.goldmann-verlag.de

★

Taschenbuch-Bestseller zu Taschenbuchpreisen
– Monat für Monat interessante und fesselnde Titel –

★

Literatur deutschsprachiger und internationaler Autoren

★

Unterhaltung, Kriminalromane, Thriller
und Historische Romane

★

Aktuelle Sachbücher, Ratgeber, Handbücher und
Nachschlagewerke

★

Bücher zu Politik, Gesellschaft, Naturwissenschaft und Umwelt

★

Das Neueste aus den Bereichen
Esoterik, Persönliches Wachstum und Ganzheitliches Heilen

★

Klassiker mit Anmerkungen, Anthologien und Lesebücher

★

Kalender und Popbiographien

★

Die ganze Welt des Taschenbuchs

★

Goldmann Verlag • Neumarkter Str. 28 • 81673 München

Bitte senden Sie mir das neue kostenlose Gesamtverzeichnis

Name: _____

Straße: _____

PLZ / Ort: _____